虹影 著

虹影长篇小说定本全编

上海花开落

Falling blossoms

in

Shanghai

Hong Ying

南方出版传媒

花城出版社

中国·广州

图书在版编目（CIP）数据

上海花开落 / （英）虹影著. -- 广州：花城出版社，
2022.1
（虹影长篇小说定本全编）
ISBN 978-7-5360-9512-0

Ⅰ．①上… Ⅱ．①虹… Ⅲ．①长篇小说－英国－现代
Ⅳ．①I561.45

中国版本图书馆CIP数据核字(2021)第225587号

出 版 人：肖延兵
项目统筹：许泽红　李倩倩
责任编辑：许泽红　李　卉　方孟琼
营销统筹：蔡　彬
技术编辑：凌春梅
封面供图：马灵丽
装帧设计：友　雅

书　　名　上海花开落
　　　　　SHANGHAI HUAKAILUO
出版发行　花城出版社
　　　　　（广州市环市东路水荫路11号）
经　　销　全国新华书店
印　　刷　恒美印务（广州）有限公司
　　　　　（广州南沙经济技术开发区环市大道南路334号）
开　　本　880毫米×1230毫米　32开
印　　张　10.75　2插页
字　　数　230,000字
版　　次　2022年1月第1版　2022年1月第1次印刷
定　　价　56.80元

如发现印装质量问题，请直接与印刷厂联系调换。
购书热线：020-37604658　37602954
花城出版社网站：http://www.fcph.com.cn

此小说之前名《上海魔术师》，因为不少读者提出异议，且为更贴近小说本身，故改名为《上海花开落》。

既然再也无法忍受，我们情愿独自留在雅典。

　　　　　　　　　　　　　——《帖撒罗尼迦前书》

离天三尺三，

月低眉，马下鞍。

　　　　　　　　　　　　　——民谣

纪念鹰屋16号

目 录

总　序

女子善怀，亦各有行

——虹影创作的 N 面

林宋瑜

　　纳博科夫在他的《说吧，记忆》前言中写道："对俄国记忆的一次英语重述的一次俄语复归的这一英语的再现，首先被证明是一项恶魔般的工作，但是给予我某种安慰的是想到这样一种为蝴蝶所熟知的多次蜕变，以前还从没有任何人尝试过。"①这里有几个关键词让我记忆犹新，一是语言，涉及母语及客语；二是重述与复归，涉及文化与经验；还有，就是"多次蜕变"。在我读到这个中文版本的《说吧，记忆》时，我差不多也与虹影的创作相遇了。当时的虹影，客居英国伦敦，她用中文写作，追述中国往事，重构记忆中的中国。

　　2021年3月，大部分地区正是春寒料峭，广州却已经一片姹紫嫣红。在生机盎然的气象中，我收到虹影发来的最新长篇小说

----

　　①　纳博科夫：《说吧，记忆》，杨青译，花城出版社：1992年，第4页。

《月光武士》的电子稿，文件名显示是3月8日修订的。3月8日这一天，是国际妇女节。《月光武士》书名很"异文化"，有玄幻小说的色彩。书名来自作为小说隐线的一则日本民谣故事：一身红衣的小小武士，骑着枣红色骏马闯荡四方。路见不平，拔刀相助，替天行道。他救了一个落难小姑娘，小姑娘不想活，小武士带她看月光下盛开的花，月色中长流的江水，人间美景皆是活泼的生命。小姑娘因此得到活下去的鼓励和力量……多么诗意和富有童话色彩！每个女孩心底都有一个"月光武士"，都有一种被呵护、被珍惜的渴望。虹影将这个情结置于残酷叙述之间，并让我们看见"月光武士"化身在人间，非常巧妙地化解了现实层面的悲惨、戾气、压抑和绝望的状态，让人有活下去的勇气。这种叙述方式，在虹影以往的长篇小说中是罕见的。

整个小说所呈现的生命情状，与广州这个季节的气息相呼应，是非常饱满、不断流动变化的生命方式。尘世的欲望与激情，色彩驳杂而灿烂；回首故乡的那种悲伤、审察和谅解的复杂心路，是对来路的回溯或追寻，潜蕴着对所爱之人刻骨铭心的依恋与怀念。小说通过真实与虚构的场景与人性解读，构造出一个强大的精神气场，生机盎然。而书名虽为"武士"，但我知道虹影的小说，主角必有奇女子。

这个一闪而过的猜想，大概来自对虹影数十年创作的理解。虹影在中国发表的第一篇小说，标题我还记得：《岔路上消失的女人》（《花城》杂志1993年第5期），距今将近30年。虹影是多产的，长篇、中篇、短篇小说，以及诗歌和散文，甚至童话作品，其创作迄今运用了多种不同体裁，当然最重要的体裁是小说。她的叙事风格、她藏在作品里的思想情感，也一直在微妙地变化着，然后渐渐形成了她丰富而独特的文学世界。"岔路上消失的女人"似乎成为一个隐喻，或者一个预言。虹影的作品，总会让我想起女人，她们的性格、命运、生活的道路……女人的面孔是在雾中的，但身影的轮廓清晰，风一样的女人，不走直路，不在主流路线上。她随时可能拐进前方的岔路，探出自己小径分岔的莫名远方，消失又出现，或者转身是另一个神秘女子……

读《月光武士》，在阅读中升起感慨。30年的创作，对于一个作家，意味着什么？《说吧，记忆》就是在这个时候浮现出来的。我从书柜里把泛黄的书找出来，重温纳博科夫的话。如果说，虹影创作的基石，也即叙事的出发点，来自她出生以来所遭遇的伤害、苦难及困扰，来自她昏天暗地的生活记忆，那么，这种记忆究竟发生多少次蜕变，才成就当下的言说？

我读《月光武士》，走进一个少年的青春期故事里。"成长"，是虹影小说最重要的元素之一。这一次的成长，是一个少年的形象，那个愣头青小子窦小明，他的成长过程同样充满艰难曲折、迷失与回归。在他身上，既可以看见虹影的影子，也可以看见虹影的梦想。通过窦小明，她再次讲述了记忆中生活的粗鄙、凉薄与悲情，却也书写了一种刻骨铭心的、无法完成的爱情，心灵的热切追求，如梦如幻，义无反顾，至善至爱。因此让小说的底色突破灰暗岁月，很自然地呈现出一种明亮和纯粹，让阅读获得一种怦然心动和飞翔之感。

叛逆、自由、勇敢、好奇、侠气、专情……窦小明这个人物承载着理想和纯真，自带光芒，熠熠闪亮。他的生活背景是烟火气浓重的重庆市民社会。隔着纸页，我都闻得到二十世纪七八十年代"老妈小面馆"的麻辣香气，听得到江边码头汉子们粗野的吆喝。这也是一个重情有义的世界。所有的人，难以分好坏和正邪，他们是凡夫俗子，世俗的欲望与烦恼，不比你、我、他多，或者少。爱中有恨，恨里有爱，纠缠与分离，告别与重逢，剪不断的恩怨情仇，犹如那滔滔不绝的嘉陵江水，抽刀断水水更流。

当"大粉子秦佳惠"出现时，"整个身影罩着一层光，跟做梦似的"，让少年窦小明的"心飞快地跳动"。不是女主角会是谁？我还是不懂"粉子"的确切意思。专门查了一下词语解释："粉子，形容漂亮女性。'粉'就是漂亮的意思。对漂亮女人的赞美依次可以为：粉子、很粉、巨粉。在成都，大凡有点文化的人，把可能成为性对象的女人，都称为'粉子'，算是对女性的一种尊称。""粉子"是川方言。川方言在《月光武士》里并不少见，比如"哈巴""水打棒"，诸如此类，非常醒目。对于我这个在另一种方言中长大的岭南人来讲，这种阅读获得奇妙的陌生化效果。

秦佳惠是一位中日混血儿，她就是少年窦小明心中的女神。她美丽、温柔、神秘，有特殊的感染力；她身上没有虹影早期小说那些女性的凌厉、剑拔弩张，没有如《康乃馨俱乐部》那种深怀大恨绝处反击颠覆反攻的复仇心态。秦佳惠是温婉的、隐忍的、顺从的，甚至低到尘埃的，同样也是情深义重的。因为秦佳惠，《月光武士》有一种柔韧绵美的力量。秦佳惠是小说人物关系的联结点，她的父亲、落难的大学教授秦源，黑社会混混头子、出于报恩所嫁的丈夫钢哥，曾经生活在中国的日本女子、母亲千惠子，粗野泼辣而又顽强的窦小明母亲……这些人物着墨并不太多，却个性传神，留下很多想象的空间。虹影的写作，到了现在，已经张弛有度，不煽情，不文艺腔。爱恨情仇，分寸拿捏得恰到好处。叙事时间跨越几十年的一部作品，故事经历了时代天翻地覆的变化，但叙述节奏把握得很稳。物事、场景和人物关系随着情节一层层展开，读到最后，让人有一种"过尽千帆皆不是，斜晖脉脉水悠悠"的唏嘘怅然，却也可以波澜不惊气定神闲了。

结尾写道："人只有忘掉旧痛，才可重新开始，但旧痛仍在，噬人骨髓，他将如何重新开始？"这一段是写窦小明的，也是虹影的独白。

无论是救苏漉，还是救秦佳惠，"英雄救美"都只是故事的外壳，是引子。《月光武士》的核心，有关一座城的精神变迁史，一个人的精神成长史。这种精神成长，不仅仅是窦小明的，也是虹影自己的，更是属于经历大时代动荡转折的一代人。所以，这部小说，尽管题材与《饥饿的女儿》《好儿女花》的自传色彩有很明显的不同，但究其内核，却有一脉相传的联系。因其呈现出新的叙事角度和价值取向，以及对前两部自传体小说的呼应与突破，《月光武士》应该是虹影创作的重要节点，甚至可以视之为虹影新的精神自传。

窦小明是具有双重视角的角色。一个是显性的视角，虚构的小说人物、当事者少年窦小明、男性窦小明；另一个是隐性的视角，言说者虹影、目击者虹影、旁观者虹影、女性主义者虹影。

多线叙事和双重视角，使《月光武士》具有一种复调效果和变奏曲般的音乐感。小说人物繁多，内部有着多声部对话，不同人物有各自的立场与表述。欢乐与苦痛，都在对话里或暗藏或显现。也正是这种显隐结合的叙事方式，让我们读到了扎根于虹影心中最有生命的东西，即是她关于世界及复杂人性的解读中那种真实有力的心理现实。这部小说，从个人写到群体，从家庭写到社会，横跨大半个世纪，是最普通的山城重庆百姓在历史滚滚洪流中命运沉浮、悲欢离合的深情记录和歌哭，包含她的痛与爱。这是一种叙述的转向，虹影不再执着于追寻真相与辨认某种界定。甚至，作为叙述者的女性主体、女性视角是隐蔽的，历史与记忆，虚构与想象，基于她当下的情感形态和心理认同，她从而呈现了超越性别的写作方式。

只有回顾虹影的创作历程，才能明了她当下的言说。

童年时代插入胸膛的那根刺，还在那里。拔出来，伤口还在。虹影通过她的写作，一次次晾晒内心的伤痛，那些不堪回首的往事、那些歇斯底里的喊叫，暴力的场面、践踏尊严的羞辱，都让读者产生压抑、揪心的感受。

在心理学精神分析疗法中，有一项"修通"技术。就是通过打破强迫性重复，实现满足现实需要，最终发展出满足自己愿望的能力。而一个人的现实需要一旦得到满足，强迫性重复就会被终止。更进一步，一个人能发展出满足自己愿望的能力，能做自己喜欢的、自己追求的事，愿望达成，他的身心就会放松、自如，内外世界和谐。这就是创伤记忆与心理修通的关系。这个过程，有点类似禅宗的"悟"，而且是渐悟的过程。渐悟就是多重创伤愈合的过程，它是漫长而且曲折的修炼。虹影正是通过她一次次坦率大胆，甚至冒犯的书写，她的私人性故事与公众化表达，她看见了自己，接纳了自己，最终修通自己，活出自己缺少且一直追寻的那一部分。

　　这个最重要的蜕变契机，是女儿的诞生。"写完自传小说，是和过去的自己真实对视，在有了女儿后，才真正和过去的生活做了和解。"①虹影如是说。

　　成为母亲与书写母亲，是虹影最重要的生命经历。生命因母亲而来，18岁前在山城重庆南岸长大，也因此成为虹影生命的基阶。从《饥饿的女儿》到《好儿女花》，读者与虹影一起经历着边缘女性沉重的生存危机（底层的）、身份危机（私生女）、性别危机（受侮辱并损害的女性），以及自我审视、挣扎的艰难过程。这个因创伤记忆造成的巨大心灵黑洞，需要一生的时间去不停填充。那是一种多么巨大的饥饿！虹影曾经谈及心灵的伤痛："我的内心一直住着一个困兽，我无法倾诉，我无法寻求救赎，我濒临窒息。我想一个女人为什么活着，男人、欲望、金钱和名誉？不，都不是，而是基本的生存中，那最寻常的安宁之乐，父母双全，一家人在一起相守。而现实总不会给我们。"

　　残缺之痛，被社会压到最低的弱者之痛，边缘性地位饱受偏见与侮辱之痛，被虹影赋予到小说女性命运遭遇中。女性，成为虹影无法回避也不回避的话题，"她是谁？""她从何而来？往何处去？"成为她无法停歇的追问。虹影写了多少部小说，就有多少个处境不同、形象各异、生命既复杂又丰富、或纯粹或妖娆的女性形象。她更多地书写了女性的受难与抗争，比如母亲，比如六六。她们好像萧红笔下的女性，卑微、隐忍、抗命。虹影也写了一些以

---

　　①　《虹影：不再饥饿的女儿》，《三联生活周刊》2019年，第41期。

男性为主角的作品，比如《鹤止步》，还有最新完成的《月光武士》。但是她写男性，是试图以跨性别视角理解男性世界、审察性别关系。是站在"她"的立场发声。

评论家陈晓明曾经在《女性白日梦与历史寓言——虹影的小说叙事》一文中剖析虹影的小说《康乃馨俱乐部：女子有行三部曲》，将其称为"文化幻想小说"。所谓文化是指被漠视的文化冲突、文明冲突等问题，比如关于性与欲、财与权、肤色与信仰这些我们必须面临的现实处境中的危机与矛盾冲突，虹影通过带着芒刺和尖锐棱角的叙事话语，大胆质疑勇敢挑衅。而幻想，则是《康乃馨俱乐部：女子有行三部曲》的三个独立篇章，由一个中国女子贯串起来，在未来时间里，在三个世界著名城市——上海、纽约、布拉格的奇特经历。事实上，《康乃馨俱乐部：女子有行三部曲》从体裁来看，也可以视为科幻文化小说，或者称之未来小说。关于《康乃馨俱乐部：女子有行三部曲》中这位中国女子的名字"蝃蝀"，虹影在自序中诠释，典出《诗经·鄘风》"蝃蝀"篇。从诗中得解，包含这样复杂的意义：女人是水，水汽升发得虹，女人成精；女人是祸，色彩艳丽更是祸。于是"不敢指"，可能有些人"莫敢视"也。这个时期的女主角，是为爱而生，也为爱敢恨的，富有破坏力、反叛力和抗争性。这也是虹影当时写作的内心经验、情感经验。而当第76届威尼斯国际电影节上，娄烨的新片《兰心大剧院》入选主竞赛单元时，作为该电影原著小说《上海之死》作者的虹影，接受采访解读自己创作的女性人物时，她说："我认为原谅、宽容以及自我审判才是文学更强大的力量，这种力量是女儿唤醒了我，只不过转换了一种方式去书写，我依然是一个女战士，在文本中书写女性的反叛。"①

  《上海之死》是虹影一系列历史虚构小说之一。虹影已经陆续创作了不少历史虚构小说，如《K：英国情人》《阿难：走出印度》、上海三部曲（《上海王》《上海之死》《上海花开落》），都是借历史的碎片，抒写奇女子的命运故事及情感关系，其中包含着虹影强烈的女性观和生命观。虹影是一个很会讲故事的作家，但她如果停留在讲故事的层面，她会容易被指认为通俗作家。虹影说过："关于小说创作，我以为只有一条规则，'好故事，说得妙'。"②这个"妙"，包含了创作的各种玄机。一部作品，故事不是作为经验的表达，它还包括了精神的探索，生命意义的呼喊。它包括并呈现了人性的复杂、心灵的复杂，还有灵与肉的冲突、搏斗、交融。所以，真正的小说创作，我们称之为叙事艺术，因为它通过叙事话语所体现的故事，其境界是一般讲故事所不可比拟的。这就是小说的人文价值、审美价值，也是创作的玄机所在。

  关于女性的话题，《好儿女花》可以说是一条分界线。在此之前，尤其是《康乃馨俱乐部：女子有行三部曲》（《上海：康乃馨俱乐部》《纽约：逃出纽约》《布拉格：城市的陷落》），在二十世纪九十年代后期，世界女性主义理论登陆中国，各种相关概念、术语为理论界所热烈讨论、广泛使用，虹影的作品被视为最激进、张狂的女权主义文本。她笔下的女性，抗争的方式往往是对抗的、造反的、运动式的，有破坏力的。"女权主义"这个标签，贴在虹影的作品上久矣。不仅是《康乃馨俱乐部：女子有行三部曲》，还

---

  ① 《虹影：不再饥饿的女儿》，《三联生活周刊》，2019年，第41期。

  ② 虹影公众号，虹影：《我为爱写作》，2020年2月14日。

有上海三部曲——《上海王》《上海之死》《上海花开落》，虹影以她的方式演绎并塑造了筱月桂——一个小女孩变成一个黑帮女王的过程，也虚构创造一个女明星同时也是情报人员，如何面对爱恨生死的人生大问题……我认为，中国当代女作家中，没有谁比虹影更熟悉世界女权主义的理论及发生的现实演变，她也曾经很认可这样的标签。

《好儿女花》，是我初读时很震惊的小说。小说中涉及的暗黑而沉重的家族历史、怪诞而挑战人伦禁忌的婚姻生活，极端的、超常规的，都是我的想象力所不逮的世界。我与虹影，是在不同文化传统和家庭环境中长大的两类人。我自以为很了解现实生活中的虹影，但我还是无法判断小说里有多少成分是来自真实的原型真实的生活，有多少是虚构。而且面对这部作品，阅读也是需要勇气的。这部小说的动因，来自母亲的去世和破碎了的婚姻。同时，这部小说的扉页，写明"给我的女儿SYBIL"。虹影站在人生的重要转折点，一道门关上了，另一道门已打开。她追述、追寻半生的母亲走了，她自己成为母亲，女儿SYBIL诞生了。命运的改变，人生轨道的改弦易辙，同时成为虹影重建自我、确认自我的新起点。在《好儿女花》的首页《写在前面》，虹影写了一段话："我没有想到，也未敢想，有一天我会再写一本关于母亲和自己的书，但我知道，只有写完这书，才不再迷失自己，并找到答案，即使部分答案也好。"

那么，《好儿女花》之后，虹影还是女权主义者吗？

2016年9月在广州的1200书店，虹影与评论家谢有顺、龙扬志和我的一场对话讨论中，"女权主义"是其中一个重要的话题。虹影认为她已经不是一个女权主义者了。谢有顺当时说了这么一段话："我认为最伟大的女性主义者绝不仅仅是反叛男性，或者对男性勇敢地抗议，我觉得这还不是伟大的女性主义者。最伟大的女性主义者肯定是包含了对男性的爱，其实最终还是希望改变两性对立的关系，而不是说要把男性从女性的世界摘除出去。恨不能改变一个人，也许爱才能改变。"①以此为标准，可以确定，虹影迄今依然是一个女性主义者，而且是当代中国女性作家中最彻底的女性主义者。"女权主义"与"女性主义"均是英文Feminism的不同译法，但我认为"女性主义"更为确切。"女权主义"让我们联想到的是"妇女的权利"（Women's rights），联想到西方曾经轰轰烈烈的女权运动。以此区分，《好儿女花》之前，虹影是女权主义者，《好儿女花》之后，甚至可以说，自始至今，虹影就是一个彻底的女性主义者。这个定义，来自她全部作品最热切的关注，最热情的抒写，是关于女性生命成长的各种可能，关于女人的苦难、忍辱负重、反抗与努力，关于女人的蜕变与重生，关于女人与男人的爱恨、宽容与和解。而她的性别视角、女性主义观念，在创作过程中，是不断演变的。

我重读《好儿女花》，再次走进这部争议不休的小说里。外婆与母亲之间的恩怨，成为理解这部小说叙述转向的切入点。从起源处重新审视自己的人生，以母亲为镜，看见自己尚未充分呈现的另一部分人格，给自己整合、重塑、新生的机会，我以为，这是《好

---

① 花城出版社公众号，《虹影〈康乃馨俱乐部〉与中国女性书写蜕变》，2016年9月14日。

儿女花》的书写意义之所在。"外婆的心眼儿诚，她种小桃红，朝夕祝福。母女之间长年存有的芥蒂之坝冲垮，母亲的心彻底向外婆投降。母亲泪水流个不断，悔呀恨呀，可是也没用，外婆不能死里复生……"①这是一部多线叙事的作品。除了母亲去世这条引线，还有婚姻崩溃这条线，还有"我"与兄弟姐妹之间的亲情关系这条线……每条线既清晰又相交叉纠缠，是一团越扯越紧的人间乱麻。更重要的是，在这貌似纪实、裸露、传记体的显性叙述中，却有一种小说氛围被精心营造出来，把读者引进内在隐秘、紧张、险象环生的中心。越过了相互关联的人与事，穿过整个关系蛛网，我看见虹影在描叙"小姐姐"的小唐，又换一套笔墨在讲述"我"的丈夫。然后"小唐"与"丈夫"合二为一，那些伤害、屈辱、压抑、恐惧、危机感……与对母亲的追述交织在一起，五味杂陈，伤痕累累。"我"和母亲作为典型的女性边缘人物，一生贯串着被嫌弃、被嘲笑、被误读、被羞辱的命运，但也以不同的方式相似的勇敢顽强，忍受着来自世界的恶意，经历跨越创伤、自我疗愈、忏悔、和解、包容并重建的艰难过程。

而对于这部小说中"我"与小唐、小姐姐的三人行关系，我曾经目瞪口呆，找不到如何评述的词。但这次重读，我清楚地看见虹影笔下一个PUA（Pick-up Artist)高手形象。"丈夫"形象可作如是观。我不知道虹影在写《好儿女花》时是否意识到这一点，但至少，她大概知道心理学中的"煤气灯效应"，即认知否定，一种通过"扭曲"受害者眼中的真实，而进行的心理操控和精神洗脑。创

---

　　①　虹影：《好儿女花》，江苏人民出版社：2009年9月版，第25页。

作《好儿女花》时的虹影，以强烈的女性身体意识和直觉在书写创伤，小说中大量的短句子，那种紧迫节奏，像是沉重的喘气，给人一种窒息感。压抑的痛苦、深藏的悲伤和耻辱感，构成文本的隐性层面。其基底，有心碎、怨怒、依恋与矛盾的爱。虹影带着武器和盔甲。也就是说，她一手握矛，一手持盾，她的攻击与防护都是有爆发力的。《好儿女花》的开头写着："温柔而暴烈，是女子远行之必要。"这可作为解读这部小说所有扭结不清的情感及复杂人性表现的钥匙。母亲葬礼结束不久，女儿诞生了，新的生命开启了新的未来，意味着各种可能。外婆—母亲—我—女儿，虹影循序抒写了女人的命运、身份蜕变与重生。它既意味着生命的轮回，同时构成一个极有张力的生命之环。无私的母爱，是其中触及灵魂的救赎力量。

　　而关于母亲的叙事，从《饥饿的女儿》开始，就执拗地贯串在虹影大多数的小说中，这是她难以释怀的心结。这部为虹影带来极大创作声誉的自传体小说，同时也是饱受争议和误读的作品。因为身世之谜及身份危机所带来的困扰，虹影闯进兵荒马乱之年母亲的爱情与婚姻历史之中。"我是谁？""生命从何而来？""什么是爱？""母爱是什么？"这些看似终极追问的困惑，在敞开裸露的家族历史追寻中，一步步逼近真相，难以直面。这让一个18岁少女的情感变得复杂、矛盾而纠结，几近崩溃。而它所引发的争议，恰恰是这种言说的方式触及当时作为叙事禁区的身体伦理与情感越轨。今天重新读《饥饿的女儿》，会发现，这种看起来极其胆大妄为的叙述，其实是老实坦白的手法。迫不及待地直白倾诉，甚至滔滔不绝，让虹影顾不上修饰、隐匿、曲笔、善巧。正如汉学家葛浩文的评价："许多此类书，我看有个共同点，就是想要宽恕自身劣行，或呼喊受冤，或自我标榜，或有意卖弄……《饥饿的女儿》贯串的特点是坦率诚挚，不隐不瞒，它就是为什么连续三天时间我一直在读这本相当长的书稿。"①

写女性的命运道路，写两性关系，脱离不了性爱描写。而性描写，也是虹影小说被议论纷纷的一个方面。但不得不承认，虹影是描写情色的高手。性爱几乎是她小说的贯串性旋律，1999年写成的长篇小说《K：英国情人》，是其性爱主题的登峰造极。也因其惊世骇俗、颠覆传统引发更激烈的争论，甚至惹来官司。这部小说的内容，通过东方知识女性闵与西方登徒子、青年教授裘利安的性爱传奇，将女性的主动性、自主性、自由精神写得淋漓尽致，无法无天。这显然是对男性中心主义的挑战。中国没有哪一个女作家敢如此写，也没有哪一个男作家会这样写。而最新完成的《月光武士》，荷尔蒙气息和肾上腺素同样弥漫纸页之间，写得血脉偾张。细节，非常考验创作功力，它是小说坚实而永恒的支点。正是通过细腻而奇妙的性爱细节，画面感极强、激情洋溢、狂野浪漫，使虹影小说中的性爱描写场面，被关注，也被读者津津乐道、褒贬不一。虹影写性，不是欲望化叙事，也不在于猎艳、宣泄。"性"是其风月宝鉴，以此照见人性与人心，照见性别文化的历史与演变。也是从写"性"的态度上，虹影小说显示出极大的文化张力：性别文化、中西文化、传统与现代的文化碰撞……

好小说除了好故事，还应该在其话语方式中包括作家对世界、

---

① 葛浩文：《〈饥饿的女儿〉——一个使人难以安枕的故事》，《饥饿的女儿》，知识出版社：2003年，第234页。

对生命、对生存的看法和态度，以及价值取向。创作技巧是融入作家的洞察力、评判力和思想观念的。

很难说虹影的话语方式是传统写实还是后现代颠覆，是女性主义还是新历史主义，是海外流散文学还是乡土文学。似乎都包含了，界限不清。更准确地说，她的创作，从形式到内容，往往是跨界的。

创作达到成熟的阶段，跨界是自然而然的，体裁只是借来表述的工具。就好比武林高手，不按套路不拘拳法，该出手时就出手。萨尔曼·拉什迪给儿子写过《哈龙和故事海》，智利女作家、《幽灵之家》的作者伊莎贝尔·阿连德给自己的孩子写过少年探险奇幻三部曲《怪兽之城》《金龙王国》《矮人森林》，英国大作家吉普林写过《丛林里的故事》。而成为母亲的虹影，是否也会为她的孩子写书呢？

虹影果然写了《神奇少女米米朵拉系列》《神奇少年桑桑系列》九本小说。《米米朵拉》讲述了10岁主人公米米朵拉怎样在"丢失母亲"之后走遍世界的寻母冒险记，是一次对童话、神话、奇幻、民间故事等多体裁的混搭，讲未来世界人类会面对的种种困惑和危险。这是她对女儿爱的启迪与教育，她自己也在成长。成长是生命不断变化，从一种境遇走向另一种境遇的过程。小说所要表达的，正是这种变化着的生命哲学。她从对女性欲望叙事、两性关系探寻，到对母爱、友谊、亲情等普遍人性光辉的呈现，把自己生命中寻找到的重要意义表达出来。而这个核心，是关于女性身份与生命道路，关于女性命运的各种可能性，关于女性心灵的深刻体验。在这个意义上，虹影是真正的、彻底的女性主义者。

《好儿女花》之后，虹影关于性别关系及女性的生命观，有明显的转变。如果之前的女性形象面对男权中心世界的方式是呈现创伤、控诉呐喊、对峙复仇的，在《罗马》《月光武士》中，她赋予女性人物更鲜明的现代性，独立、自主、圆融洒脱。比如《罗马》里的燕燕和露露，以及《月光武士》里的苏滟，还有秦佳惠最后的人生抉择……她更多强调女性的自我意识、自我觉醒，女性必须成为一个吹笛者，才能得到拯救。

转变的力量来自虹影心灵上生长起来的爱。小说虽是虚构，但它的情感、表现出来的生命情状都是真实的，活生生的。所以说，小说也可以视为作家的个人史、心灵史。虹影的小说人物，总在反复提出这样的问题并试图去解答：什么是爱？什么是生命？你是谁？我是谁？什么是现实？什么是幻象？

神秘的幻象也是虹影小说中无法忽略的写作元素。她以此呈现另一类生命景象、另一种声音的存在。她看见不同的能量。《月光武士》中总在江边赤裸出没、不断被性诱怀孕的黑姑，她面貌丑陋、疯癫狂野，却也叛逆强悍、肆无忌惮。这个角色，在《饥饿的女儿》中曾以花痴的面目出现。无论是黑姑还是花痴，这个形象都给作品带来怪异的气氛，有一种冲击力。我设想，这个疯疯癫癫的女人是虹影的童年记忆之一，她的叛逆强悍是虹影在屈辱无助的年代内心渴望拥有的力量。如今她既是窦小明的性启蒙角色（有点类似《红楼梦》里贾宝玉梦遇秦可卿），也充当了秦佳惠形象的反衬，以一种非常态的出场，释放出被压抑的最原始的生命能量，挑衅强权的男性世界。这是虹影一以贯之的女性主义立场。

而出现在《月光武士》中的另一个神秘人物是黑衣黑帽的宾爷。来无影去无踪，神出鬼没，似在非在，似人非人，却牵着会算命的神鹅，"会算命，代写信"。他出没于窦小明走投无路之时，犹如路标或先知。宾爷与其说是一个人物，不如说是一个作者设置的隐喻性符号。宾爷让人想起写于1996年的《饥饿的女儿》中那个在"我"走过的路上若隐若现、一闪而过的神秘男子。究竟意味着什么？这是一个困扰"我"的问题，也意味着前方有未知的各种可能，让"我"好奇，也让读者好奇。他仿佛是灵魂的秘密，而"我"的身世之谜已揭开，这个秘密却没有答案。20多年后，《月光武士》里的宾爷与之呼应，宾爷特立独行，走过混乱嘈杂的俗世，走过方向不明的暗夜，他是魂，是秘响，是叫醒的力量，他照见尚不为人知的精神内面。

　　这就是虹影的无界书写，也是她创作的N面。也借用《诗经》的诗句"女子善怀，亦各有行"，典出《诗经·鄘风》"载驰"篇。这里的"女子"是诗中咏叹的远嫁许国的卫国女子许穆夫人。所谓"女子善怀，亦各有行"，指的是许穆夫人要回卫国吊唁卫侯失国，却遭许穆公等人阻拦，夫人被迫折回，路上抒发自己的不满情绪。身为女子，虽多愁善感，但亦有她的做人准则……这大概是中国最早的女权思想表达了，许穆夫人道出了多少善怀女子的共同心声。虹影的叙事风格，已经发生很大的变化，在《月光武士》中，我读到平静淡定与开阔，她的写作进入一种新的境界。而且她的跨界写作已经很自如，不仅是历史与虚构融为一体，私人话语与公共表达也熔为一炉。诗意和散文化，也作为动人的抒情碎片镶嵌其中。而最根本的内核，悲伤之中对生命微光与暖意的珍惜，绝望中的信心与心怀希望，越来越彰显。

归去来兮，永远的长江水。从18岁知道"私生女"身世出走山城，到走遍世界之后，认定自己的灵感源泉依然在长江两岸。重庆，成为虹影写作的原点，流动的长江上游至中下游（武汉、上海），成为她最根本的文学地理。每个人心中，都有回不去的欢愉或伤痛的过去，生命一直在流动中变化。说吧，记忆。重新发现，重新看待，重新获得新的视角与领悟，这是精神与心灵的转世重生。这个过程充满内在的艰难，却意味着脱胎换骨，意味着无限想象的各种可能。

2021年5月26日

修订本说明

当年写这部小说时，我个人生活正处于一个极其困难的时期，如同行走在钢丝之上，不管如何走，都免不了掉下悬崖。

于是我关起门来，饭菜都是从餐馆叫来，埋头写。做一个作家的好，就是你差什么，想象力就尤其发达。我设计了一对少年人在1945年前后的故事：加里王子和乱世女孩兰胡儿。一改往日小说凄楚与悲剧的结局，我创造了他们的世界，就像当年上海最美一天的霞光，光彩炫目。

他俩到底是不是兄妹呢？这点重要吗？想知道真相吗？

若是非要有真相的话，那么你只需要知道他们爱着对方，如兰胡儿所说，你活我活，三生三世，你死我死，此地此刻。

那是魔术，爱的魔术。记得最后完稿时，我个人的生活也出现了魔术。因此修订这小说时，我不得不在这里说，由于写这本魔术的小说，我没从钢丝上掉下来，而是安全地降落到地面。

第一部

第一章

"你知道《传道书》怎么开头吗？虚空的虚空，凡事都是虚空。一代过去，一代又来。"

他说完，手指敲敲孩子的脑袋，让孩子站定听他讲。"明白了吗？在耶路撒冷做王，大卫的儿子，只可能是我。我受主差遣，遥远的过去，开始做准备，先就写好《传道书》，你是本王的王子，最聪明最能干，千万不要忘。"

男孩早就点头了，一脸认真。

"不要不高兴听！我昼夜辛劳，见证一个一个新王朝，最后到达东方，我为你而来，不为上海。"

他看着街道上空一道灰暗的天，继续说："我又转念，见日光之下，有人孤单，无家无母，极重的劳苦。两个人总比一个人好。"

"我难受，"男孩子突然说，"父王，极极极难受。"

他看都不看一眼，只把孩子抓得更紧：他们正穿过城隍庙最挤泼翻的地方。庙前的大场子各式吆喝、各种香味。他得找一个马戏班主谈生意，想参加一个小场子。

我主，饶恕这些罪人的灵魂。在这个恶孽之城，我要向多少狗娘养的求情？

有一点不需要主提示，在这嘈杂的所多玛，他非得把这孩子捏紧不可。好奇心不仅夏娃有，亚当也有；偷孩子虽不是中国特产，想抓走这个俊俏男孩的人不会千年难遇。近来这孩子听话了一些，也许不会长成叛逆的该隐。

男孩子又在叫了，声音凄惶：

"父王，透不过气。"

他俯下身来，看到孩子脸色灰白，眼神满是恐惧哀怜。

"我的王子，"他严厉地说，"什么地方难受？这可不是香柏木宫。"

被他叫作"王子"的男孩，好像就要晕倒在地。小东西十有八九在耍滑，他蹲下，抓住孩子的双臂："到底，什么地方难受？"

男孩子喘不过气来，双眼翻起一片白，手直抖："每个地方，上下全身——玛玛拉，达达哈。"

这样子像癫病，一着急时，这孩子会各种语言一齐上。小东西已跟了他八年，健康得像条小狗，从来没病。不然，主早指了别的路。

应当让他坐下，四周人来人往，没有地方可坐。附近有个摊子，卖臭豆腐的，香气扑鼻而来。摊主正期望地看着这一大一小。他扶着孩子过去。

"这位洋先生脸熟，"摊主热情地迎上来，"一毛四方，火辣火烫，随用辣酱。"

男人笑嘻嘻地点头，占了板凳说："就借个座儿，借个光儿，孩子坐一坐就走。"

"不吃？"摊主笑脸一下子收住，"不吃别占座，您给个面子！我们做小生意，您洋老板，就抬举别人吧。哎，您——"他话没说完，瞧见一个女人带着两个小姑娘走来，急忙转头去招生意了。

男孩子按着肚子哼哼。

"到底，哪门子事？臭小子，耍本王花招？"

男孩子头垂着，只是伸出手，指着右前方。那边正有一大群人，有的在喊好，有的往里挤，不清楚他们围观什么。男人急了："什么，什么意思？"

"里面，英赛德，"男孩子喘着气说，"里面有人折断我。"

"折断你？怎么折？"

男孩子痛苦万状地扭着身子。男人急得团团转，忽然想起一个办法，摊主正给另一个顾客盛一碗臭豆腐，他一把拿过来。"我们先要的。"他把碗放在男孩手中，"让他吃，吃完我就付钱。"

摊主不会让男孩不付钱就走，这样他就可以离开几步，看个究竟。能让这个男孩发神经说胡话，必是天下最蹊跷的勾当。人围得紧密，男人费尽力气才靠近。不过，挤不进没关系，他个子高，已经看明白。

　　是个杂耍班子。一个十岁左右的小女孩，跪着翻身，上身反扑过来，肚子朝天，脑瓜从双腿之间伸出来。一个身材矮小的少年站上她的肚子。小女孩两腮和嘴唇，点着红艳过分的胭脂。

　　这一招叫"翻天庭"，他不是第一次见。围观的人群喊好，撒钱的人却不多。一个双鬓有点灰白的粗壮男人，在抱拳打揖转场子，嘴皮翻得快声大如洪钟：

　　"观音娘娘身边玉女下凡神仙功！哗啦——各位看官洋钿哗啦——哗啦——哗啦，先谢过各位老板慷慨施舍！"

　　女孩被踩了几圈，班主喊了十几个"哗啦"，才有人丢出一两个铜板，班主赶快拾起。少年从女孩身上翻身一跃而下。

　　班主又高声一吼："各位发财大看官宝眼看仔细啰！"

　　旁边走出一个青年壮汉，个头极大。他先一只脚颤悠悠地试试小姑娘的双膝，又试试小姑娘的肚子。周围人伸长脖颈。这个壮汉可能有两百斤重，场面有点吓人。连小姑娘也收起笑容，似乎有所准备。

　　"三百斤铁塔，山大罗汉，玉女纹丝不动也能抬上天！纹丝不动抬上天哪！"

　　壮汉踩上了女孩的肚子，女孩脸都白了，笑容很勉强。

　　那男人心里一惊，想起男孩，回过头一看，臭豆腐摊边凳子上没有人了。"不对，"他心里骂道，"臭小子，我上你大当！"他用力往外挤，可这时有一只手紧紧地抓住他，有些嘶哑的嗓门，痛苦地喊："父王，我受不了。"他马上停住了。

"好！"人群喊炸开。他高过许多围观者，转过头一看，那个壮汉站在小女孩胯上，正颤颤巍巍专心做金鸡独立的姿势。

"停下，停下啊！哇呀，父王。"男孩已经痛得滑倒在地上。

男人说："我是个洋人，弄出事来，管事的不照应我末途。"

人群更喧闹了，班主又在喊："看官大发财！哗啦哗啦啦赏钱如泼水！今天大利市多谢捧场！"

他焦虑地抬头往里看，大吃一惊：那个班主满脸流汗地举起一个大缸，站在小女孩身上的壮汉正要接过去。班主在狂喊："金刚宝眼看清楚啰！下钱就显功，撒钱啰。撒钱神功不散！神功不散！玉女抬天！玉女抬天！罗汉不倒啦！山上加山啦——"

"杀人啦！"男孩子在地上抱住男人的腿惨叫起来，"杀人啦！"

孩子骇人的叫喊惊动了整个人群，有人跟着尖叫起来："不好啦，杀人啦！"一下子炸了场，也有人趁势去抢散落在地上的赏钱。壮汉早就跳下来，推倒抢钱的人，钱币撒在地。女孩子喊了一声，鲤鱼打挺翻身跳起，来不及做个收势，就一头冲去抢钱。

男人一把拉起男孩赶快跑。听到后面闹哄哄中有声音在喊："洋瘪三白吃不付钱！""抓洋瘪三！"

他使着力气拽，不管孩子步子小跟不上，钻进没人的小弄堂，才停下来看男孩：孩子好像没事，气比他还匀，笑嘻嘻讨好似的看他。

"到底什么事？"他真的生气了，在上海滩混饭吃，绝对不能卷到哄闹场面里去：什么麻烦都可能惹上身。

面临挨骂，男孩嘟着嘴说："格辰光就是痛奇，浑身上下骨头啪啪响。"

男人想了一下：场子里小女孩身子如绢花一样折起，壮汉站上她身上时，他也捏了把汗。这把戏叫"内功"。主也不能保护女孩内脏脊柱。女孩不值钱，这种事常常发生。以前他们在各码头上遇到过这种杂耍，男孩只是不喜欢。这次不一样，没看见，怎的闹个死去活来？

反正已经过去，连那位卖臭豆腐的，都没有抓住他们。真到了要付钱，即使一毛，也拿不出，也舍不得。

几抹斜阳搭在弄堂，在那些晒晾衣裤上添了些红光。正事正经办，赶快找那个马戏班主。他的王子跟着他，竟也吃不上臭豆腐！这上海遍地是钱，怎就没有他的？

所罗门的财宝与智慧胜过天下列王。经书难道会开笑话？他这样信神之人，会跳不出地狱？我主说了，不要与一切仇敌纠缠，他要以我名建殿，我必坚定他的信心。

琐巴王利合的儿子正往大河去，是啊，无论东方西方，主都让我得胜，主啊，但愿这不是我可怜的奢想。

第二章

满街说什么空中堡垒，怪怪的名字B-29，要来炸上海。警报器一响，上老下小的市民，在家里床和桌子上垫了厚厚的棉被，纷纷钻床底桌底。不怕死的人，站到街头屋顶上看。

日本当局派人日夜守着报社，不让透露战事的消息。只消看大世界生意淡了，比多少张报纸消息都灵。

一辈子倒运的人，难言吉凶，这回居然运气轮转：做杂耍的天师班，走了一辈子江湖，搭草台班，做梦也不敢跨进大世界那道门槛，这回真要到那里面演出了。

师父说，能做几天草头王，也是大喜。整个杂耍班子兴高采烈地跟着他，一板车就拉足全套道具。

落在一席人后面的兰胡儿，远远看见大世界那扇大门：镂花铁门八字朝里开，光光色色贴着海报。她走进大门，警报器突然响了，刺耳刺心地叫着。

大世界门厅里一片混乱，人们慌张找地方躲起来，她一个人往楼梯冲去，一口气上了大世界屋顶花园，喘着气看天空：一排飞机竟然越飞越近，小机护着大机，险些要刮到不远处的国际饭店，轰隆隆一阵，飞了过去。

兰胡儿的布鞋浸在地上一摊积水里。脚趾冰凉湿漉漉，她低下头来，恼怒地一跺脚，结果在大露台上踩出一个个花印。

几分钟后，她跑下楼梯，大世界门厅里已恢复秩序，往来着游客。圆柱大厅气势辉煌，大喇叭留声机里放的舞曲圈圈悠悠。进大门的人，往两排哈哈镜走去。

燕飞飞正在到处张望，明显在等着她。

进大世界那一年，兰胡儿和燕飞飞应当是十三四岁，一般高，形同姐妹。不过兰胡儿下巴略尖，燕飞飞稍圆，兰胡儿眉眼比燕飞飞俏皮，燕飞飞笑起来比兰胡儿水甜，这是男女看客的评说，两个女孩自己没比过。

兰胡儿握着燕飞飞的手，往前走。游客们挤在哈哈镜前，笑得大开嘴的女人特别讨厌，没有一点儿体面。拖长脖子压短胯腿，嗒叽一下腰捏成两把，就这套玩意儿，兰胡儿从小被人逼着做这种事，从来也没人朝她笑。

她不愿看哈哈镜，而是看大厅。大厅里走着一个有韵有致的女人，大波浪卷发，鬓头插着珠花，开衩到大腿的绣花绣朵旗袍，走得昂首挺胸眼中无人。

兰胡儿看傻了。那女子是天仙，跟她这种小姑娘比，活在另一个世界。女人下巴上有颗痣，笑起来更不像人间凡人。两个男子像保镖，跟在后面拾级而上。兰胡儿禁不住张开手掌虎口，估摸那鞋跟到底有多高。

那女人来，猫猫精不是看人，而是让人看。

大世界外观仿西洋，里面却国色古香，相连的五幢楼，弧形排列，两座主楼间有一条百米天桥相贯。北面阳台宽大，还配了水榭与人工瀑布。

剧场里更是南音北腔，花样百出，放映新出炉的国产电影日本电影，英美名片多是战前旧货。评弹能让人久坐不去，平剧是沪上名旦坤角。

都说男人一进大世界腿发软，女人一进大世界跑得快：交际花喜欢来，姨太太更是离不开，过道上有清雅素面的学生来看电影，旁边走着好不容易放假一天的女佣奔扬剧去。雅俗各得其所，各走其门。不喜欢来这里的女人还未出生。

师父已经警告多次：大世界正儿八经是比武场，心神儿不能分岔子，大世界老板派人到每个场子点空座，倒扣酬金黑心黑肠。

她闭上眼睛，双手合十，说："上界大佛啊大佛，保佑今日后，大好运气转转！"

当她睁开眼睛，就发现师父张天师站在大厅里处，不耐烦地朝她们招手。两个小姑娘急急忙忙奔过去。

迎面走过来一个少年，鄙夷地一瞥，故意停下。兰胡儿也停下了，忽然看见一个大洋人，黑礼帽下是长鼻子，一圈胡须缠在嘴边。那洋人对那少年冷冷地说："上路！"

两人脚步带过一阵风，进了右边的门，一眨眼就没了踪影。

第三章

所罗门带着加里，在大世界五层屋顶花园走了一圈。镂空的六角宝塔，奶黄色上飘着静静的蓝。屋顶花园养了珍禽奇兽：笼子里的孔雀，栏里的鹿。从这儿往外瞧，下面街道琳琅满目地挂着招牌，路人大多悠着溜着，不管是马褂西服还是旗袍长裙洋帽，眼皮半闭半合地过着日子。

欧洲已经围攻柏林，整个上海等着看小日本还能撑几天。街上那走得飞快的人、失魂落魄绷着一张脸的人，恐怕都是急着找门路的大小汉奸。

加里摸着塔柱子，铁梯有几星锈斑。

"父王，重打锣演什么戏呢？"

所罗门仔细打量加里，一夜间这小子长过他肩膀，声音变了，有了喉结，乍一瞧，已是个俊气的小后生。

加里一直等着到大世界演出，所罗门当然知道这点。露天剧场台两侧有大招牌："不到大世界，枉来大上海；淳淳海派风，浓浓上海味。"

"我的戏法，惊骇大世界。"所罗门故意不当一回事地说。

"那么，父王，告诉我，我打哪里来？"

加里不爱说废话，一旦问这个问题，必是到了最不开心之时。

所罗门津津有味地抿着威士忌，这个银制的小酒瓶是加里送的。加里从哪里弄来的，就不是所罗门的事。他很省着喝，强迫自己把酒瓶放回口袋。这才回答加里：

"你是王子，我的；我是父王，你的。我们都来自圣城耶路撒冷！"

加里不喜欢这回答，似乎他也是个酒壶，不必问来历。所罗门曾说过，他姓陈，陈家利，俗姓本名，就像出家僧人一样。俗名没有人会知道的，艺名比乌鸦还叫得响。王子也没什么了不起，所罗门王有上百个王子！不过这个所罗门一再告诉他，那个所罗门王最宠爱加里王子。

"我会鸟语和鬼语。我曾从巴格达的幼发拉底河岸出发，靠英勇和顽强打败狂傲不驯的敌人。"

所罗门拂了拂洒在大衣上的酒星。他皮肤白里泛点红，鹰钩大鼻子，个子有五尺半，半个啤酒肚，多年颠沛流离也没有瘦得住。他只有一套戏装：一身黑西服高顶帽，外加一件黑大氅，只要穿戴起来，便是整个上海滩最威风凛凛的人。胡子一旦抹上金刚蜡，只怕就是整个远东最神气的人物。

但是戏装一脱，他就比以往任何一年都更潦倒，露在黑礼帽外的头发花白，油光谢顶。

据所罗门说，他十五岁时头发就灰白，二十岁就秃了顶，周边头发倒生得浓密，一直就是原样。前一任所罗门王，三千年前那位哲人王、圣贤王，宝藏无数，就是白发秃顶。"反正前生后世，一切皆是命定。"

这话只能让这个长大的少年更疑惑，所罗门盯着加里紧锁的眉头，戏剧性地长叹一口气："不过你不要担心，你只是长得像中国人而已，既然是我的王子，就证明你血统纯正。"

加里不在乎国王血统。他早就学会不顶嘴也不追问，看见所罗门王揭下黑氅来，赶紧朝前两步，接过来拿在手里。他们来见大世界的经理，事情办得顺当：明天来签合同。所罗门一高兴，就带加里到这儿来，让小家伙散个心。

所罗门摸着口袋里的小酒瓶，想掏出来，不过忍住了。他走得昂首阔步："大世界是上海娱乐界顶顶尖尖。臭小子，外滩只是上海的皮肉，大世界才算上海的精神！"

加里还是心神不定，所罗门说："我知道你在想什么，我的机灵鬼王子。"

"父王，赌什么？"加里随口回答。

"你赢了教你新魔术，我们开张时就表演。"所罗门走了几步，"你输了捆起来加上锁，连伟大的胡迪尼一整夜才解得开。"他笑起。

不等加里同意，所罗门捻了捻胡子，说出来："我打赌：你在想念刚才大世界门厅里那个小姑娘。"

"谁？"

"谁都看到她的，你没有看到吗？"

"父王，我只看哈哈镜。"

所罗门侧过头来，叹口气说："我今天教你一套伸缩牌。我像你这么大，十六岁，早就开始追女人了！东方人不容易长大，鸡巴不容易立起来。不过没关系，好好学，有本事就会有女人。"

所罗门手一伸，花里胡哨的纸牌像一架手风琴拉开。

"父王，上个月说我十四岁。"加里抗辩了一句，"谁一个月长两岁？"

"你们中国人有阴历阳历，当然能一个月过两个生日。"

"那么我的生日到底是哪一天？"

"我也不知道。你是花两百两银子买来的，我一向跟你实话实说。我奉劝你，少伤这脑筋，我自己生日，也不知道。"他的声音不耐烦起来："你到底学还是不学？听着，我还不想教呢！"

加里伸出大拇指，模仿所罗门的豪爽口气说："学，管他娘的几岁！I don't care！凯尔也没用。"

所罗门笑了："这就对了。没想到吧，我所罗门到大世界演出！这大世界的经理，说一句话，赛过金字塔一块巨石重。我可爱的王子，你当时在场，真正的clear？"

"没错，父王。"加里重复所罗门的自信，"我听见了，诺道特！"

他们两人说话，用的是一种上海话夹英文夹意第绪语混起来特别奇怪的语言，只有他们俩才懂。所罗门跟别人说中文时，句子特别短，连不起来。加里对其他人说话倒是一清二楚，走过那么多码头，到哪里，几天后都是一口地道本地话。

加里的上海话，就像苏州妈妈宁波爸爸本地舅舅的完美混合，让好多所谓的上海人都怀疑自己的上海话不纯正。

"听准了？"加里说，"字字句句清清爽爽。毫无疑问。"

"那就大大好事，马上我，全世界闻名！"所罗门露出微笑。

四年前，日本人打进租界，正是魔鬼最狂的时候。那时他整日东躲西藏，生怕落进集中营。后来明白他可以用自己的俄国护照，算是个俄国人。他不想当俄国人，但更不愿意住日军集中营。上海几万犹太人，谁说得准什么时候，日本人会把他们煮一锅汤，送给希特勒当礼物。

这一切就要结束了。轮到他来大世界表演，这真是命运女神飞来亲吻他的时候！

第四章

这天上午所罗门探场子，看见有五六个人已在他之前占用了舞台，就轻手轻脚坐到后排。那些人在台上捣腾着，天师班招牌下写着二十多个字，有什么"顶天立地大罗汉""西域公主兰胡儿""绝色妖蛇燕飞飞"等等。他看台上的人，服装倒也算整齐，男的青蓝，女的水红淡绿，配得很上眼，补丁打得细巧隐蔽。

那个老家伙正精神抖擞，穿带金边的青蓝长袍，看来是杂耍班班主——降魔驱邪张天师了。他手把手地教几个徒弟。天师就算了吧，连姓张也不好说，所罗门想，就像他自己，借个姓一用。

张天师把长袍脱下搁在椅子上，短衣裤洗旧掉色，像个码头苦力。他们练把式挺认真：壮汉头顶着一个水缸，水缸上单手倒立着一个绿衣女孩子，双腿笔直。场子里很静，听得见水缸下壮汉的呼吸。女孩一个轻跃，倒翻在地上。

"好身手。"张天师夸奖说，拍拍女孩的脑袋。

所罗门左腿自然地抖了抖，猫着腰准备离开，他不想让台上的人看见自己。

可是他马上重新坐回原处，甚至取下黑礼帽。因为那壮汉又托起沉重的水缸，另一个红衣女孩轻盈地从他的肩膀倒立到水缸上，水缸是歪的，平衡就难多了。

"我们这回得放音乐，在大世界嘛，放大歌星的唱片。下午合一合。兰胡儿注意！"张天师看着她，"把脸朝向我，台下人要看你的脸。不要紧绷着，唉，学燕飞飞，笑得甜一些！快把鞋上那朵花钩到嘴边衔起来！"

那个红衣女孩，本来姿势比绿衣女孩更从容，不知为什么，有点紧张，手臂抖了一下，连人带缸倒了下来。亏得张天师接住，但水缸还是碰在女孩子身上，她痛得"哇"的一声叫起来。

那个张天师对红衣女孩态度很坏。听训斥时，她拒绝开口说话，表情倔强，眼半瞥带出内心傲气。一个不知天高地厚的嫩稚孩子！主可怜她吧。

所罗门转过头来，身边空荡荡。这才想到他有意不带加里来，让这小家伙一个人在家里练扑克牌。上次带加里来大世界一次，给了他一点好奇心，就可以了。今天作为一国之王来和大世界经理签合同，这种头等大事，我主有印记，我必一意一心。

进到场子里十来分钟后，所罗门从旁边座位拿起自己那顶黑礼帽来，悄无声息地顺道走出门去。

大世界经理二先生是个鬼头鬼脑的家伙，做生意太精，想让他跟这个穷草台班子一起演出。假如非得共一台，看来不是坏事。他和加里的戏就窜彩了。

他能来大世界，不过是由于最近世面乱。他几乎可以称得上是半个中国通，加百分之九十九个上海人，明白里面的弯弯绕绕。

哪一天大世界生意好了——日本人完蛋后，肯定上海，肯定这大世界，要大发一阵——一旦要换戏班，多半会先踢走这个穷酸"天师班"，他继续在这里赢大把喝彩大把钞票。

第五章

天下第一名旦梅兰芳多年留须明志，这几天在南京西路成都路口中国银行大厅里开画展。画得如何不说，梅兰芳在上海滩露脸，小日本马上就会完蛋，这世界就会天光大亮。在练完第一趟休息时，张天师说给每一个徒弟听，他打心眼里高兴。

1945年的春天来得夸张，鼓翻旗摇。这春天叫人觉得什么都真真假假花头十足。

比如，那个正上后台的少年，铁盖儿笨头傻脸。

兰胡儿喜欢欢梅大师，觉得此人是惊艳绝世。师父说他是男人装扮，才会那般牵肠风情，嗓音才会妙意百转。如遇机会，她愿告诉梅大师，他是顶顶第一好汉，因为有颗女人心。师父说她说话怪、想法怪，嘿，从小没爹没娘，头脑歪着长，舌头偏着长，身体成天曲里拐弯，哪能跟你们一个样？梅大师名字也与她有缘哪，梅有梅派，兰有兰技；梅有梅腔，兰有兰语。

她高兴起来，两个鹞子连翻，倒立在墙边，倒过来的眼睛继续看那少年，腾出右手在墙上拍了拍。

"行行有规，外人偷看练功要瞎眼！"

那家伙听见了，没有应答，倒是停住脚步，站在原地。

既然师父没有拦，好像也不必把这小子赶出去，反正倒立的时候，她也没法动手。这个人皮鞋不新，尺寸比她自己的脚大半截，小孩大脚，不过鞋油擦得明光锃亮，裤管也没有脏灰。这点印象不坏，大部分男孩子脏里巴叽，让她横竖瞧不起。

兰胡儿眼睫毛翻动，一点点往上看。少年细眉细鼻，头发剪得整齐，穿了一件黑西服，合身得很，不过早就磨破袖口，明摆着用黑墨涂的。里面的白衣洗得过得了眼。对于她长久倒立，单手脱换，甚至双脱手，单靠头倒立，很多人禁不住好奇，但这个惹人不快的东西竟然一无所动。

她很生气，倒立着走向后台顶端，双脚重新靠在墙上，看不见那人了。就在这时，她扎头发的红布条散落了，头发撒在地上，像一匹闪亮的黑绸。一只手伸过来，长长的手指把那布条拾起来，吹吹上面的灰尘。老实说，从未见过男孩子手如此细巧。

这个令人烦心的中午，兰胡儿说的第二句话是："少在此管不该管不能管不必管的事。"

此话很不客气，而且带有火药味。那少年拿着红布带，没有动，也没有说话。肯定是故意装蒜绷面子。

"你以为拾个发带，密斯本人就会理你？"兰胡儿从鼻孔里哼出一声。另一条扎头发的红布带也落在地上，她一头黑发如烟花炸开，热闹唱一场。

少年又弯腰拾了起来，放在嘴边吹了吹，兰胡儿的眼睛倒斜着看少年，他依然不说话，不知在打什么臭主意。她怒火冲天而起：这个人至少应当感到好奇，至少应当问密斯本人两句，不能认为有人生来就该倒立着做人。兰胡儿心里定下主意，不给少年再献殷勤的机会。突然一个翻倒，她双脚挂上他的脖子。少年惊奇得张口发出"噢噢噢"的声音。

兰胡儿骂了一句："看你就是个哑巴！"她的脑袋穿过他的双腿到他前面来，对着他恶作剧地一笑。

少年无可奈何地摊开双手，像是在阻止自己不去拉掉这个不讲道理攀上来的身体。

兰胡儿脚轻轻一钩，双手往他的膝盖一勒。他没有弄清是怎么一回事，就仰面倒在地上。爬起来，整个后台已经没有人。场子大门"吱嘎"一声，兰胡儿跑了出去。

当天夜里，加里失眠了。下午在大世界见到过那么多人，眼前绕来绕去全是那个红衣女孩的神态。实际上他完全没有看清她是什么样子。他这辈子还没有看过倒立人的脸。

不过这是平生第一次被一个女孩子抱住，用腿倒过来抱他。这印象太深，他不想也得想。

到下半夜，他闭上眼睛前，发现所罗门并未睡，在床上看一本黄黄的书，手摸着胡须。房间里唯一的灯泡被拉到床柱头边，用了一根麻绳系住，光线发黄。他们住得离大世界不是太远，小南门弄堂里福祉小客栈的亭子间。靠墙有张单木床，属于所罗门。墙边一张小桌子。加里每夜打地铺，一向一睡到天明才醒。

所罗门有个上锁的木箱，里面装了一个上锁的小木箱。加里用眼睛的余光瞅得到，两层锁里不过是几本旧书。但所罗门每次都小心地锁上，锁时还专门背过去，怕加里看出钥匙翻了几圈，钥匙从不离身，套了皮绳，当项链戴在脖颈上。

加里问自己是不是太有点糊涂。哈哈镜中见过红衣女孩，倒过来也见过，就是没正面看清过她，值吗？

加里摸摸自己的脖子，有些痛，被她那特别有劲的双腿绞的，怪年头，连女孩子一双腿也能跟他有仇怨。

她的皮肤是风吹日晒的橄榄色，眼睛直直地从下面盯着他。脸上的红晕像画上去的，腰似蛇 S，翻过来像 X，走掉的背影像 A，就不知道她脸像不像 Q？不过摔倒他像 W，两个翻倒的人。

当时他拾起那两根红布条，却不知道怎么替她把乱发扎好——她根本就没有梳辫子，而是随便地两把头发分成两束，长发飘飘？没看清。但他有这冲动，只是从没碰过任何女人。他从枕下摸出红布带，取过裤子，小心地将布带塞进裤袋去。

父王猜得真准，和父王打这种赌，他输定了。

天哪，我哪能睡着。加里气得捶地板，我可以做到不想这个妖精妖怪。他闭上眼睛，脸颊轻轻贴着墙说。你就是阿侬安，你让我身处迷宫。当鱼碰见了鱼鹰，末日就降临了。

第六章

观众还未散完，大世界经理二先生就来了，他嘴里叼着一根肥壮的雪茄。人还有十丈远，香喷喷的雪茄味就到了，比他身上的古龙香水好闻。

这位二先生，挺着滚圆的肚子，好在个子大，显得一副命该发横财做老板的样子，他耳大过常人，双下巴有点垂挂，嘴唇上留着一圈小胡子，气势果真显显赫赫。

都知道二先生是削水果出身，是上海滩青帮头子大先生名下第一大徒弟。大先生是大世界原先的总经理，非常时期不在上海。大先生与二先生长得不一样，奇瘦，已近七十，不过身体硬朗。大先生削水果自然高出徒弟一筹，是有名的水果王，后来仰仗租界洋人，当了巡捕，拉帮立门户，挤走了大世界原来的老板，掌控了上海这块最来钱的地盘，钞票多得麦克麦克。

大先生弟子上万，就二先生最懂他心思，他指派二先生当大世界经理，自己很少来，来也是听听京戏，或是小包间里抽阿芙蓉。他还好一样东西。"老二，上茶上酒。"大先生看够戏就淡淡地说。二先生总是投其所好找来那种风情万种的女人。整个晚上，大先生就拥着一个美妇人躺在榻上吞云吐雾。大先生还在重庆没回来，这几年就是二先生做主。

张天师本来板着脸，对兰胡儿生着气，看到二先生来了，马上胁肩赔笑。

"老板贵人登门，小的眼拙没看见，有失远迎，还望恕罪。"

"少废话啰唆，"二先生说话时，四下打量着这个班子准备的舞台。"我这个人不喜欢油嘴滑舌江湖腔。"

"请指教请指教。"张天师点头哈腰，兰胡儿在张天师后面，拉他的衣袖，却被他用手拂开。

二先生说："像今天这样的戏嘛，水缸上衔花有点别出心裁，不错。"二先生平日金口难开，今天还肯说几句，算是给了大面子，"要动脑子！依我之见，你的杂耍变化不多，看过的人不再光顾。不像唱戏的，人家看了一遍又一遍。"他举着雪茄，烟灰似乎要掉下地，下意识地看周围有没有烟灰缸。

张天师递上一个小盘，替他接住烟灰，赔笑脸说："二先生高明，小的明天就加新戏。"

二先生说："晚了，我已经决定给你这个场子加戏，加西洋魔术！"他说得字字如钉。

张天师呆住了，没想到会有这致命的一招。没等他说话，二先生扫了一下兰胡儿燕飞飞，似乎是为他着想地说："张班主你也真是，手里握着这么两个标致的脸蛋，漂亮旦角，得好好用好好用。否则，你跟不上这时代，时代也就不留情面。时代潮流一直滚滚向前，你就会被扫到一边。"他很得意会说时髦的文化词儿。

二先生翻了翻眼皮："从今晚起天师班与洋大师所罗门王同台演

出，按观众数分成。"他说完转身就走，两个跟班不知从什么地方钻出来，前后相拥着。

张天师紧跟在他身后，始终落下一步，一边说谢谢，一边塞给他一个裹好的小包，那是天师班这几天收入的一大半。

他这一走，整个天师班惶惶然，刚进大世界，难道要被洋人挤回街上吃西北风？

顾不得心疼那笔给二先生的保护费，虽然肚子饿得叽叽咕咕叫，张天师赶快下楼，匆匆穿过大厅，到大世界门口。右侧墙上果然贴出新海报，颜色花里胡哨写着：

今晚神奇西洋大魔术：所罗门国王加里王子！

巡回世界，远东首次献演！

他记起来，进大世界第一天，过道上见到过一个洋老头，带着一个中国少年。海报上画的少年倒有点像中东人。"这不是在上海混马路的犹太老头，还有他的小跟屁虫吗？"张天师喃喃自语。上海滩这种混饭吃的洋人，想混出个人样来，什么怪事都做得出来，张天师心眼吊得好高。好吧，他心里想，玩假的拼不过玩命的，玩命的拼不过不要命的！

兰胡儿跟着张天师转圈儿，也看到了海报，什么国王王子嘎吱叫的家什！师父的心思，她自然看见了，却没当一回事。趁师父没注意，她窜回楼上，想去瞅一眼别的戏台子，想那拖地古装衣裙水带，凤冠珠帘扎扎闪烁，首饰披挂叮当响——谁说我不像女孩？只消穿上这套行头，就能走出一个美人样，千里万里春风送秋风弄喜鹊绕飞。

整个白日阴丹蓝清澈无底，到傍晚天色也没太暗。张天师站在天桥上，目光迎着所罗门，这鹰钩大鼻子到得太早，带的道具却也不多，请了个挑夫一担子挑了上来。不过他周身上下煞有介事：预先化了妆，胡子上了蜡，戴了顶黑礼帽，披了大黑氅。

张天师口渴，有点气闷。几分钟后他进了场子，占了个好位置，在后台边角上。他的几个徒弟分开坐了，有意要看穿戏法。场子里的客人倒是真不少，一片闹哄哄。"见鬼！"张天师心里叫苦，这个洋人未开场声势就居了上风头。

台上犹太国王拿了一个玻璃缸，像金鱼缸大，放在一张桌子上。桌子铺了一条讲究的白布，英俊小生站得笔直，一溜顺搁三个玻璃杯，不必说这助手就是"加里王子"，化妆得跟广告上一模一样，动作规规矩矩，眼睛不像其他魔术师一样东溜西瞅，嘴唇紧抿，仿佛是哑巴。王子正在一杯杯给国王盛缸里的水，放在桌子上。国王随手拿起一杯喝下去，接着又拿起另一杯喝下去，一杯接一杯，越来越快。王子忙不迭地递上撤下。台上左侧还有一个烧着火的铁柱小方箱子，场子灯光暗下来，灯光聚集在台上的国王和王子，爵士乐唱片在伴奏。

"老一套，"张天师对他身边的一个徒弟说，"洋人大肚子喝水，早就听说过了，没有什么本事！"

所罗门的肚子像个无底洞一样，灌下大半缸水，突然口中如喷泉，射出一条长长的水线。他渐渐转过身体，长长的水花也随着转弯。最后他朝着舞台另一端，对着那个熊熊燃烧的火箱喷水，火焰"刺啦"冒了几下熄灭了。

掌声满台，这些观众冲着海报上稀奇古怪的洋名字来。果然洋相大得很。

慢节奏的爵士乐之中，王子从后台端出一杯子，杯子是满的，国王接过杯子，嗅了嗅，皱着眉头用贼特兮兮的上海话说："侬是存心要阿拉格命，这是嘎士林！"所罗门转过头来问加里，"汽油！我的王子，你一定要我喝？"

加里耸肩摊手，转身对着台下观众，好像在问大家。

台下观众幸灾乐祸地齐声应道："喝！喝！"

所罗门脱掉大氅，摆开架势，说："我是国王，喝下去要现出圣王原身，变成一个狮子。有胆就勿要跑！"

观众鼓噪起来，有的站起来看所罗门王喝还是不喝，有的仍在大声"喝呀喝！勿要怕！"更多的人摇头不相信那是汽油，连连冷笑。

所罗门看看杯子，又看看观众，说："我晓得你们不相信杯子里的汽油是真的，对不对？等一会儿你们自会明白啦！"说完，举起杯子，猛地仰面通通喝了下去。

加里退后几步，侧到一边去，突然把台上的灯光打暗。

所罗门张开嘴，手啪地打了一下嘴巴，喷出肚子里的东西，旺火腾地一下飞出来。"真格贼娘的是嘎士林！"看客大喊起来。

张天师这下脸都变白了：所罗门的嘴里吐出一条火龙，朝刚才浇灭的沙箱喷过去，那里又燃起了熊熊之火。

看客欢声如雷，这个节目确实精彩。张天师承认自己低估了这个洋对手。

国王下场后，加里王子表演牌戏。

张天师一声不吭，站起来掉头走开。徒弟大岗和小山紧跟他出了场子。

师父对台上两个家伙不高兴，兰胡儿心里乐滋滋的。她本就不把这一老一少放在眼里。喷水吐火，弄得星星满天碎花遍山。这种把戏摆地摊时见过也做过，更厉害更危险：吞刀吞火。飞刀时还蒙眼睛，专吓死短命鬼。这两个人只不过是耗子嫁女，圆个模样。大手大脚要掀顶，台相欠噱头，发条欠绷紧。

瞧那个神气活现的"加里王子"，什么出息！头发上了油，往后梳得贼亮贼光，穿得狐模狗样：黑西服配白衬衣黑领结，这套行头肯定是从当铺租来的，裤筒长一号，用线缝上的。哇嘻来，快蹦出来心尖尖，这小子漏洞滴转溜，还敢来密斯本人场上抢生意。我俩冤家路撞到了头！相见必会拔刀看谁厉害。

加里手里拿着一副扑克，邀请观众上去："哪位先生太太，请来抽牌？"

原来这家伙不是哑巴一个，兰胡儿第一次听他开口说话，浓浓一股奶腥腔。前排观众正在你推我让，犹豫着。

兰胡儿碰碰燕飞飞的手，两人对了个眼色。她们手拉手迅速走上台去。加里认出她来，也认出燕飞飞，怔了一下，但马上镇静住了。他只伸出一个手指说：

"请一位小姐抽。"燕飞飞抽了一张。

兰胡儿伸出手去，朗声说："我也要抽牌。"看你能同时对付两个密斯？冒牌王子你还生藤？

加里不动声色，让兰胡儿也抽了一张。加里要两人把牌背对他，给观众看。燕飞飞梅花J，兰胡儿红桃Q。他让两人把牌插入整叠牌中。

兰胡儿紧盯着加里洗牌，他的头发黑得亮晶晶，眉毛有棱有角。加里把洗过的一叠牌举起来，认真地说："请两位小姐切牌，随便切。"

燕飞飞切了一次，兰胡儿切了一次，不甘心，又切了两次。加里一手拿过牌，在另一只手的手背上叠齐整，顺手就推成两叠，一叠牌交给兰胡儿，一叠交给燕飞飞，要她们举在手中让全场观众看到。

燕飞飞手里那叠扑克牌却有一张，慢慢腾腾往上升起，像有鬼在推，一直推到掉出来。加里伸手一接，举起来，果然是梅花J。

全场高兴地笑了起来。

兰胡儿举着牌傻在那里，不知怎么办。她突然明白应当赶快把那叠牌扔掉，一张牌刺地一下跳出来，伸出一半头，还真他外婆的是红桃Q。

兰胡儿满脸通红，这小子的玩牌和其他玩魔术的大路货大不一样，气候足顿，邪定了门！乱了姓氏八代。

兰胡儿和燕飞飞只能赶快走下台。兰胡儿恨恨地骂自己，她恨透了自己，转脸看加里。加里面朝台下观众，谦虚地把两手摊开，弯下腰来鞠躬。

全场在热烈地鼓掌：这太精彩了，尤其是这个小魔术师，才十五岁左右，穿着大礼服，可爱又可怜。

但是有聪明人在尖叫："那两个小姑娘是你们自己人！"

"骗人的烂胚！"

加里面上镇静，这个场子比以前做戏法的任何地方都大，人杂嘴杂，他一边倒手洗牌，牌在他手里活像一条摆动的蛇，一边笑着说：

"Please不用急，Ladies and gentlemen，砸场尽管喝倒彩，不用急。再来一次，台下谁上来？请，请。"

他说话一清二悠，有板有眼，一口大人腔。台下人全兴奋起来，尤其是那些少奶奶老太太特舒坦。

前排坐的太太小姐都争着上台，有个艳妆的太太抢先走上来，挑牌时却犹犹豫豫。

加里说："玛旦，Madame，尽管抽，牌不咬人。"

那太太竟然摸了一下加里面孔："你不咬人就行。"动作夸张，招摇过分，给自己一个理由下台阶。场子里大半人笑起来，加里满脸绯红，只好露齿笑了。

燕飞飞眼尖，一看这架势，转身往场外走。兰胡儿发现身边没了燕飞飞，才急急追过去。

她出了场子，在走廊上抓着燕飞飞："你是我的连裆马子，蚯蚓溜了。"

"算了吧，不关我的事！"燕飞飞扔掉她的手。

"你说啥？"

"你有心饶过那个加里王子。"

"傻芝麻虫才饶过他。"

兰胡儿说："每次遇上事，你就装龟孙子样，有难不共担，这姐妹还算不算数？气死我！一弓身豌豆花半截蔫塌掉了。"

燕飞飞有点理亏，讪讪着走开。兰胡儿被刚才加里的有架有形弄得心乱乱的。这是心里的想法，不能说的。

那天戏法很受欢迎，观众要求加演，多演了十多分钟。演出结束后，加里急忙冲出场子，大世界的天桥上点着两排红灯笼。他看到兰胡儿呆呆地站在那儿，赶快走上去，说："密斯，刚才得罪。"

兰胡儿听见声音，理也不理，她心情坏透了，拔腿就跑了。没跑多远，竟然气喘吁吁。我竟成了提不起来的桶，挖不深的坑坑！

加里追了上去，在她身后："请教密斯芳名。"

兰胡儿正眼不瞧他："密斯本人无名无姓。你心缺肠短还想歪着来。"

"Miss No Name，请让我说……说。"他结巴起来。

"本人中国道家法术底气，瞧不起什么野路外国王子。"她说得有板有眼的。她一甩手，一侧身，挺胸朝前走。

加里突然伸出手拦着兰胡儿，从裤袋里摸出两根红布带。"我来还你发带。"

他的手无意之间触到她的肩膀，兰胡儿出手很快，"啪"地一下掀开。加里的手被打得直喊痛，两根红布带掉在地上。

他边说边蹲下拾起布带，突然她的指甲狠狠地掐着他的手腕。他疼得叫了一声，松开了布带。

"什么下三四竹竿子货色，痛得你喊姐姐求饶，才饶了你。"兰胡儿拿过布带，边飞快走边缠在头发上，过了天桥。加里怔了一下，马上站了起来，紧跟上。到一个走廊拐道上，兰胡儿还跺了一下脚。加里不知从哪里生出的勇气，跃上几步，一把抓住兰胡儿的手，看着她说：

"我是加里，只想叫你一声——兰胡儿，这名字好听。"

兰胡儿很惊奇，原来这个少年会说话，居然把她的名字预先打听好，懂怎么说一套中听词儿，不是傻撞筋斗糨糊布壳任剪子剪的东西。

她一直习惯听人训斥，这世上还没人认为她好。可是他说"这名字好听"。从未有过这新崭崭的感觉！她周身上下都僵住了，痴劲儿地看着这少年的脸，半晌没有动弹。

加里声音低沉地说："我们这就算认识了，对吗？"

这是第一次与他的眼睛对视，不知乍蜢个啥事，她的心震一下，有点像脸被人抽了狠命的一鞭。

不对，像走夜麻子漆黑惊险道，几十里都摸着走，突遇一朵雪亮好灯光。

第七章

听见响动，所罗门缓慢地转过身来，那大氅那高礼帽配得恰如其分。他看见天师班班主依然在后台，搓手不停。

不必照镜子，所罗门知道他这身衣装气焰不可一世。一国之君主，哪怕只有一个兵，照样有帝王之风！

不过张天师穿着上台专用的蓝锦缎大袍，也威风凛凛，脸上一派肃静，添了几分平日没有的仙气道骨。

张天师走过来，拱手道："英雄不问来处，小弟张天师敬仰所罗门王戏法超出俗世，有心结识。"

所罗门脸色还是板着，张天师又说："四马路口有一家正宗罗宋大餐馆，大王是否愿意移驾赏个脸？"

所罗门看不起张天师，心里却觉得能主动来套近乎，这人也有不寻常之处。不需要想，他也猜到这个自称张天师的人要找他说什么。况且好极了，好多年没有上过正式餐馆，罗宋菜更是好多年没吃了，他好歹还算个俄国人！一提口水就在舌头上打转。

他没有抬大架子，实际上连小架子也没有做，装作迟疑片刻，便点点头。真所罗门王可集千军万马。他没有那么伟大，只能心口分开，心属于主，口听从这个张天师。

所罗门交代加里收拾场子，张天师在大门口搓手等他。没一会儿，所罗门就下楼来，两人一起出了大世界。

他们的身影在路人中穿过。暗暗的街灯之下，所罗门比白日显得高大，张天师看上去更壮实，两人都是上了一定年纪的人，却跟青皮小子一样脚下啸啸生风。

过了半条马路，张天师问："喜欢去什么餐馆？"他加了一句，

"老兄您当然是地地道道中国通。"

"客随主便。"所罗门王说。这自称天师的家伙，眨眼工夫就忘了罗宋大餐。

张天师听他这么回答，略有所思地"嗯"了一声。所罗门故意慢下半拍，掉在他身后一两步。

两人经过一家罗宋餐馆，里面人好像挺满。张天师在门口伸头瞅了瞅，就往前继续走。所罗门盯着张天师的背影，想骂娘，开初张天师的步子显得犹豫，没一会儿就坚定起来，向前大迈步。看在主护佑我的分上，我不必在餐馆的问题上多想，所罗门安慰自己。

张天师步子慢下来，与所罗门并肩而行。张天师说："浙江路拐角有家镇扬菜馆，那地方比较适合。只去过一次，但是很喜欢。"

那还是多年前，约了一个朋友，可是朋友没有来。那天张天师一个人要份糯米烧卖，店家还白送一碗骨头熬制的汤。等到店家打烊，那位像他亲兄弟的朋友也没来。不可能来了，张天师最后连他尸体在何处也不知道。

所罗门加快了步伐，侧脸鄙弃地看了张天师一眼，他觉得这纯粹是张天师为不进罗宋餐馆的胡编。

小童在叫唤卖报。所罗门跟着张天师走过一条条街，经过一家家店铺，想起心事来。今日在大世界演出成功，马上就有"天师"请吃饭。人就得被看重，哪怕是在世界一角的远东，在古老中国东边一隅的上海滩，他也从没有过像今天这样被仰视的妙境。论个门道来，我还得谢谢身后这位中国老弟才是。

说来也奇，所罗门心情一变，脑子里就净想好事。暗黑中一个个闪着霓虹灯的房子，很像流浪过的欧洲某个国家的城市，那些年代久远的城墙、喷水的雕塑、热闹欢乐的广场，已被战火毁成废墟了。这么看，他流浪到远东，起码这条命还在自己的手里。

他对童年没有多少记忆，冬天一到他就缩在家里炉火前。外祖父喝烈酒暖身子，高兴时也赏他几口。酒是好东西，周身着火似的舒服。他眼巴巴地等着外祖父省一点给他，外祖父没有经常让他失望，他在小小年纪就好上了酒，全是外祖父惯的。

从没见过父母，连他们的照片外祖父一张也没有。外祖父对他这个外孙很疼爱，家里并不宽裕，还是送他去上学，也给他添新衣。他才四岁，外祖父就教他变魔术，教他在关键时刻说咒语Abracadabra，大拇指巧妙地移动，观者看起来是断掉的。练了两次就会了，他给邻居表演，大得赞赏，外祖父奖给他两枚糖果。他十二岁时，外祖父过世了，舅舅们就把他赶出外祖父的房子。好像他是家里的耻辱，他这才猜到自己是母亲的私生子，扔给外祖父，母亲自己却永远消失了，现在家也消失了。

从此他落居街头，一生流浪。

俄罗斯之冬，雪埋过窗台。街头无法活命。他只得跟上一群吉卜赛人到南方。那个意大利人马可波罗，对中国皇帝老儿说："我走过的世界上所有的城市，其实都是为了心中最爱的一座城市——威尼斯。"他所罗门对哪个城市都没有这种感情。

在任何城市，他都不喜欢天黑。低矮的房子里只漏出极少光线来，家只属于拥有四面墙一盏灯的人。异乡人漂泊之途无终无尽，哪里可找到安慰朝圣者的哭墙？

只有这个带着醉意堕落的上海，这个日本人已成落水狗的上海，才是他有望发迹的地方。上海美丽的霓虹光影，让他忘了夜之苦楚。想到这里，他像回到有外祖父的童年一样高兴起来。

走着走着，所罗门竟然想起流浪时迷上的一个姑娘，她的脸颊有点雀斑，却漂亮得过分，眼睛蓝得不像肉身之人。她定定地看着他，嘴角的笑意有点调皮。我是爱她的，想必她也一样。主啊，爱琴海的蓝天，众女子中那最迷乱我的人，等在苹果树下低垂眼帘。

一跨入"名申小酒店"，所罗门明白这家伙很会选地方：桌椅碗筷干净，看上去不太寒酸。张天师落座前，手一伸，请他坐上席，而且让他点菜，倒是挺明白对谁应当如何尊敬。在葡萄树下抬起你羞答答的脸来，我主赐给我一个女人。她柔软的乳房填满眼睛。但是所罗门嘴上露出一丝笑容。"黄酒好了，简单吃。"所罗门将菜单递过去。

张天师点点头，有点意外，不过，倒是不客气地接过菜单。

洋佬居然这么好打整？与所罗门走这一程路后，张天师对这个洋人颇有好感，第一，此人没有揪住他一时大方说的罗宋餐馆；第二，也没有夸夸其谈今晚他的成功。

所罗门手指叩敲在桌面上，表示谢了，仍不说话。侍者站立一旁，耐心地候着，张天师并没有太琢磨，两分钟不到，就确定了蟹粉狮子头、细沙包、两盘什锦炒饭。没一会儿，热过的黄酒端上桌，他们对着一壶冒着热气的黄酒，像天天见面的好朋友对饮起来。

俩人喝干见底，就专心致志吃菜，差不多在狼吞虎咽。不是忘了礼节，而是极少享受美食，等不了。脱掉上台礼服，放在一边，露出的内衣打着补丁，领子都有汗印，彼此大哥二哥，更加放开性子。

第二壶烫过的黄酒上桌来，所罗门取下帽子，拿过酒壶，给两个空杯盛满酒。两人拿起杯子，举了起来，看着对方，却不说话。所罗门自己一口喝下去，他可不想首先开口。

张天师不想与他一般见识，清清嗓子说："有句话不知当讲不当讲？"

"蠢人听到真话，才会生气。"

张天师喝了大口酒，放下酒杯，脸有点红。所罗门却是越喝越清醒。张天师盯着酒杯，双手突然敲打在桌子上，桌上的盘杯筷子都整齐地发出一声响。

这个人与什么人都打过交道，却是头一回对穷洋鬼子下矮桩，心里不平稳。

所罗门几乎和张天师同时伸手抓壶，这回所罗门快一拍，他给自己的杯子倒酒，抓住酒杯，张天师朝所罗门笑了笑，才说：

"你看我们两个班子是不是可以合并，这样就避免让二先生从中盘剥。"

"我是酒神狄奥尼索斯的兄弟。"所罗门像没听清，回了个不着边际。

当所罗门来拿酒壶，被张天师一把按住，"杜康酿酒，也是从我张天师这儿得的方子。我自个干！"顺手把酒壶倒起来，里面一滴酒也没有。

所罗门脸红红的："有酒才有朋友。"

张天师四周扫视了一下，小馆子几乎座无虚席。他招手又要了一壶酒。

所罗门看着张天师，欲言又止。

"你想问谁当班主，对吗？"张天师直截了当，笑着说，"当然是我。你是尊贵的国王，我按请一位国王陛下的条件付给你工资，不管收入多少，你稳拿。如果亏了，我自己补。"

所罗门哈哈大笑起来："好主意，好主意！"他仰头喝下酒，兴趣高涨起来，"你人丁兴旺，狗都会跟着玩。我呢，孤家寡人一个，不过还有一个王子。老板，好心肠的老板天师老大，你难道不知道有两位贵人，你必须付两份王家工资：我心爱的王子不能亏待。"

"谁？"张天师好像没有听明白。

"加里王子，你见过。"所罗门说，"因此，工资两份。你可以看不起老国王，却不能轻视王太子，全国民众最爱戴他。"

"双倍工资？"张天师问。

"就是，理应如此。"所罗门重复说。

小日本要完了，上海人，全中国的人都要大庆祝，盟军要进上海，大世界要大赚，他们都想赚个满钵满箱，没有人在这个节骨眼上做个脑袋进水的笨蛋。这情形早就一清二楚展现在面前。

张天师大笑起来，笑声太响，爆发似的，把周遭人都吓了一跳。合并这题目当然难谈成，没有多少钱可以玩大方当大佬，谁也无法让步，大世界桃子熟了。

张天师说，他的两个女徒弟要出落成上海滩头牌美人，一个叫兰胡儿，一个叫燕飞飞。

所罗门不高兴，问："想跟我的加里王子比一比？"

张天师点点头："人就是这么一点水，见不得别人徒弟比自家好。"

所罗门不屑地说："我的天师呀，都知道女孩子不中用。我见多了会柔骨术的吉卜赛少女。"他大拇指往下一指，"最后没有例外，都是当婊子！逃不了这个命！"

所罗门最后一个字落地，就感到头被一个重物一击，他还没明白过来，额头就破了一条口。他用手摸了一下，摸第二次时才看到：手上有鲜红的血。虽然不多，头脑没有开瓢，但明天的演出就麻烦了。他发怒了，鼻翼都膨胀开来，一把掀开面前的杯盘，抓起酒壶。

张天师手里拿着碗，横着眼对着他，准备来第二下。"小小敲你一下。真动手，你洋瘪三早就没命了！"张天师退后一步，双手摆出架势，那是正宗昆仑派拳法。

所罗门气昏了头，这未免太欺生，满口"洋瘪三"！

"你欠揍！我就要揍你！"

所罗门突然明白，为王就不能说民女做婊子。

但是周围的客人已经都站起来看热闹了："快打呀，等啥呀！"

店主喊："快点叫人，不得了！"

张天师的手放下了，因为兰胡儿燕飞飞突然站在他面前；所罗门也收起应战架子，看到加里着急地朝他奔来。两边徒弟知道师父喝酒不会有好事。但是他们在徒弟后辈面前更要抖一点威风：互不相让地骂，一句接一句。

　　这时，来了一个穿蓝碎花布的中年女人，她走到张天师面前，看了他一眼，他马上不吱声，垂下头。兰胡儿和燕飞飞拉着张天师的手。女人走在前，全部人悄声无息地走了出去。

　　所罗门一直被加里拦着，冷桌冷椅，早降了温。加里拉了他的手往餐馆外走，正要跨出店门时，被店主叫住，要他付账。他这才想到，最后的胜利者还是张天师，这客还得他来请。他早就应当溜得跟泥鳅一样快。

　　"今晚真倒霉，挨了打，还要掏钱。"他恨恨地从胸口的小袋夹数出几张钞票。走出店铺十来步，身体就歪歪倒倒。加里扶住他，他拂开他的手，不要扶，走了一段路，跌坐在地上，反倒生气地抓住加里的胳膊，问："你怎么到这地方？"

　　加里说到处找父王，恰好碰见杂耍班了的人，一道找过来。一家家看小餐馆，终于找到了。他小心地扶起所罗门，往小南门走，幸好不远。所罗门额头上伤口的血早就凝住。加里检查他的伤口后说：

　　"父王，你要当心恶人。但是Never，不要骂女孩子是bitch。"他壮起胆说，但他说不出"婊子"两字，用洋文隔一层不太脏。但他停住了，不必再说什么。所罗门根本没听，眼睛闭着，不过睡着了也能走路。

两人过马路拐过小街，街尽头右手是一条弄堂，那个简陋的福祉小客栈共三层，他们住这个亭子间，已有半月多。这回但愿能长久一点。

　　所罗门的步子有点乱。两人在昏暗的街灯下走着，加里的脑子里转来转去想的都是同一个人。"兰胡儿！兰胡儿！"他突然想大声说出来，想让整个世界都听到他在叫她的名字。这疯狂劲儿吓了他自己一跳。

　　所罗门却听到了他心里的声音："谁？"

　　"兰胡儿！"加里仍是在心里默念。

　　所罗门提高了警惕问："你在想什么？"

　　加里醒神了："没什么。"

　　所罗门丢开他的手，歪歪倒倒绕过一根电灯杆子，结果撞了额头。加里赶紧过去抓住所罗门的手臂。

　　夜露打着皮肤，冰凉扎人，就跟她的手一样。他很为自己从未有过的大胆骄傲，大世界好地方，地方好让他认识了兰胡儿。

　　所罗门缩着脖颈靠在打烊的店铺门上，一团乌云从他们头顶移过。所罗门酒醒过来，他蹲下，一把抓住加里，看着他的脸。加里眼睛没有躲闪。所罗门站了起来，语重心长地说："我的王子，你要当心。当心被妖魔勾走魂。"

　　所罗门松开手，大摇大摆朝前走。加里不得不小跑才跟上去。今晚我又遇见了她，这感觉好彩气。现在得陪父王回家，父王走得大步流星，说明酒没完全醒，他可不能大意。

他想起一本所罗门的旧书来。书上说："你来此，必因知道我在此，我们共有此夜。"以前不懂，现在好像有点懂了。

第八章

兰胡儿跟着天师班去过很多地方，每个城镇过不了几天，就会摇摇头换地方，从没个安生。天师班大都在江浙城镇圈子摆场子。那些水乡古镇，冷街窄小，黑漆红漆的门深闭。只有到赶集天才人山人海，这种日子就辛苦卖力气，赚钱糊口。

记得在苏州虎丘塔下，他们摆出好多烧红的火炭，铺了长长一条路。那天是个节日，很多春游的男女老少，专来听昆曲评弹。只有几人好奇来看他们的表演。天师班每个人脱了鞋，光脚从烧红的火炭上走，轰动了半个苏州城。众鸟绕树，围观者越来越多。张天师摆足架势，在一边用个大蒲扇摇出"阴风"，说是以太阴克阳。那天的卖力场面，让他们收了不少赏钱。

正顺着，来了一伙歹人，汪伪江苏警察部的警察，由几个日本宪兵带着，凶神恶煞般，说他们违反治安条例，没有事先申请表演许可，钱统统收走了，还把张天师拉到警察局揍了一顿，鼻青脸肿推出来。没被关起来算大幸。

通常他们没钱住小客栈，就住在破庙里。白天出去走街串巷摆场子，有时一整天才挣到三个铜板，累得筋骨酸痛肚子饿得咕咕叫。张天师不让几个徒弟空闲，哪怕宿在破庙里，也逼他们练功，天没有亮就起床翻天庭，天黑月亮都亮蔫了，还得哭丧着一张脸练柔功。张天师不准他们叫饿，振振有词地说："就是要练成精，今后才有饭吃！"

月光满满一地，兰胡儿忍着不吭声。他们是艺人，艺不压身，有艺就会有好日子。不然跟叫花子一般，饿死路一条。

一年前，他们才搬到上海下只角的打浦桥来。这幢弄堂里顶头的房子，和周遭相连在一起的其他房子差不多一样，大概是末屋，建得不太整齐，进门是厨房兼小厅，合在一起也不大。窄陡的楼梯上有一个房间，倚靠着与屋顶搭了个阁楼，矮的地方人站着会碰着头。没多余地方安木梯，只能把梯子搁在墙边，上楼要架起来，颤巍巍地爬上爬下。

这房子烂朽得厉害，屋顶小雨小漏大雨大漏，墙霉烂到一拳捣一个洞。

明摆着是房主人没钱修，不值得修，又不好拆，才留空着。张天师听说有这空房，就请邻居代转话要租。房主人是一个结结实实的小老头，说张天师要租可以，不准搭建，出了人命不负责任。张天师只要租金减半，什么都答应。两人争来争去，费了大半天工夫，最后砍价，倒是相当便宜，张天师应房主要求，写了一个保证死不偿命的文书，按了红手印。

房子刚租下还漏着天光时，张天师就说："有个家了，该去接她了。"

果然有一天苏姨提着个行李来了，很大的一口藤条箱，八个角包的铁都磨烂了，她出现在门口。张天师一看见苏姨就傻了。

"愣什么呀？"她说话，声音不高，张天师却当圣旨，赶紧去接她手里的大竹箱。这时候兰胡儿才发现，她的师父其实很可怜，很孤独。

张天师对他们几个人说："这是苏姨。"他们就这么叫她苏姨。她答应时，嗓音很低，几乎是叹息一样轻。她是一个小小巧巧的女人，背影像个瘦精的小门板，脸上有几粒雀斑，一点也不漂亮，但是也无法挑剔哪一处长得不好。

他们去拾来别人不要的旧木块玻璃片。师父的木工活地道，大岗力气大，小山做工细。烂窗框换了，屋顶和墙用石灰补了，屋顶铺了铁皮，虽然没有一块铁皮相同，但盖得密就不漏雨。三个女人在江边弄到一捆脏麻绳，放在江里洗干净，理清编成窗帘子。这时候上海已有伪职人员开始潜逃，这些人怕人知道，无法变卖家产。他们就趁别人还没有发现房主已走时，先摸进去找有用的家具。这个乱世，倒是让他们弄到一个光亮的铜痰盂、一座台灯和一架像模像样的席梦思床，来孝敬张天师和苏姨。

不久，这个小房子总算可以安身了。以前走街串巷子，每夜只求有个遮风雨处，人挤着人睡，想解手就愁苦了脸。在这儿歹好不必男女挤一室：师父和苏姨在"正房"，大岗小山在厨房兼客厅搭铺，兰胡儿和燕飞飞在小阁楼上。

以前有个木梯，楼下太窄，苏姨来回做事常常碰个脸青，只得改成搭梯，白天收起来倒在墙边。这木梯对两个杂耍女孩不成问题，嘘溜一下沿柱子下来，手抓两把，就攀上去了。燕飞飞有办法是少喝水，干脆不起夜，要方便就只能用一个小痰盂将就。可兰胡儿起得早，要下来，就得叫大岗把木梯架上。

房后有个小窄道，那是另一幢房子的墙，住了一大家子。他们的猎狗珂赛特经常在这个窄道里钻来钻去透气。不过上海大都这样人摞人，自嘲说螺蛳壳里做道场。

这一带是贫民区，房子七歪八倒，隔壁说话不压低声，就听得一清二楚。邻居都是老实巴交的下力人，看这些艺人像看怪物。他们倒很心安理得，流浪多年，这个窝得来不易，而且离租界不远，去哪里表演都方便，不必坐电车，肩挑道具靠脚走。

兰胡儿站在窗帘前，小窗子正对着弄堂里端，对面房子有灯光，偏巧那边住了一老一少两个男人，老少都喜欢偷看。这窗帘就永远垂下来。

整条弄堂就这儿每家每户晾衣服，竹竿子就在窗口架着。兰胡儿看见那贼头贼脑的眼睛，就想提起竿子挥打过去。不过反正白天她都不在。在街上演，下雨天还可在家里歇歇，松一口气；在大世界演，没有礼拜天休息日。

兰胡儿一向怕张天师。小时怕，是怕时时刻刻都得练功，一分钟也不让闲，怕棍子打手掌心。最怕威吓要扔掉她，听见张天师对人说起她的名字，她就担心自己要被张天师卖掉。她情愿饿饭，情愿大冬天里洗所有人的脏衣服。她有一次半夜爬起来，对张天师跪下，叩头。张天师根本不知道，翻了个身，打起呼噜来。她却以为他装睡，故意不理她。

她觉得自己真是无巢孤鸟，茫然在空中扑翅，不知何处停栖。

打苏姨来了后，张天师就不像以前那样半夜里会突然不见，他在家里日子多了。可是，苏姨不太和他们这几个徒弟主动说话，只管给整个杂要班洗洗补补，早上催他们起床出门干活，夜里回来给他们东西填肚子。

苏姨脸上从无表情，很冷的一个人，眼神下埋着浓浓阴气。照理说来，这日子的确不同以往，像个家样子了。兰胡儿心中的害怕却没有减弱，总有一天张天师会不要她，这预感让她打了个冷战。

今晚师父喝醉了，说："今晚我饶了那个洋瘪三，下次我要往死里揍扁所罗门王！"

师父不叫她，必然会卖了她。

他在那儿不怀好意地拍打桌子，眼光嘲笑地看着她，就是证明。她吓坏了，赶快跑到房外。珂赛特也窜了出来。远远地看这弄堂末尾烂偏偏房子，暗黑之中有轮廓，她用手指在空中描下认准。珂赛特始终跟着她，走在窄窄的弄堂里，四周一片黑灯瞎火，她俯下身来拍拍狗的头："珂赛特，我笨，隔了山会通不到路，有你我西风鸣响难愁！"

"快过来扶一把！"苏姨叫住跨进门来的兰胡儿。兰胡儿与苏姨一起把歪歪倒倒的张天师扶上楼梯，把他放倒在那张席梦思上。

师父从没有醉成这样。他踢掉自己的鞋，握在手里击打床挡头："那个什么狗娘养的王子在哪里？我逮住他，就把他阉了！看看他说什么？兰胡儿呢兰胡儿，你这砍脑袋的鬼精灵！"

兰胡儿吓得浑身一惊，她并不明白"阉了"是什么意思。师父怒气未消，目标已转移，回回骂人，最端端的跑不了她。她兰胡儿才是货真价实的受气包。

这个小阁楼只够铺一张单人床。珂赛特轻悄悄钻上来，可能是觉得冷，屋里没人赶它走，胆更壮了，就爬到打补丁的被子上。燕飞飞早看见了，把脚伸过去，挨着狗，狗欢喜地闭眼喘气摇着尾巴。

"我看出来了，师父就听苏姨一人的。"燕飞飞嘀咕道。

"小姐你小声点！"兰胡儿说。狗突然睁开眼睛往隔壁警觉地盯着。

"她是他老婆？"燕飞飞有点疑惑。

"那就该让我们这小萝卜丝叫她师娘大人。"

但兰胡儿住了嘴，滑到边上的话收回了。这燕飞飞是师父肚子里的蛔虫。

"你怎么话说一半？"燕飞飞抓住她的话头不放。

兰胡儿只好说，"小时我依稀见过。"她侧转身，声音放得更低，"八成是她，二成不是她。"

"什么是她？"

"管这些事成仙呀？"兰胡儿不想说下去。

燕飞飞叹气了："上海那么多有钱人，怎么就该我们挨穷？兰胡儿，我真的想——"

兰胡儿打断燕飞飞："去，赶快跪求观音娘娘大发善心！"床另一头燕飞飞照着兰胡儿的话做了，爬起来在地板上连连叩了三个头。

两人渐渐进入睡眠，狗也睡着了，横着脑袋平静地吐气。

半夜，师父房间响起很有节奏的声音。兰胡儿听不真切，她和狗都撑起身来听，但是顶不住疲倦，马上仰头倒下睡着了。

第二天清晨，阴暗的天光下，苏姨在门前弄堂牵了好多细绳子，把衣服一件件晾在上面。

兰胡儿下楼来，发现珂赛特竟然早下来了，趴在门边上，唧唧呜呜地对苏姨哼着什么，苏姨不时回过头来对狗说着什么。明明知道她兰胡儿在身后，故意不理她，这比给她白眼还要狠，兰胡儿心里有些虚。

这可是我的狗呀！兰胡儿心头酸涩难受：连狗也知讨好真正当家人！她气得蹲下来，干脆不去帮苏姨，看她如何办。珂赛特看见了她，摇摇尾巴，她故意没有反应。

有一次张天师和她走在四马路上，指着一家旧书店说，他们的狗就是里面一个美国老头给的。"珂赛特的妈是他养的。"张天师说。

兰胡儿听过这故事，还是顺着问下去："那他怎会给你小狗呢？"

"有一天我经过书店，看见母狗养了十多条狗崽，都是长耳朵，黑白两色，肚子四脚都是同色斑点，我看着有意思，洋老头就送我一条。我问叫什么名字，洋老头说它母亲叫珂赛特，用这个名字不赖。就是啊，西洋子女可以跟父母同名。你看看，我们也有一条正宗洋名字的狗。那些自以为是的上海人瞧不起我们外乡人，我们养条洋派狗洋派名，气死他们上海人！"

"师父，我们进去看看洋老头。"兰胡儿这次真来了兴趣。

张天师摇摇头，神情严肃，他说是1941年冬天，日本人占领租界之前，不知发生了什么事。那个书店洋老板自杀了，工部局管理处将店连书一道拍卖给别人了。"真没想到他有这结局，造化弄人哪！"

到外地串街走城时，要买票坐长途汽车，没钱给狗打"特殊行李票"，扔不掉也得扔掉。狗每次都在老地方转圈，等着他们回来。去年走远，他们只能把它弄到浦东，扔得远一点，隔江隔水才不至于跟着。可怪事却发生了，他们在打浦桥住下后，也是个清晨，兰胡儿打开门，就看见这条狗已静静地等在门外，样子怪可怜地看着她，求她收留。

兰胡儿蹲下来抱住狗。

珂赛特又亲又叫，弄得兰胡儿脸上湿漉漉的，都是狗的口水。整个班子的人都醒了，很惊奇狗怎么知道杂耍班的行踪，怎么从浦东过来的。

大家猜来猜去，为狗脑子的神奇争个不休。苏姨说："猫来披孝布狗来富，看来我们要时来运转了。"

狗向兰胡儿抬起前右脚，明显在说它受伤了。兰胡儿握住脚，已经红肿厉害。她分开右脚趾，狗不让，看来更痛得难受。兰胡儿接过师父递过来的盐水洗，用剪子尖把扎进去的草刺拔出。狗轻轻地哼叫着，但是一动不动。

"掉泪珠子的痛心刺肺？咿呀呀还端的娇娆。"

兰胡儿对狗说："师父说，你来自一部法国小说，叫什么《悲惨世界》！书里有个典雅万方的姑娘，就这名字。你这狗玲珑剔透得精怪，丹霄肺腑顺，不就是因为有个人名儿。"她朝狗的脸颊亲一下。

燕飞飞附和着说，这名字就是不错，小山和大岗看着狗欢天喜地。

"现在我们已经不再流浪了，好歹有个家了。"张天师严厉地说，

"珂赛特可以回来，但是你们教它规矩，我怎么调教你们，你们就怎么调教它。明白吗？"

小山答应着，手指对着自己心窝，说："包在我身上。"

他喉结也冒起，不觉察之中个子也长大了一些。小山当初是一个街边流浪儿，有一次看见天师班表演，自己跟着天师班走了好几天，天师班宿哪儿，他就靠在边上就地而睡。他不敢找张天师，只是讨大岗的好。大岗虽然生得五大三粗，但心肠软，就去求师父留下小山。大岗七岁生急疾，成了半个哑巴，吱吱哇哇对师父说，师父生气地叫大岗闭嘴。小山大圆头，个子只有大岗一半，他乖巧有人缘，"兰姐姐""燕姐姐"不离口。

师父刚才那席话和以前不一样，兰胡儿清楚地记得，以前师父老是说，珂赛特不能要，人活得累，狗也跟着受累。这话光面子堂皇，怎么听怎么不舒服。

兰胡儿痴痴地看着狗发呆，张天师对她吼叫："耳朵长霉，干活不干活？"

她赶快答应，狗也要个家。嗅到家的气味，哪怕宽绰波澜的黄浦江，也能游过来，再远跋过整个上海城，千辛万苦一次次寻来。想到自己无爹无娘孤儿一个，她突然悲伤起来。

兰胡儿走到弄堂口耳根就火烫。折回来，险些撞倒晾着的衣服。苏姨在厨房里切甜菜，珂赛特把破藤椅腿上的藤咬断了。

苏姨看着狗说："世界上的事不随你心愿所安排，好事占尽，坏事都脱了干系，哪有这种前世修的福分？"这话一点儿也不像是数落狗。

兰胡儿事先有心理准备，仍不知所措。燕飞飞从楼梯上下来，亲热地跑到苏姨面前，帮她做早饭。但是苏姨嘴没停："你生得玲珑中看，当不了饭吃，有屁用？更不要说只是一张狗脸呢？！"

苏姨骂得对，骂得她脑袋成了冬瓜皮一个，冬瓜只剩下壳儿，没有芯和籽。嘿咿你个姨，我兰胡儿生生就是做贱奴才命！你火焰高，你烧香不着眼，岂不是油渣哈喉年地叩头，才称你们心？

"端饭！"苏姨叫，"瞎子看不见，明眼人装瞎！"

兰胡儿没有看苏姨，燕飞飞很高兴她与兰胡儿处在不同的位置上，可是明的她不能露出喜色。不过人的眼睛是包不住，兰胡儿看见了，端碗稀饭，坐下准备吃。苏姨冰冷地说："珂赛特白养你了，快去叫师父！"

这比直接指使还让人难受，兰胡儿不想听从，但还是站起来。她恨自己的软腿，左手抓了自己右手一把，抓得很痛，叫了起来。

第九章

到大世界演出有两个礼拜了。每次兰胡儿演完，心就飞到其他场子里了。燕飞飞的节目排在她后面。她有空档，虽然回回借口不一，但也管不住脚。

兰胡儿瞄了一下周围情形，对燕飞飞说她得解小手。

燕飞飞说："难道你今天又喝多了水？"

兰胡儿点点头，赶快溜出去。她在一个个场子门口飞跑着，来回跑了一圈，最后挑上了越剧。这回是第三次停在这场子里，她喜欢绍兴女班，女班的风头赛过其他剧种，鼎鼎大名的尹桂芳神人，兰胡儿喜欢看《红楼梦》《江山美人》。今儿个她的扮相特俏，大红大紫翠玉珍宝闪亮了眼，嗓子点了蜜糖，身姿绸子柔软，手这么兰花那么指。兰胡儿忘了是借了个要去解手之名，偷偷出来溜一眼。

这大世界千奇百怪新花样都不缺，乱是乱，规矩有序。杂耍场子里一件件玩意轮番上，中间不能歇，歇了看客会走掉。张天师正管着上下台衔接，他不做手势，燕飞飞就不能下来，只能在大岗头顶的瓷缸上倒立着，心里埋怨师父为何不让收。一定是那兰胡儿贪玩没回来。燕飞飞气得咬嘴唇。她来回倒手，做几次收腿重翻。不能老做下去，哪怕大岗再壮实，受得了，观众也不会喜欢她重复动作。进大世界找热闹的看客，哪个是好蒙的主？"你这个臭脚趾烂指甲快来呀！"

张天师朝场子门口张望。燕飞飞也急坏了，在缸上磨蹭，大岗受不住了，额头上冒汗，双腿在打战。燕飞飞决定半夜睡觉时把兰胡儿踢下床去。

她一走神，手脚动作不协调，大岗眼睛不能转开，紧盯着缸的平衡，他弄不清师父在做什么。他不能垮，一垮燕飞飞就会出事，就在这快砸台的一刹那，张天师大步上前，燕飞飞落在他的肩膀上，顺手取下瓷缸，让大岗一个倒翻筋斗做了收势。

"谢天谢地！"张天师心里叫道，他内衣全湿透了。总算没有让台下人看出太多的破绽，惹来不必要的麻烦，也庆幸没让大世界老板逛场子的探子撞上。

　　几个人悄声静息地回到打浦桥，跨进门，张天师拿起桌上泡好的茶水，一口气喝光。他清清喉咙，才说："为今天的事，咱们按老规矩，你们练江湖给我听。答不出，按老规矩，打鞭子。不许多嘴，不准求情，否则按规矩，加鞭一百。"他压住声音，不让自己吼出来，但屋子里的人都明白他冒了大火，没一个敢看他的脸。

　　燕飞飞凑近苏姨的耳朵，低声将白天发生在戏场子里的事说了一下。苏姨坐在一把破藤椅上，听都不想听。这兰胡儿贪玩不是一天两天。她总会弄出娄子，早晚会弄出翻天大事。今天这娄子差点伤了人，她不想说话。

　　"飞飞，站过来，到这边！"张天师朝她训斥道。

　　苏姨做着针线活，扎一双布鞋底子，那尺寸大，一看就是张天师的，也许是给大岗，他俩都是大脚。

　　四个徒弟成一排站得规规矩矩，张天师看了他们一眼，说："拉彩？"

　　燕飞飞很紧张，她忍不住看兰胡儿一眼："是，是说女人不检点——就是女白相人。"

　　"山头？兰胡儿你说。"

　　"一样的，臭女流氓坏子。"

　　"绿豆？你说。"张天师点着小徒弟小山。

小山想想说："珍珠。"

"错了，是翡翠。打鞭。"

他挥起手中的鞭子，一鞭后，小山不敢吭声。

"掘不断？小山。"

"黄金。"

"跑快马？兰胡儿你说。"

"偷自行车。"

"三刀六个眼？兰胡儿再说。"

"重兄弟情义。"兰胡儿发现手握得太紧，而张天师正狠盯着她。

"休想在我眼皮子下面滑过去。讲'三刀六个眼'的来由。"

兰胡儿只得开腔细说：

"老古明朝时有两个好友叫甲叫乙，一天正当午头，在茶馆品茶论诗说画，正谈笑间，一花花秀秀的姑娘家在街上走过，乙便向甲说了几句这姑娘家的笑话。

"茶后，两人一起回到甲家，开门的正正巧巧是那个姑娘，原来，她就是甲的堂客。

"乙一看翻马扑地，跪下叩头六十四。甲说你不知无罪，乙不自谅，一定要请三山五岳英雄好汉来见证。

"乙事先自己挖深坑，开口棺材七尺二寸：七十二层地狱；里面钉了三把刀：天地人三才；穿三刀六个眼：三雄六码头。"

兰胡儿说得声腔圆润，说着说着就把自己说进去了，眉眼飞动，顺手作势，老故事也听得满屋皆静。

"事儿对着哩！上有黄沙树天，下落红毡铺地。到了约好之日，乙当天下众英雄之面，与甲痛饮告别，又朝屏风后的女人三叩头请罪，一个倒跃翻扑面落地跳进坑里头。"

兰胡儿到了最后一句："这故事说千道万就一句：做人死也有三规六矩。"

说完后大家不作声。只有张天师咳嗽，他嗓门洪亮得很："兰胡儿啊虽说你记性好，说得全，但是你也非永远对，你把朝代弄错了，不是老古明朝，该是前清。我先前没说，现在告诉你不迟，故事并非江湖上传来递去的传奇，就是我张天师祖上的事，已成为家法，男讲忠义廉耻，女服三从四德，为耻为戒。"

他把鞭子举起来："江湖有规山头有矩，十鞭，不为过吧？"

兰胡儿扑通一声跪下来："师父请罚。"

张天师右手举起鞭子，他手心里滑过鞭子，试刀刃一样，突然挥向兰胡儿，兰胡儿痛叫一声，不顾一切地说："我本就是对绍兴女班兴趣旺。"她不服气地给师父整个背。

张天师又一鞭下去，说："二十鞭。"

兰胡儿挨的这一鞭没有叫，好生忍着。燕飞飞和小山想拦阻，但也不敢再说话。大岗在说什么，本来就是结巴半哑，说不清楚，一着急，更是说不清楚。

"今儿个师父打死我，我也顶索把心肝捧给师父。"兰胡儿抬起脸来大声说。

小山低声说："兰胡儿不要再说话。"他的声音太低，兰胡儿根本听不见。

兰胡儿脑子里一根筋紧绷着："心肝给了，师父还要什么，我都给。"急得小山走上前，想把她的嘴捂住。但是又怕张天师，走半步又退回。

"好哇，你学个逆子哪吒对付托塔李天王！"张天师火气上来，他把鞭子放到水桶里，"今天要看你长一副什么心肝！"

这下子把燕飞飞、小山、大岗都吓得齐刷刷跪下来，齐声哀求："师父息怒，师父息怒。"

没用，张天师鞭子照样挥了下去。兰胡儿叫了起来，她痛得泪水在眼睛里打转也忍着，没有求饶。张天师一抬手，把鞭子抛甩在桶里。

兰胡儿站起来。

张天师喊："给我跪下！"

兰胡儿嘟着嘴。

"没那二两肉，装什么英雄？"张天师骂得很下着，"生是囡女命，薄如流水，就得服气！"

苏姨破藤椅上双腿换了一下姿势，手里还是在一针一针扎鞋底。对张天师不理不睬，张天师脸色铁青，又提起鞭子在桶边抹一把水，苏姨开腔慢悠悠地说：

"照我看呢，兰胡儿也不是你亲养。她要做哪吒，也不看看自己是不是够个身份。你张天师虽然有生死由天的卖身契，打死了，对她在天的父母也不好交代。"

苏姨这么一说，大家都怔住了，连张天师也没能再把鞭子提起来。

"照我看呢，女大不中留！那么多年咱们天师班好不容易把她拉扯大。这兰胡儿会柔功，不错。但是女孩儿一发身，也就像你们苏姨，只能给人洗衣烧饭了。"

这下子轮到兰胡儿呆住了，她小声地说："柔功我依旧练日练夜，比先前更好。"

苏姨冷笑一声说："这不就是了！你现在功不错，现在就得给大家分忧。你要是想去给人烧饭洗衣呢，苏姨我今晚就给你去找个婆家嫁了，何必说什么死呀活呀，让你师父背个虐杀徒弟的罪名呢？"

一听到要赶她走，让她嫁人，兰胡儿吓得脸色死白，一转身向张天师叩头："师父海水斗量，原谅徒弟家眼界忒贫。"她泪水哗哗地流下来，"我太大二麻子，意乱头昏，不该贪戏误事，差点让飞飞姐吃亏，差点让天师班砸场。"

张天师放了鞭子，脸色还是猪肝难看："苏姨说得有道理，你退出江湖，我就不必对你行江湖规矩。"

"明儿个我演双倍！"

张天师还是没吱声。

兰胡儿说："明天我演衔花转盘，一手三盘，双手六盘！"

张天师还是没吱声，他把脸转朝向门外，不知在想什么。

"明儿个我演三叠功！"兰胡儿几乎要叫起来，"不，后天，给我两昼夜就练得成——师父，就是你说过的阳关三叠神功！身口衔花，手扯铃，脚踢毽。"

张天师敲着门框："少痴心妄想，那是我吹的，我是听我师父吹的，从没人练成过。你女娃儿竟然男子气足——好，凭这点，我今天先饶了你。兰胡儿啊，兰胡儿，你小心今后再犯规矩，我没第二次耐心，燕飞飞没第二条命，你苏姨也不收二道情！不过你得把楼下厨房楼上地板擦干净！"

"叭嗒"一声，张天师扔过来一包草药粉，让受鞭伤的她自己抹药，他凶狠狠地说："怎么你就不像我喜欢的样子，好好做个女孩？"

怎么做，师父才会喜欢？兰胡儿朝燕飞飞看。箭中眉心，对上了，她就是我榜样。

慢点儿，如果我是燕飞飞，师父定会说，各人各个样，剪样没出息。

这天晚上，昏暗的灯光下，她跪在地板上擦洗，忽然就出血了，有股浓烈的腥气，有点像路边的夹竹桃味道，不过她已经不害怕了。第一次看见双腿间出血，她害怕又担心，用一件内衣垫着，不让血沾着裤子。可是没办法，裤子还是湿了。没办法，她问燕飞飞，燕飞飞没出过这种事。真正尴尬了，就厚着脸皮去找苏姨。苏姨说是女人就会来这个东西。苏姨手缝了一根布带，然后手把手教她。兰胡儿舒坦多了，竟然能照样上台表演柔骨。

兰胡儿端着一盆脏水，拿着抹布，下楼来。一屋子人都睡熟了。她背上鞭伤很痛，明天上台能撑住吗？天杀的师父为何这般空短心肠舍情义！她委屈极了，泪水在眼眶里打转。

第十章

那笔保护费，只塞住大世界老板二先生裤袋一个礼拜。就一个礼拜安稳日子。真是他娘跟人跑没了！张天师不由得在心里骂了起来。但是二先生叫他去，他马上乖乖去。

在二先生经理办公室门口，他看见所罗门向二先生点了一下头，拿起他那顶黑色高礼帽出来。所罗门的脸色不喜不愁，侧身走过他，依然一脸傲气。

张天师进去后，规矩地站在桌子边。二先生的领带打得不怎么周正，他很不耐烦地对张天师说："你看这几天飞机又炸上海了，人心惶惶，这大世界生意不好做，你的班子得拿出新招。明白吗？我不能跟那么多人打交道！"

昨天飞机确实来过，野马式来煞东洋鬼子的魂。

张天师额头上冒出冷汗，二先生故意借飞机当个借口，丢出话头来。"人心惶惶"？小日本要败了，上海人玩得更欢。张天师觉得这个二老板可能想收缩银根打自己的算盘。加新招？从哪里来？不管什么原因，说不定明天就把他从大世界里踢出去。

桌上电话响了，二先生慢慢接过来，但是一听，马上神气急急地问："大先生什么时候到？"

张天师在年轻时，远远见过青帮头子大先生一眼。当时很想拜见大先生，可惜不得其门而入。自从做了杂耍，吃这种江湖最末流的饭碗，那个愿望减弱了，并不是不想，而是自惭形秽。

"赶快准备。"二先生叫房外副手："唐生！"看见张天师愣在原地，皱皱眉头，"没你的事了走吧。"张天师见一个四十岁瘦个子的人毕恭毕敬地跑进来，张天师知趣地什么话也没有说，转过身来。

唐生恭恭敬敬地说："掌柜的，请吩咐，小人照办。"

"一步也不能有差错。"二先生说。

在门外，张天师想至少可以跟这个跟班说一句，但是他还未开腔，便遭到喝斥。"走！"他动作慢一些，那个唐生就不客气了，"待在这儿做丧门神，还不快走！"

被那姓唐的赶出二先生办公室，张天师在过道上呆了好一会儿，才发觉脸上淌着汗珠，赶快用袖子抹去。他明白必须马上去找所罗门。

在这洋鬼子可能去的场子里挨个儿寻了一圈，就是那个最让所罗门嘲笑的幽梦时装表演厅也去了，不见所罗门半个影子。找人是焦心的，他渐渐地失去耐心，觉得所罗门在和他捉迷藏。天师班实在太小，撑不出那么多新戏。但是万一所罗门先找了别人合作，那么天师班就只有滚出大世界，又得到街头卖艺。

他头发急得都竖起来。二先生的话里，有暗示，只能跟一个班主打交道。这就是要他们自己去谈如何分成。天下风水轮转，又该他求人了。

天昏昏沉沉，起雾了，确实是雾，浓浓中呈现丝丝玫瑰色。我主显验，与我立约，我就把自己递到你万能的手上。所罗门在大世界屋顶花园，好像是喝醉了，嘴里念念有词，手里握着一个胖身子瘦颈子的洋酒瓶。

张天师一上屋顶花园，脸上露出笑容。小不忍则乱大谋。

所罗门倒是先说为快："天师，要我国王级别向你道对不起了？"他笑了。

"恰恰相反，是小弟不周，望兄千万恕罪！千万恕罪！"张天师口气真诚。

"不必了，其实不就是偷袭一下砸破头皮吗？天还没塌下来，没什么了不起！"

"那饭钱——今天拿到场费我就捧上，老兄，是我请你。"

"客气什么呀？天师。我还缺那几个钱？你担心了吧，若是我也未带够中储券，也可以变点戏法，变几张钞票出来。吹一口气就行！"所罗门虽然脚下的步子不稳，但一点不像喝醉的人。有人比他难堪，他就舒服。

加里坐在池旁洗塔罗牌，切牌，整叠翻牌。张天师的面前出现一个三层的星形图案，牌全都面朝上。他讨好地问："小王子在玩什么？"

加里手里只有一张世界牌，说："我在玩'所罗门之星展开法'。能打通古今，知晓未来。"

张天师看着那头所罗门又瞧瞧加里，干脆蹲了下来。

加里将牌收拾成一叠，头也不抬，轻声说："密斯脱张，想问什么不要说出口。"

张天师一听，愁着的眉头松开，拍拍加里的膝盖："棒小子，就请试一张。"

加里手指点点牌："Please。"

张天师抽了一张，是个西洋女子，穿一身花衣，袖子领口是大纱摺，鼻子尖尖的。

张天师心里在说："祖宗保佑，菩萨保佑，凭我事事恭敬，难关指条活路。"

加里也抽出一张，没有给张天师看。

"两张牌拼出什么意思？"

"不弃不离。"加里说，"回答你的问题了吗？"

张天师高兴地说："答了，答对了。太好了太好！"

所罗门早就耐不住，看到这里，就走了过来，把手里的瓶子搁下："我说殿下，变戏法还能算自己？"

张天师说有本事不在年少，当年罗成打大唐一片天下。

所罗门一把把他拉到一边才说："想嘀咕什么？现在嘀咕吧！"口气里充满了不满。

张天师心里有谱了，就说："二先生说生意难做，你考虑好了我的建议吗？"

"什么建议？"

"那天我说的，我们合起来做戏法呀。"

"可以。所罗门王一向广收天下英雄。"

"当然是我天师帐下豪杰多。"

所罗门王声音突然提高："本来你们中国的杂耍就是来自我们

西方。"

张天师一听，几步跳坐在栏杆边上，也不怕掉下五层街去，他高声讲起来："你们的魔术，是我们中国大师常钟林到伦敦教你们的。'逃跑之王'胡迪尼也来拜见大师，求一张合影留念。你这门魔术本事，源头之恩不能忘，中国国粹，还能让洋人占先？"

所罗门王走过去，同样坐在栏杆边上，面朝张天师，朗朗说开了：

"张天师啊，我知道你的来历，你瞒过众人，瞒不过本王。你原名张道陵，中国史书上，说你身长九尺，绿眼珠有三个角，长胡子过膝，不就是活活一个胡人？你七岁能读经书，九岁才懂一点欧几里德柏拉图。你隐居深山之中。皇帝请你做太子的师傅，你摆足架子不去。你修炼仙丹，三年还是不成，遇西天来的神人——那就是我所罗门王——指点，才明白水是H_2O，还是得学点化学舍密才行。"

张天师笑笑，接着所罗门的挑战话说下去："你在山上呼风唤雨，招天兵天将与恶魔大战七天七夜，你手一指，火焰从哪里来烧回哪里去。你救活成千上万的以色列子民，他们追随你。了不起，了不起，老弟。你就是在一个地方——中国上海——吃不开，干巴巴只有一个屁虫跟着。"

"一个王子胜过你一个班的苍蝇。"

两人一起说，张天师停下来，哈哈一笑："你先请说。"

"你笑什么？"所罗门质问张天师。

张天师说："我笑我有如此能耐，还得在这儿千求万求你老弟与我一起合做一台节目，讨口饭吃。"

"看来我虽然有个通晓中国万事的王子，对贵国的了解，还得重新从你这儿开始。"所罗门王口气变了一点，他从栏杆边上跳下地，走过去，拿起他的酒瓶，又喝了起来。酒垫瓶底了，一大口就干净了，再没喝的。他手里拿起瓶子，瓶子竟然滴溜溜地在手心旋转起来，好久才一抛落地，完好无损地搁着。

张天师也跳下地，他的脚勾过瓶子，瓶子旋一个球形。两脚一勾一搭，瓶子从左滚到右，又从右滚到左，全是一个接一个圆圈。

他做完这一套看家本领，对所罗门说，在楼下准备舞台道具的丫头男孩都是他从小拾来，手把手教大的，他的班子搭起来很不容易。

所罗门说，他在上海滩这二十年来的经历，说给谁听，谁都无法弄懂，明白是怎么一回事。幸好这次有机会一展身手，哪能屈居别人门下。

所罗门掉头就走，加里也紧了上去。

张天师赶忙叫道："行了，行了，今天我张天师服了你！我尊敬的大王，你有什么好建议？"

加里半转过头来说："既然兰胡儿不是你亲生女儿，借给我父王当助手。"

"给你们用？"

所罗门站住了："演'分尸四块'，还有'千刀万剐'。这种魔法，要一个看见刀锯不怕的人。依然让你当老板，这是天下少有的合算生意！"

张天师感觉到这肯定是他们事先商量好的话，设的陷阱，让他往里跳。

加里与所罗门根本未看对方一下，但那默契，什么时候该说啥话，滴水不漏。明摆着所罗门也遭到了二先生的警告，同样的警告：若没有好节目，就得从大世界滚蛋。借走天师班的人，还免费，他气不打一处来。

"你明明是算盘精的犹太人！居然自称俄国人？"张天师讥笑起来。

所罗门一点不生气，他看看头顶有点乌云的天空，然后慢慢地说："难道我关进集中营，你就能独占戏场子？这年头，不就是俄国人才能打进柏林？哪个不是好汉？"

第十一章

兰胡儿还未到。加里等得心慌意乱，这个早上醒来就如此。所罗门叫了他几遍，他才明白应该做什么。加里搬好木柜，拿出一把大铁锯，这块东西看上去锋利无比。

所罗门走到加里面前，郑重其事对加里说："现在可以开始了。"

加里听见了，右手搁在《旧约圣经》上，向他宣誓遵守职业魔术师的戒条：

不对任何人公开秘密。

任何代价不传授魔术。

所罗门先教加里背戒条，才正式教他魔术。每教一个新招，就要他重新发一次誓。王子非同常人，他是"任何人"中的例外，当然会得到国王真传，不过必要时才传一招。

算起来，第一次神圣发誓的日子，加里才八岁吧，他从所罗门那儿学会不少妙手高招。

他养成了一个习惯，工作时，不管是上台还是上街，穿得整整齐齐，活脱脱一个富家公子。只要一次做顺手，他和所罗门王糊口一周绝对没问题。遇上运气旺顶了，加里会撞上一个人的钱包肥满。师徒俩还会好好享受一番，美美吃一顿。

只是不顺手时居多，而不顺手时所罗门容易醉。

那种时候，所罗门回忆的总是一个女人。嘴里来来回回倒同样的话："我在主面前立过誓，绝不离开你。如果我背叛了主，我该受到主的惩罚。你背叛了我，一样不行，我不原谅你！"

"加里，你对衣着外貌太注意，像女孩子。"所罗门有时会说。

一旦有危险，加里会飞速跑掉，很少被抓到。抓到后，皮肉受苦是小事，千辛万苦弄到的这套行头就完了。这可不比胳膊上腿上的伤口，再深也会自己长合，合身显派的衣服，帖刮甫士菲斯。

加里有好多次被关到巡捕房遭毒打。只因是"借"来的衣服，如果生在一个随便能再弄一套好衣服穿的家里，那满腔辛酸就不必忍进心里，自然也能一股脑儿忘掉身上的伤痕。

不过，不管怎么个打法，他都绝不说出父王所罗门来，只讲他是个孤儿。等到被放出来，所罗门总是在街角等着，一把抓住他。所罗门从来都过虑了。除了这父王，他在这世界上没有真正"认识"的人，如果所罗门不等他，他肯定会焦急地在街上等所罗门，万一等不到，他就会想办法找到父王。

"你这孩子心眼正不会背主，这是父王最看重的。"所罗门高兴的时候就会这么说。

有一次天上飘着零星小雨，他们在先施公司扫场面，所罗门相中了一个靶子，看上去是个暴富之辈，四十来岁的男人，大衣里钱包鼓得像发足酵的面团。

所罗门绕过街角，几分钟后加里那边会移过货来。南京路正面，加里看见靶子手里挎着漂亮女人出来，提包多，女人正在对男人大声侉气地说着什么事。

他们经过加里，加里得手了，不慌不忙转身过街角，一擦肩就把货飘给了所罗门。

不料这个有钱的主刚上出租车，一摸钱包，立即叫汽车沿街追来。恰好看见一个身着整齐的少爷跟一个穷犹太人脚跟脚地走在一起。他马上在汽车窗口探出头来大叫：

"抓小偷！"

所罗门立即就跑，加里却依然沉稳地走着路，他必须做掩护。这位阔佬好像晓得门道，跳下车来，一把摔倒挡住他路的加里，叫车夫按住，自己直奔所罗门。他身手相当矫健，所罗门跑不过他，没一会儿就被赶上，他抓住所罗门，就朝后脑上重重一拳，出手凶恶。

周围行人看见捉住小偷，而且是个洋人，都气着了。一下子上来好些人，把所罗门围住，脚踢痛殴，打得所罗门皮青眼肿，脸都变了形，鲜血直流。车夫把加里也拖过来。所罗门手抱着头，蜷起身，但是胸口肋骨被毫不留情地猛踢，嘴角喷出血来。今天地狱门打开了，逃不过这条命。

就在这时，加里一步跳过来，用身体挡住所罗门："弄错了吧，捉贼捉赃。不要冤枉好人！把人打得吐血，弄出人命，巡捕房来了，大家不得清爽。"

那事主一听这话不高兴了："怎么弄错？！"

但加里理直气壮："不要冤枉好人！"

周围的人也觉得这话对，事主说："搜身！"

摸遍了所罗门身上，什么也搜不到。事主要搜加里，加里说："当然。"举起双手，任搜，一样搜不到。丢钱夹子的人傻眼了。周围的人也呆住。事主急中生智说："钱包肯定传给第三个人了，这种扒手精着呢！"

加里问："先生，你真的掉了钱包吗？你能肯定？"事主刚要开口，一摸钱包果然在大衣口袋里，一下子窘得说不出话来。

加里说："看看，这不就是冤枉好人。"

"先前皮夹子不是在这只口袋里！"那个人喊道。

周围的人看着觉得好笑："别管口袋了，看看钱有没有少。"

事主拉开皮夹子一看，钱一点也没有少，舌头就在嘴里胶住了。

这时人们已经把全身血沾土的所罗门扶起来，都反过来说事主的不是。事主想想，觉得这事情完全不对头，又无法说出什么地方不对。那女人走过来说："给他们几个钱治伤，算是这两个贼手巧，此事就算拉倒吧。"她埋怨男人："你做事也太急了一些。"

所罗门开始呻吟，旁边人都说要赔治伤费，尤其刚才参加踢打的人叫得最起劲。

事主抽出几张大钞票，塞到所罗门手里，所罗门一甩手不要，说没那么容易。事主就塞到加里手里，加里勉强地接下了，只说："我送老先生去医院。"他知道到巡捕房没他们的好处，他们有前科在案。

人们开始走散，加里扶着所罗门，走到洋泾浜路一家咖啡馆，要一盆水给所罗门清洗了头面。他们互相检查了一下伤势，幸好伤得不重。两人都喝了一杯凉开水。

所罗门回过神来，觉得自己这天真是侥幸逃过一命。喝了水后，好像才缓过劲来，他问加里，刚才那一幕到底是怎么一回事？

加里告诉他，在乱成一团吵嚷殴打时，他就从所罗门身上把钱夹子取走，放回事主口袋里。

所罗门惊奇地看着加里："你怎么做到了？这么多人看着，一取一放双连环！在上海滩，还没人能从我身上得手呢？"

加里说："我可是你的王子。"

所罗门眼中涌出泪水。那是加里第一次看见所罗门流泪。之前，他是个硬石心肠的人，很少开怀大笑，酒醉后也只是发出凄惨的笑声。

那天夜里加里扶着所罗门慢慢地走着。夜色降临在他们身后，不知今晚是露宿街头还是找个破木箱过一夜，那几张鲜血换来的钱，舍不得去用。他们漫无边际地走。夜色已赶上他们，到他们头顶肩上，散落了几粒雨点。加里要所罗门讲他年轻时的故事，这父王在他这个年龄，经历过的特别事，他恳切地说：

"父王，我想听。"

所罗门低下头看了一眼加里，小子的嘴唇肿着，显出一副倔强劲来。所罗门又走了几步，才问："想听什么？"

"那个背叛你的女人！"

所罗门在酒醉时叫过女人的名字，"你辜负了我一片心！"清醒时他不愿意说。不过，一个人都沦落到不知下一步如何迈脚的程度，还有什么脸面可顾？他们在路灯下，靠着墙角坐下。

在萨拉热窝，他一见钟情爱上一个姑娘，两人忘情地好了一段时间，他本以为可以在那里安下家。不幸的是她跟别人调情，把他的爱情当成了一堆垃圾。果然他也成了一堆垃圾，从此没有改变。

那时他才二十岁，从俄国流浪到南欧，青春血液容易沸腾。他应该把她狠狠地打一顿，打过之后，他可能心境就平了，就会抓住她一起过一辈子。但是他没有。他从此浪迹天涯，拈花惹草。从不对一个女人真心，虚情假意是他的拿手好戏，男女之间也是戏法而已。

他对所有的女人报复，并没有让他快乐起来。

上海让他停止了流浪的脚步，也是怪事。一文不名，是原因；全世界大开火，也是原因。还有呢，就是有个孤独的孩子跟上了自己。他竟然无意中忘掉了那致命的过去。

上海是收容世界各国流浪人的地方。算命人不能算自己，不过有一件未来事，他心里有数：他不愿意死在这远东的小角落。这中意的上海，就跟一个中意的女人一样，他不在乎她的种种缺点，但是绝对不能许以终身。

一个在全世界流浪了几十年的人，他问自己，难道我真的就想拥有一个生命？因为我是个弃儿，就格外害怕被弃。

第十二章

兰胡儿还是未到，加里对自己说，不要去想她来不来。他得记住戏法，这次的戏法与从前不一样。惊险带刺激，因为有她。

除了不外传，所罗门每次教新招，还要加里遵守两条"诀窍"，说是若不照此执行，就会犯大错。

诀窍一：不在表演前说出魔术结果。
诀窍二：不向观众表演同一套魔术。

其实这第二条要求并不太严，要看场合。比如在台子上，大戏场里，没有人在后面看，距离也远，就不妨反复表演。原则是绝对不能让人盯紧。

"戏法没有真的，真的玩命不叫戏法，叫玩命，比如那个张天师，他搞的那一套，就是拿徒弟性命当儿戏，赚的是人命钱。"听到所罗门这么说，加里心里一惊：兰胡儿天天有送命危险。所罗门安慰他，说这个人虐待孩子，将来要下地狱。

他们见到过好多脊梁摔断的小姑娘，惨到爬都爬不动，只能讨饭，瘦骨伶仃，最后饿死道旁。

所罗门脸沉下来："专心，听着。"

加里诚心学艺，魔法与现实生活，真真假假，假假真真，心要比手细。他这王子虽然外貌是个男儿，内心像一个女孩，性格太柔顺。有时父王发脾气，指责他：你是王子，怎么没有半点我的血性？

万事难全，所罗门要加里白天晚上手都不能闲着，练习一套套戏法，也要加里缝缝补补，手巧如裁缝。他所罗门是一国之王，不能做这些婆娘家的事。他教加里他会的所有语言，哪怕东欧南欧少见的语言，他自己只能说一点点，加里也一学就会。任何一所学校都比不上他所罗门单独给加里办的学校，任何一个教师，都比不上这位知识渊博的父王。

所罗门经常晚上没影了，加里不知道他到什么地方去。走之前，所罗门总是从外面锁上门："不准偷懒！在黑地里练戏法，闭着眼睛也能做准，才算及格。"

加里对黑暗感到恐惧，可是他什么都没有说。他能忍。忍住就好，这是长大成人唯一的办法。这个世界上，他没法相信任何人——每个人都是花言巧语，没几句实话。所罗门的话，哪怕撒谎，背后是什么意思他都清楚。

所罗门常常凌晨才回来。有一天例外，到第二天中午才回来，加里饿得把家里仅有的一点面包吃完了。所罗门累得进门就躺到床上，对加里抱歉地说，女人太迷人，但女人不是好东西，女人是火坑。

加里很想叫所罗门晚上出去时不要锁门。可是所罗门王一次也不忘门上加锁，不仅是防他出去，也防别人进来。

租界沦陷时，所罗门想带着加里漂流到世界别的城市，去一些更暖和更安全的地方，像墨西哥、秘鲁。可是他没有能够走成。犹太人被日本人关进了上海郊区的集中营，他靠了俄国人这个身份做保护，但必须分外小心。为省钱，他们从小南门一个偏房里搬出来，租了同街小客栈里一个亭子间，他睡单人床，加里天天用旧被子垫在地板上当床，白天叠好，夜里摊开。所罗门的床底放两人的行李，主要是那个无奇不有的百宝木箱。小客栈墙灰斑驳，没啥客人，租金倒是便宜。

那次偷钱包事件后，所罗门出门少了，即使出门，也不再上锁，他知道加里不会跑掉。不过加里不习惯，要求锁门。所罗门王看他真有点害怕，就让他从里面自己锁。

加里猛一抬头，兰胡儿推门走了进来。她一身红白衣裳，浓黑的头发系了根红布带，像从梦里直接走出来，So beautiful！So so so beautiful！加里心里顿时平坦，不由自主地露出了笑容。她没有任何反应，故意的，还是无意的，他希望她是无意的。他就是喜欢她这么不在意他的模样。他只在乎自己的感觉，喜欢有她在眼前，只要在眼前就好。

她嘴唇紧抿，神情阴冷，走近了，他才看清，那衣服是在红衣上接了白布，两个补丁，绣成两朵花形。想是从前的旧衣，人长高了，没钱买新衣，才用此方。不过不显寒碜，反倒脱俗。

他们开始排戏法。加里用大锯子把兰胡儿拦腰锯开，锯不动时又用刀割，红色的血流出来，她的身体锯成四块。

张天师在台下看，他进来好一会儿。实际上是他押着兰胡儿来的，只不过没有跟着她一块进来，给自己一点面子。所罗门不准张天师上后台看。张天师试了好几次都被所罗门拦了下来，他赌气地说："我就是饿死，也不会抄你所罗门王这种骗人的戏法。"

"有志气！"所罗门边说边走到张天师边上，没有坐下来，他的眼睛扫到台上两个孩子，突然拿出导演的架势指挥起来：

"你们两个人板着脸，气氛不对。加里王子应当像好莱坞大明星加里·格兰特，吻一下兰胡儿，说'永别了，我亲爱的公主'，还要抹眼泪。这个节目才会让人落泪。"

加里一下子脸红了，没有想到父王这个奇怪主意，心里急，一时不知该做什么。兰胡儿的头在那儿想摇，但是被木箱固定住了，动弹不了，这一次她没有对所罗门说不同意。她只是不满地看着加里。

台下张天师坐不住了，突然站起来大声说："绝对不行。"

"为什么不行？"

"说不行就是不行，兰胡儿是我的徒弟，江湖人卖艺不卖身，不准做有失人伦道德的事！"

"真是乡巴佬！"所罗门很不高兴，"接个吻算什么人伦道德。吻一下就'卖身'了？你们中国人伪君子太多！恶心的孔夫子规矩！"

张天师吼起来："你敢骂中国人？！"

所罗门自知失言，赶忙说："我只是说加里这小子。我像他这么大时，天天就想亲姑娘的嘴。他呢？不敢做，心里想得发慌！"

加里感觉周身一下子红得像兰胡儿的衣服。他装着什么也没听见。这事做不得，他看到兰胡儿狠狠地盯了他一眼，把他的心思看穿了似的。

幸好，张天师这么一冒火，所罗门也不坚持了。两人继续表演下去。此后，两人再也没有提起这件事。

休息时加里跟着兰胡儿。兰胡儿不理他，打了个倒立在墙上。她的长头发披垂下来，眼睛却盯着加里。这无疑了给加里鼓励，他蹲下来，问："嗨，能告诉我，你到底是从什么地方来的？"

"石头爆，海上漂，空中掉。"

"这人怎么说话一串串？"加里心里咕哝，嘴上却说："你说实的，我相信你。"

"相信叽喳子圆圈事，臭王子你呢？你从哪里来？"

加里说不出来了，这问题把他问住。

兰胡儿劈头盖脸扔过话来："像你这样钉子锤子破壳鸡蛋砖头烂领带的，还来打听密斯本人的由来！"她一心想把胸中的火发出来，"你这个假王子能有啥好东西，跟我一样是流浪儿罢了，涮水洗碗格拉拉，打不下来的金铜锁没钥匙的货！"

加里只说了一句："谁稀罕知道呢？"

两人没能说得下去，就被所罗门叫过去又开练。不过心里都明白了彼此都是身世不明的人。

这个问题，兰胡儿想过。张天师有一年在地摊上演出时，报兰胡儿"十一岁神功女侠"。两年过去了，张天师报她十二岁。

兰胡儿着急地把张天师拉到边上："不对呀，前年十一，今年应该十三！"

"你不懂，女孩年纪小，看的人多。"

"人都会长大。"

"你最好不要给我长大。"张天师生气了，眉毛都竖起来，"不吃饭就不长大，你少吃点，就长得慢。"

兰胡儿那一天闷闷不乐，拒不吃饭，张天师毫不在乎。兰胡儿一看这局面，不仅快速吃了，还把燕飞飞碗里剩下的菜汤抢过来吃。燕飞飞被兰胡儿的动作吓哭了。张天师骂兰胡儿不争气："叫你不长大，是为你好。"

为这次抢饭吃，她被罚跳双手对叉绕花绳，一旦绊住就从头来起，得跳一千次。跳到七百个，她绊住了，一想又要从头跳到千，忍不住说师父太狠心，从不一碗水端平，对燕飞飞就不如此罚。还说从她八岁时，张天师就要她翻天庭，让大岗小山站在她肚皮上。

张天师说："咱们走江湖，就是吃皮肉苦，我经常在自己手臂上割一刀，鲜血淋淋，就专为了卖膏药，我得真刀真割，你跳跳绳算什么？重头跳一千，不准停！"

兰胡儿只能继续跳。燕飞飞在一旁看着，却没吭声。这次跳到九百多，眼看可以到一千，又绊住了。兰胡儿累得倒在地上，爬不起来。

突然她哭起来，向张天师求饶。

张天师走开了，没有饶她，也没有要她继续。

这之后，兰胡儿不再关心自己的年龄，嘴上不问，心里也不管。师父的话有道理，燕飞飞像姐姐，小山像弟弟，把大岗当作大哥，还有最知心朋友猎狗珂赛特。这就像是一家子，一家人在一个屋檐下什么都能容下。

呼呼好风吹身，从空中冒出一个加里！好个讨厌的加里，敢和她吵架。一个外人，一个乳毛仍臭的外人，对她如此态度！虽然加里表面上总是让着她。

"说话甜满缸，烦忒人！圈圈嘎希多丢人现眼的活儿。"她叽叽咕咕地说。

加里并没有生气，拿着雪亮的锯子，兰胡儿有点意外，她低声说：

"嗨，你多大？"

"父王说我已经十七岁，要我准备继承王位。"

"那么我们相差五岁？"兰胡儿奇怪了，看到张天师在下面打瞌睡，她从木箱里坐起来，"根根儿不像，想比我大五岁，占我上风？你再吹大气泡也不过是个小孩子！"

加里想起，所罗门有一次告诉他，他生在河面化冰时，鲤鱼都在水里游。兰胡儿问，河面结冰，是什么地方？他说忘了问。

兰胡儿笑了，口气缓和多了："我可能生在开春，桃树开花开朵。经常梦着，红红白白，美煞人！路上每遇见桃花，我淹的欢喜。"

"好吧，"加里说，"就算你生在四月吧。"

"也行，你生在一月也不错，就一月吧，比我小。"兰胡儿不看他，"好好认我这个姐姐！"

"你比我小！这点也不懂？"

所罗门进场子，拍拍掌，说他到外面方便这一会儿，加里和兰胡儿就偷懒。所罗门声音很生气："加里，你把兰胡儿切开，再拼合起来！再来一遍！"

所罗门转过身，心事重重走下台来，用手臂碰了碰打着盹的张天师。张天师说："我根本没睡。"台上两个人互相看看，不说话，台下也不说话。

兰胡儿躺下箱子，加里手中的大锯子朝兰胡儿细腰落下去了。台下两人突然把头靠近对方，他们紧张地交换了几句话，盯着对方的脸，摇摇头，又点点头。他们开始低声说话，可是一旦台上的两人停止排练，他们中一人立即训斥。

"要练熟才行！"两个老板从没有如此亲密说过话。

当天晚上，所罗门又出门了。加里第一次感到心情愉快。到午夜他才睡着，蒙蒙眬眬之中，听到所罗门回来的脚步声，父王摸黑倒在床上，很快就打起呼噜来。突然所罗门翻了一个身，爬起来，一把拉亮灯，对角落里躺着的加里大声说：

"我早就告诉过你，上台表演时，不能走神，你的心思全在那个狐狸精兰胡儿身上，甚至忘了说咒语Abracadabra！"

所罗门没有喝酒怎么发起酒疯？而且到了半夜才发作？夜里冷风从门缝里往里钻，不是发火的好时候。

　　"你否认也没有用，你和那个骚小丫头搞什么名堂，我全知道。我像你这么大时，在波斯就被一个吉卜赛女孩勾掉了魂。师父不让我跟她走，我就把师父一刀宰了。"

　　加里吓坏了："他死了吗？"

　　"但愿他活着，我在梦中再也不敢见他。"

　　加里赶快申辩："我不会杀你，中国人一日为师终身为父。"

　　所罗门王吹了口气，胡子尖儿颤动，他说："说得好听。我还有好几手绝招没有教你。没良心的狗崽子，你等把我的本事全学过去了，再对你父王动手吧。"他倒在床上，没一会儿就稀里呼噜来。

　　加里熄灭电灯后，抱着一个布包坐着。这个装着他衣服的包，像兰胡儿，他可以想象她此时躺在黑暗里的神情：依然冷漠而骄傲。他琢磨着所罗门的每句话，不知道白天排练出了什么差错，让父王如此不放心。

　　重新躺下，他还是睡不着。阿吧啦喀咀吧啦，Abraca—dabra！

　　加里在遇见兰胡儿之前，从来不知道睡不着是怎么一回事。自打跟她一起上台演出后，每天夜里只能睡三四个小时，醒来时充满了恐惧。他告诉父王他睡不着。所罗门就走到他面前，双眼炯炯地注视他，念念有词，想必是他半懂不懂的希腊文，又好像是Abracadabra，来来回回，每次吞掉一个字母，手在他眼前来回拂动，像翻一本书一样，不久加里果然双眼沉重进入睡眠。

他的手摸到她了，她紧绷的脸舒展开。"锯吧，死不了。"她说。

"怎会真锯？"他说。

她从木盒子里跳出来。他呆呆地看着她走出场子，走下长长的楼梯，走出大世界的大门。

她转过脸来，对着他说："不相遇，难相逢。"四周一个人也没有了，他大叫着从梦中醒来。

加里的内裤湿了，他赶快捂住那个地方，非常窘。

有几颗星露在凌晨的小窗上，所罗门的胳膊露在被子外，呼呼睡着。加里害羞地把自己擦干净，怎么也睡不着。他索性穿上衣服，打开门来到马路上。

走着走着，他突然想放声痛哭。想告诉你也不可以，My God，究竟要如何，我才能找到自己的灵魂？

他在黑夜里继续往前走。不知不觉中，发现自己往南走。后来又发现自己折回来。

一个小时后他轻悄悄地上楼梯，推开门，摸回自己的地铺，那边床上所罗门翻了个身。他吓得不敢动。过了一阵。听到所罗门在说梦话："魔王没眼皮，不会闭眼睛。"这句意第绪语他倒是听懂了。

他身体蜷成一团，自己抱住自己，闭上眼，睡不着也不敢睁开眼，他怕看见任何东西。

几天后的夜里，加里又睡不着，几次已经走到打浦桥附近，但他不敢去找兰胡儿的房子。倒不是担心自己的性命，是怕给兰胡儿带来麻烦。

这儿离黄浦江很近，他继续朝前走，江水上透出幽蓝的光，天上几乎没有星星，夜色大片浓黑中透出青紫。这段江岸与外滩不同，两岸大多是厂房和货运码头，夜里黑灯瞎火，巨影幢幢。江上泊靠着大大小小的船只，一波一波拍着，缓缓摇动。

对他的来历，所罗门始终说不出个所以然。有一次说他路过孤儿院，加里朝他走过来，他就领养出来，意思是加里找他的。有一次说他从街上拾来加里，有一次说有人把加里放在他的门槛边。所罗门越不说清楚，加里越惶惑，怕父王对他说更加莫名其妙的话。

不过，兰胡儿也弄不清身世。冲这一点，非常重要的一点，她就比任何人近。在"切开"她时，好几次他不当心碰到那柔软的胸部，开先她冷着一副面孔，后来嘲弄地朝他一笑。他好几次心慌手软，锯不下去。幸亏这个戏法是装置，手法是装模作样。今天演出时，也不小心碰到兰胡儿身子，他惊怕地跳起来，假戏真做，倒弄得满场高兴。

他徘徊在江岸上，夜风将头发吹得乱糟糟的。

只要她能对他好好笑一下，他就不会胸口闷痛。明天演出后，他一定要请她给一个甜甜的微笑。

天微微发亮时，加里心情绝望，踩着露珠回到他们的亭子间。他轻轻推开门，所罗门坐在床边用一个烟斗抽纸烟，明显一直在等他回来。头发以前是百分之七十白，这一夜差不多灰白了。

主怜悯我！父王越不问他上哪里，他的手脚越是慌得没放处。父王不用问，父王大智大慧，当然明白他为什么一夜不归。

所罗门瞅着加里愁眉苦脸，吐着烟圈。窗外天色玻璃一般透明，不太正常，不过整个上海谁正常？他抖掉烟斗里的烟蒂，用脚把床下的皮鞋勾出，穿上，弯腰系上鞋带。

加里走过去把所罗门的被子叠好。他又从楼下老虎灶端了瓶热水上来，倒在洗脸盆里，恭敬地放在所罗门面前。

所罗门伸了一个懒腰，用手指着床。加里上了床。所罗门洗完脸，漱完嘴，走过来，一言不发地伸出手来摸摸加里的额头。不到两分钟，他的双眼就自动地合上了。恍惚之中，他听到门关上的声音。不错，那是所罗门下楼梯的声音，那声音越来越远。

这个早晨光线照得四周有声有色，楼下有人说话声尖声尖调，窄小的弄堂与摩天楼群相映，晒着的衣服像一面面旗帜在风中招展。

白光笼罩住加里，他狂追所罗门，所罗门如一团跳动的光影始终在他之前。"父王，等等，我怕。为了她，我醒着睡了都在发狂！"

第十三章

雨点如豌豆打着屋顶，他们引以自豪的铁皮瓦屋顶，叮叮咚咚响成一面鼓，却无法挡住泼瓢倾盆天漏水。这是入夏后第一次大暴雨。弄堂墙根的野花被雨水打蔫。夹竹桃更绿了。

小山和大岗在楼下房间里忙碌着，楼上楼下跑，戴了斗笠爬上屋顶去修。

苏姨对急着往屋外走的张天师说："别慌，你不要淋湿。"她拿出木桶和盆子，他接过去，上楼去放在兰胡儿、燕飞飞的床上。她找出所有的盆碗餐具，搁在漏雨的地方接雨水。"兰胡儿管住珂赛特！"她一边说一边掏开炉火，洗锅盛水做了一大锅玉米粥。

燕飞飞顶了一块塑料布，跑到屋外嚷嚷："大岗，不要滑了！"兰胡儿牵着狗，让它面对乱局不要叫，一叫，屋顶上的人会分心走神。

终于两个男人全身湿透水线滴答跳下来，燕飞飞把干毛巾给大岗擦，大岗先给小山擦。兰胡儿在帮苏姨，盛两碗热玉米粥，招呼他们："快点来吃！"

苏姨从瓷坛里取出酱菜，放了一碟。看看屋子里几个孩子站的站坐的坐呼得稀拉哗啦，酱菜碟子早空了，她又揭开坛盖，取了些又放了一碟。

这是例行的早饭，因为漏雨，比平常早了一个多小时。

张天师练过功后，在专门给他空出来的凳子上坐下来，津津有味地喝起粥来。半夜他起来解小手，听到门外急促的脚步声。贴着玻璃窗朝外仔细一看，门口痴呆呆站着一个人，是加里。他倒吸一口冷气：这个小东西竟然得寸进尺，借了人还想来偷人，白天排练时对兰胡儿动了心思，他故意闭目养神放他一马。看来得防着，不然丢财又赔了人，多不划算。但是加里没有进来，过一阵子就跑掉了。

这件事使张天师想起来非常不快。

兰胡儿和燕飞飞粥吃得肚子饱，满意地搁下碗，一前一后上了楼去梳妆打扮。

"珂赛特，你说还把兰胡儿继续借给那个洋佬呢，还是就此打住？"张天师对狗说话，"明显这所罗门不怀好意。"

苏姨在收拾碗筷，侧对着张天师："珂赛特，你告诉他，心里拿不定主意，不是男子汉。如果我们女人雌狗都能给他出主意，还要他老爷子当一家之主？"

"你去给她说，不借，他们抢人不成？"

"你去传话，怕抢，那就干脆送。"

兰胡儿在楼上小房间里，耳朵尖尖，听见两人的话。她早已习惯师父和苏姨在讨论难题时奇怪的说话方式。

燕飞飞对着一面小镜子，一边梳一边说："我最想有一面大镜子，是这个两倍，最好有我人高，我能看个够。"她叹了一声气，说夜里做了一个很好的梦，她和兰胡儿搬到一个大房间里了，绝对不是这幢房子，有一个漂亮的阁楼，好多鲜亮的衣服。

兰胡儿说："咋啦？受了天开窟窿大委屈了，谁不知谁不晓，飞飞姐姐你是大家的宝贝。"

"你是我的好兰胡儿妹妹！"

燕飞飞放下梳子，拉过兰胡儿的手来，两人坐在床边。今天漏雨，补屋顶，乔得她俩吃早饭后梳妆，以往是先梳妆后吃早饭。燕飞飞梳着兰胡儿的一头乱蓬蓬的黑发，说梦结束时，是张天师带他们几个人去老正兴吃了一顿，每盘菜都清清楚楚，香味留在舌尖。

兰胡儿本来就不喜欢讲梦，她自己梦中的事，醒来想太奇奇怪怪，对谁都难说出口，若师父知道一丁点儿，定会骂声不离口，"无廉耻！你还算个女孩子家吗？"

反正腕儿歪寡情寡义不怜惜！兰胡儿从鼻子里哼出一声。生活中她除了把自己这么叠那么翻几转，新内容是每天被人在台上血淋淋地锯成几段，复活时要蹦一下跳出箱子，向台下人做一大串洋女人的鞠躬姿势。

"脸上挤都要挤出一堆笑容来！"那个该死爱钱如命的所罗门王对她说。是呀，全场向她鼓掌，把那魔术师撂在一旁。大的小的魔术师！真是来劲足顶了天一百转！

那小魔术师这时眼睛总是害羞地看着她，她一旦看他，他就转开眼睛。"装什么假正经！"她心里骂着，笑得更灿烂了，掌声总是好听，尤其是不花力气抢过来的掌声。

不过经过这一锯一拜，她忽然觉得做女孩子有一个身体的奇妙，很多人朝她死命地看。这感觉很新鲜，让她的心直扑腾。红晕从手指传遍整个身体，涌出暖暖气流。她的嘴唇不需要涂口红，一直红到晚上洗脸上床。天哪，即使睡到了地板上，照样会做不可思议的梦，或许是那锯子切出一块块梦来。

这个杂耍班子里，大岗最老实，小山最惧苏姨，和大岗喜欢说悄悄话，大都是大世界或周围邻居间的怪事，小山自己的事，总要去告诉燕飞飞。

兰胡儿怕张天师，更怕苏姨，这个女人太神秘。关于苏姨的故事，她从燕飞飞那儿听来，燕飞飞从小山那儿听来，小山从哪里听来，就无从知道了，可能是大岗，大岗快三十岁了，知道师父很多事，也可能不是大岗，大岗那半哑的嘴说不清楚。

有时苏姨会一整天不理张天师，张天师因此朝徒弟发脾气。两个人谁也离不开谁，他们好像是在故意折磨对方，也愿意让对方折磨。

那些年月，他与师弟一起，做扒火车的营生，江湖有名号叫"轻功草上飞"。津浦沿线"运货"，卖给青帮专做这票生意的。知根底的人，都知晓这是最玩命的活计：跳上火车丢货，尽快跳下逃过巡车的子弹。两人声名响一路，自然身手不凡：预先瞄一段可跑动道路，先候在火车前方。火车驶来，他们瞄准一节车厢，与火车并行快跑，伸手抓住铁梯把手，一搭力，身子飞跃车上。

货车都雇了专人打车窃，前后车厢都有人架枪盯着。不抓活口往死里打，尸首落在千里外异乡荒地，官家不叫偿命。

这兄弟俩有本事，巡车眼皮底下，照扒货下车。巡车老自吹："我打死了草上飞。"

有一天扒上车，他们看见了一个姑娘，手捧父亲骨灰，坐在货车上躲票。巡车发现了，也不抓人，在大米包上按倒就要强奸。他俩跳进车厢，一人一拳就把巡车打趴了。

姑娘无家可归，救人救到底，他俩让姑娘跟到家。三个人一来二往，每人心思另一个人揣摸出来：姑娘同时爱上他俩，他俩同时爱上姑娘，直到有一天师兄不辞而别。师弟与姑娘找不着人。久而久之，只能结为夫妻。

日子本可过下去。突一日，师弟听江湖传言：在陇海某地，又出个扒车一等好汉。他赶过去，果然是师兄。两人等在铁轨上候火车，师弟对师兄说："你不在她不快乐，她更喜欢你。"

师兄不让他说下去。

师弟当没听见，继续说："我只求师兄一件事，日后要对她好！"

师兄说："你看火车已经过来了。"他耳朵贴在铁轨上，钢轨当当响得紧。

火车驶近，他们飞身上去。霉运要来神也奈何不住，巡车逮了个正着。师弟徒手搏击，对师兄叫喊："快下车！"火车上了一座桥，师弟猛地把师兄一推，师兄跌下河里。

姑娘打开门，一见师兄，就瘫倒在地上，说："他肯定没命了。"

他没法再吃火车饭，只有将就一身功夫做杂耍。先跟人学，后来自己组班子。每次受伤她对他最体贴，但是她心里想着谁来着？人生此种苦朝谁说？只好求天求地。

故事传传好听，多半不是真。

不过张天师很怕听见火车响。也是啰，但凡听见人说是乘火车来，张天师的胃要一阵翻腾。"别提火车！"他说。

他没有吐，他只用手掌拍打自己的后脖颈，那儿有个穴位，控制肠胃。不过他们走城串乡，倒是从来不坐火车。

第十四章

苏姨接了黄浦江上很多水手的衣服洗，有些许收入，算是她自己的私房钱。

很久也未见吃肉了，人人想肉想疯了。大世界的票房收入，至今在付还道具铺的租用费。苏姨说全班子人他们在大世界演出辛苦，熬打不起，肉再贵，也要去买，"都是苦力干活，不吃肉怎行？"

苏姨这些话是对珂赛特说，她才不直接对他们说。

珂赛特是个够尽心的传话狗，每天跟着他们五个人朝大世界走，走到半路它会折回去，陪家里的苏姨。这一路上张天师都沉闷着脸，免得现出不愿见到的事，丢了一个女徒弟，这班子就大亏了。

他知道兰胡儿在看他的脸色，这个女孩子有话埋在肚里。要说出来就是一大套怪里怪气，叫人半懂不懂的话头。就冲这一点，他就不喜欢。他一手一脚辛苦，怎么教出她这种人精？不像燕飞飞叫他师父长师父短，甜得像自家闺女。

长大一些，两人就看出差别：兰胡儿不如燕飞飞貌美，仔细看更打折扣：脸容冰冷，眼睛太大，额头略高，嘴唇微厚，睫毛也长了点，合起来就太浓，不够柔美。整张脸的搭配，倒是合适化妆上台。

不是他张天师偏心，兰胡儿怎么调教都调教不成一个女孩子，这是他领养徒弟时一大错。命是命，运是运，命变不变，看运转不转。

一个戏场明显不容二虎，有了他张天师，就不可能有所罗门王，还时时有徒弟被拐走的危险。

张天师前脚进大世界门，心里立刻就做了决定：在今晚散场时，跟那个犹太老头说穿，各分场次互不相犯，各赚各的辛苦钱。

本来他的班子就是下午场。下午阳光很好，来的客人很多。张天师先表演"红花金鱼"。这个戏法他做了一辈子，扮相周正，出招顺手顺意，平时摆场不用特大的玻璃缸，用瓷茶碗。"红花金鱼"据说在几百年前就有了，他跟着师父学这戏法时，师父说此戏法要紧在手灵巧，一缸水，要单手捧出，高举过头，手腕弱的端不动，杂耍都是男有男戏，女有女巧，不得串味。

今天有点什么不对劲？他往台下瞄了一下，对了，那个所罗门没有坐在观众席里，那个加里也不在。

轮到兰胡儿表演"击十杯不碎"。

兰胡儿一身红衣，拿着红方巾，模样冰冷中透出忧郁。燕飞飞快活地递给兰胡儿一根木棒。兰胡儿把木棒和碗都让观众检查。张天师注意到兰胡儿的眼睛在台下搜找什么，他突然有点紧张。

兰胡儿对准叠在一起的十杯，把方巾搭上。开始用木棒敲杯。她心思不在杯子上，张天师看出来。

揭开方巾，十杯依然完好。

轮到燕飞飞表演，再下一个节目，是兰胡儿口衔尖刀倒立在大岗举着的水缸上。张天师对兰胡儿说："今天这个节目由燕飞飞上。"

"为什么？"

"你心在哪里？"

"师父，这是啥意思？兰胡儿懂不了。"

"你自己清清楚楚。"

兰胡儿不说话了。小山报了节目后，兰胡儿比燕飞飞早一步跨出台。表演得应该没有丝毫差错，她弯身将嘴里的尖刀吐出，换上一大叠碗，做得天衣无缝。待她换另一只脚把头上的那叠碗顶上，准备扔给小山时，脚一晃，那叠碗顷刻砸在地上，有一个砸在她的头上。

全场哗然。小山赶紧接兰胡儿，但力气不够，两人一起跌在台上。兰胡儿的左脚落地，虽然手挡了一下，脑壳还是崩的一声撞了地板。她两眼冒金花，紧跟着一片黑。

亏得张天师赶快从大岗肩头接过水缸，他们顾不上台下乱哄哄，迅速把兰胡儿抬进后台。

"我就知道会出事，我就知道。混账东西！坏了我们大家的事！"张天师骂道。

"她不是有意的。"燕飞飞对张天师哭着说。

一检查，兰胡儿头被碗砸破了，好深一道伤口，额头也划破了。幸好那把刀早就被她吐出嘴，否则她就没命了。兰胡儿不能走路，左胳膊左脚一动就疼痛，脚踝已红肿，最要命的是她无法睁开眼睛。

台下还在喝倒彩，一片吹口哨声。

张天师叫大岗背起兰胡儿往家里去找苏姨，又让小山燕飞飞收拾戏场。他自己去见二先生。二先生早得到消息了，根本不想见张天师。

张天师不走，守在门口不走，等二先生出来求情，结果等到了晚上，二先生的手下唐生才走出来，他对张天师说："以后杂耍班子一天只演午间一场。"

这就等于不要他们，让他们自己找活路。这日子怎么能活？他求唐生帮着圆通，唐生说这是二先生决定了的事，不能变。

他不禁蹬脚骂。这个所罗门，还有那个小赤佬，鬼了——他们在，碍事，他们不在，更要出事！今天就出事了，兰胡儿走神了，掉了魂。

若有三长两短，这个孩子就毁了，不是伤残就是暴亡，干这一行当然很难善终。不过这也未免太早了些，兰胡儿刚出落得像个如花似玉一个巧人样，整个班子还指望她当摇钱树！张天师想，灾祸到挡都挡不住，又得去城隍庙街上了。

晚上所罗门的演出也取消了——他们根本没有出现，整个大世界没了这洋老头的身影。二先生决定杂耍魔术场子干脆关门。张天师弄不明白这中间出了什么毛病，难道二先生要他们两个都腾出戏场来？

张天师麻利地走着，脑子里塞满糨糊。他最后折回经理办公室，涎着脸皮去问唐生。唐生只给他一句话："上午就叫那个洋瘪三开路了！"言下之意很明显，怎么就你还赖着不走？

这下子他们一起被赶出了大世界！张天师心里不是滋味，早知如此，跟所罗门就不该斗气，两个班子一起演，万一有差错还能互相补台。如今怎么混饭吃呢？

"他妈的要走，该来打一个招呼，好歹做了一场朋友！"他对犹太老头气恼起来，不管以前对所罗门的怨恨有多深，现在，他不能原谅所罗门如闲云野鹤般飞走。

　　小山长了个心眼，一个人到小南门弄堂里福祉客栈去探个究竟，找不到所罗门，加里也不见踪影。楼下的老板说，俄国要对日本宣战，日本宪兵来查过，这个人是俄国犹太人，而且胆大包天在大世界装神弄鬼的，被日本宪兵逮捕，那个少年也被当场抓走了。

　　小山要上他们的亭子间。

　　老板说，不在了不在了，我叫那孩子修我的收音机，没修好，我只好取回来自己捣弄。

　　小山再问，老板的老婆不耐烦了，老板让小山少啰唆。

　　棒杀的不可能！这是兰胡儿第一个感觉。加里不可能不见她一面就消失掉。她一听就抓住燕飞飞的手，要她去福祉客栈。忘了手臂受伤，痛得她叫了起来。

　　"我为你去！"燕飞飞看看兰胡儿的可怜样说。

　　兰胡儿等得心慌慌然，燕飞飞回来了，果然如小山所言。

　　"加里能上哪里去呢？"兰胡儿问。

　　燕飞飞表示她做好事做到底，马上出去帮兰胡儿找他。

　　兰胡儿在小阁楼里不能动弹，想象燕飞飞代她走在街上。跑马厅前有不少人，这个世界闲人真多。

　　燕飞飞上看台去找加里。也不明白人们脸上都比天师班的人快乐。日本投降前，上海滩流行三大赌博：跑马、跑狗和跑人——回力球。日本人走了，这三大赌依然受欢迎。

回力球场东、南、北三面是墙，西面为看台，座位也是弹簧皮面靠背椅，可坐两三千人。看台前装网，怕回力球飞出伤到看台上的观众。西班牙、墨西哥和古巴的球员，虽是职业球手，都生得标致，和电影明星一样。赌回力球多半是女人，她们看漂亮的年轻力壮的洋男人，套着皮手套将球抛出一个漂亮的旋转，又打得比天高。这些赌徒都在拼命尖叫，喊自己喜欢的球员的名字。

　　加里当然不会在那里。

　　这天半夜，兰胡儿睡着了还是掉下了床。她痛得叫出声，床上燕飞飞睡得死沉。兰胡儿摸着左手左脚：我得争气短时辰好，我得自个儿去找他，我一定要找到他。

　　她再也睡不着。差不多半月前，兰胡儿与燕飞飞从大世界出来，饥肠咕噜，饿得厉害，眼前晃着旺火上烤着的鱼，她吞吞口水。路边有一家馄饨摊，香喷喷诱着人。她们掏了半天腰包，凑了半天，两人才要了一碗。

　　这在膏药旗下窝心狼狈日子，怎个没个完，真是捏着手指头一天天挨着忍着。

　　望着小窗外稀疏的星空，兰胡儿问："加里，现世的冤家，你在哪里？"

第十五章

"有一点是真的：所罗门现在不跟我们抢生意，我们就没生意被别人抢。"张天师说完，让猎狗珂赛特代他向苏姨要纸烟抽，"去，珂赛特。"

苏姨在厨房里磨蹭了好久，才塞了一根纸烟给珂赛特，狗衔着纸烟到张天师跟前。他点上火，吸起来，整个人才安顿住了。

"我恨腻你！做鬼收脚迹也别来！"

兰胡儿突然非常来气，加里你要走就永远走，这儿没你才真实。一滴泪接着一滴泪涌出来，她用手抹去，却涌出更多。

小山或是燕飞飞偶尔提加里的名字，她就会血压升高，喘不过气。养伤期间，她眼睛忽儿看得见，忽儿全是迷迷糊糊，忽儿满世界光色灿烂。

她总是面朝北，北极星在上，北极星让她感到安全。她不睡枕头，枕头只放一小枚指南针。她双手朝北举起，像是示威又像是投降，躺下去不到一分钟，就进入梦境。所有的梦全跟加里无关，混乱之极，大都是她在走路，奔跑在弄堂里，在下梯子，然后出了大世界的门，让开电车，过马路。有个人跟着她走，边走边叫她的名字。

他是那个人吗？如果他能在梦里和她相见，证明他心里是放着她这个人的。当然要饶恕这坏东西。

受兰胡儿之托，燕飞飞每天照常在摆地摊后抽时间去找加里。苏姨带着珂赛特去江边洗衣服，家里静如墓地。她额头上的伤也落疤了，好运气，一点也没痕迹，不过头发反正从未规矩梳过，刘海奔下来，半遮住脸颊，她照镜认不出里面那冰冷人。脑顶的伤敷了苏姨的药粉后，好得很慢，上药前，苏姨将她受伤处头发剪了。脚肿虽是消了，很应天气，天气一阴，就痛，天气好则无碍事。兰胡儿被苏姨看得紧，出门必抽掉阁楼木梯。只能左等右等，等到燕飞飞回来，看有没有关于加里的消息。

张天师告诉苏姨，那天找不到所罗门时，就有个预感，所罗门像幽灵飘入魔道去了。张天师的声音听上去很高兴，可是过了一阵子，他开始叹气，坐也不是卧也不是，神情非常不安："怎么这个洋东西走了，我心里怎么想都想不出一个道道来。"

燕飞飞爬在楼梯上，对兰胡儿说，"对不起，那没心肝的还是没影子。"

"真有种！"兰胡儿声音轻得几乎像吐了口气。

"他变成灰也会回来的，他不会不回来的。"

兰胡儿在这天晚上突然全部失明了，连一点瓦片的形都瞧不见。张天师坐在破藤椅里，抽着烟。他说，最担心的事发生了，兰胡儿为了那个该死的坏小子伤心到这个程度——命都不要了！眼睛是命的根，这东西竟然一意孤行，甘心去做惊世骇俗的痴情鬼。

苏姨叫张天师上床睡觉时，张天师朝她吼起来："叫什么瘟神？人倒霉倒在一块了！"

这是张天师头一回朝她发火，苏姨气得说："逞啥能，就只有说狠话的劲！"

张天师气得跳起来，把桌上的一个碗一拂，那碗在桌下珂赛特的身上跳了一下，掉在地上只是缺了一个小口，倒吓着珂赛特直往楼上蹿。

"摔吧，这屋里一人一碗，没多一个，摔了就甭吃饭了。"苏姨说完头也不回地上楼了。

张天师脚踢着碎碗，他说自己没作孽，怎么会弄到这地步？你死妮子想瞎，什么时候不能瞎，就想那臭小子时瞎，活活气我这半截入土之人！真是丢人现眼。

随由师父在楼下骂，兰胡儿就是不说一句话，师父的样子，必是脖子红，脸红，眼睛也红。看不见，哪会尽是坏事儿。她静静地待在窄木床上，在浓郁不散的黑色中，这耳朵灌进各种声音，偏偏没那个人声音。加里在我心底成死鬼一个，这眼睛一瞎，就是注定他和我今生不能再见。他可以去无踪影，我也可以去上吊抹脖子，谁离了谁照样活得光生。

她恨定他，还不如恨定自己，难道她就不该对这世界充满愤怒？难道她就不可以把一切悲痛齐崭崭扔还给这世界？冲着她来好了，她绝不后退半个脚拇趾。她的头发剪掉之处只长出一寸，她恨不得把头发剪成一堆燃着的火焰。

兰胡儿已习惯用手和耳朵，好像天生瞎。没眼睛，更听得见人心里声音。在完全放弃任何希望后，不知不觉中，她成了另一个人。

这些日子过得阴惨惨的，谁都没怎么话讲：本来进了大世界，苦日子快熬到头来了，结果被踢出大世界，天天愁云满城。早早熄了灯，早早入睡，可是没有一个人睡得着。

弄堂口每日排着大小马桶，靠墙那端有个小沟槽，无拦遮，男人背着身解裤带小便，天热尿腥气浓到走过得捂着鼻。破烂的衣服挂在门前，女人家趁太阳毒用竹竿拍打着晒着棉被，扑腾起脏脏的灰尘。萝卜干串成线挂在钉子上，都收了形缩成细丝丝。

张天师牵着珂赛特准备到江边去，走到弄堂口时，看见小山与大岗跑过来。大岗手里挥舞着一张报纸，与小山嘴里嚷着什么。

大岗做事一向踏实，又是半个哑巴，从不惊咋咋的，识字也不多，从不读报，拿着一报纸做什么斯文样？张天师走近，才听清小山嘴里嚷着："日本吃了一颗，叫什么蒸汤'圆子蛋'。开笼，一口热气，吹死二十二万人！"

张天师扔下牵狗绳，拿过一看，脸色陡然大变："西洋魔术还真玩得！"

半夜里兰胡儿听到张天师唉声叹气，睡不着在床上翻身的声音，用拳头捶墙。天气一闷热，又久不下雨降气温，人就更烦躁。

兰胡儿腿伤已全好了。她在小阁楼里走着，活动脚劲，突然鞭炮炸响，欢呼声一潮接一潮涌起，沸腾一片。第一个冲出去的小山马上回来嚷："小日本投降了！胜利了！"

张天师奔跳下楼去，那掀翻整幢房子的架势，使兰胡儿一下站了起来，她摸着走下楼梯。厨房里只有苏姨坐在那里折叠晾干的衣服。两分钟后张天师进房门来，颓然坐下。胜利了，中国人胜利了，他们却没有胜利——明天的饭钱都不知道到哪里赚。

摊开在面前的是一条伤心之路：他们是街头卖艺弄几个小钱的江湖末流，说不好哪天更沦落，连珂赛特这条狗也养不活。

兰胡儿听着街上锣鼓喧天，说，"我不待家里，盲女能唱街，我眼瞎了还能演柔骨。"她给狗拴上绳子，叫珂赛特带着上街，这样她也能帮着赚几个小钱。珂赛特欢快地叫起来，往门前走去，真的领着兰胡儿往街上走。

张天师盯着兰胡儿的背影，半晌才说："兰胡儿是对的！天无绝人之路，就算没进过大世界，天师班多少年了不也摆地摊糊上嘴？"他招呼天师班的人跟上兰胡儿。

街上有吹鼓手在击打着节奏强烈的曲子。他们兴高采烈地欢笑着。暗淡的天色下，珂赛特走远几步，必回过来嗅兰胡儿腿，她跟着狗走着。从受伤砸场后，这是她第一次走出弄堂来。

加里呀加里，你这混沌小子，断梦劳魂成了过去。我和珂赛特上街卖艺，月亮出，太阳现，我们全得活下去。该什么命就什么命。瘸子有瘸子的讨饭经，瞎子有瞎子的贱活路，卖艺人认准草台命，玉皇大帝也无奈何。

珂赛特站住了，磨蹭兰胡儿的腿，提醒她停下来。

四周嘈杂的欢呼，有乐队奏节奏明快的曲子。兰胡儿听着，一只熟悉的大手这时握住她的手臂，她被牵到一个地方，能感觉到空气中有火药味，鞭炮刚炸响过。那手松开了，她走着圆圈，脚步往外移开。"扑"地一下，她倒翻过来，做成一个稳稳的翻天庭。她说：

"小山你先上来吧。"

看客的声音，在议论她的样子，也有人说，看看瞎子能做什么。也听到铜钱落地的叮当声——她心明透亮啥时该加火候。纤细的身躯像在颤抖，头发凌乱点，脸憔悴忧伤了些，技艺一厘一毫却不差。大岗要上来时，先摸摸她的脸，像是可怜她，犹豫着。

但是她只说："别忧事，上吧。"

哪怕一个天庭撑不住，气绝命毙，也不能皱眉。就是身上站上两百斤，也得笑。

　　正月里来是新春

　　家家户户挂彩灯

　　听一曲喜鹊报信来

　　小娘子急等着嫁出门

是燕飞飞站在圈内怯生生地唱时髦小曲，她摆动的两只手，撩起轻巧莫名的风。荒唐情歌飘浮在远远近近欢庆声中，几乎被吞没，但是兰胡儿听到了，她哪怕被人踩着，笑得也比先前更甜。庆祝胜利的人看了心里舒坦，多丢了几文钱。

第二部

第一章

没人敢说一声肚子饿，已有好几个月，每个人都清水寡肠饿惨了，连庆祝胜利的游行都跟不了几条街。

这天张天师回来，脸上忽然去掉了菜青色的霉气，连声音都沾上外边人人都有的洋洋喜色，"珂赛特，去告诉苏姨，我今天去大世界了，去问问还有回去的希望不。"

他脱掉外衣，坐在桌前。

兰胡儿正站在床边摸着折衣服，听见小山在说："那里又开始兴旺起来，旧班子回来不少。在走廊里排着长队等着老板见。我看到那个犹太人了，还有那个加里王子。"

这一切好不对劲，兰胡儿突然站不起来，她扶着床沿坐在楼板上。小山对燕飞飞说，那个加里个头冒出一根筷子长，变黑了，若打街上对面走，绝对认不出来。师父在说："我和所罗门都去找二先生。经理室里二先生不在了，现在坐那把交椅的，竟然是二先生往日的副手唐生！就是那个喜欢穿长衫，见了二先生就毕恭毕敬打火点烟的家伙。"

"二先生怎么不在了？"

几个徒弟七嘴八舌插嘴，看来他们早就在打听情况：

"听说是偷了不少钱，青帮大先生把他做废掉了，四肢不能动，口也不能开。"

"不对，听说是和大先生顶杠，为跟日本人的什么事。"

"说是那个唐生下的手，一把就把头颈骨给捏折了。"

张天师说："小孩子不要听到风就是雨，不关你们的事，少说话不会把你卖了。"他端起桌上的茶水喝了一大口。

兰胡儿趴在楼板上，朝漏缝里看，三个人影模模糊糊。"哎呀，师父头发怎白似萝卜？"

她突然明白自己能看见了，吓得不敢相信，赶紧捂住自己的眼睛，从指缝里看：地板上好几圈头发丝，床前是黑布鞋。她一下子瘫坐在地板上，哭出声音来。

燕飞飞走上楼梯，看见兰胡儿在地板上坐着，脸埋在自己的双腿上，赶紧拉起她来看："哎呀，哭什么？"

兰胡儿埋下头，燕飞飞不管，拉着她的手回到她俩的床，兰胡儿还是哭个不停。

燕飞飞一拍脑袋："瞧我糊涂，你是听说加里回来了。我以为你真忘了那个无恩无义小赤佬。"

兰胡儿马上停止哭泣，嘘住她："不准你嘀咕，可是你的辫子咋这么海长？稀罕你，竟扎了我的红发带！"

燕飞飞一把抓住兰胡儿，摇着她的双肩。"你眼睛看见了！"她尖声叫，"师父，师父，兰胡儿能看见了！"

大家都高兴得叫起来，把兰胡儿拉下楼来看个究竟——还是那双大眼睛，看起来清清亮亮，不再迷茫。张天师却不以为然地说："这不是天生瞎。哈，药来了。你差点为那小王八蛋送了命。他倒好，拍拍屁股一走了之，不打个哈欠就回了。"

燕飞飞也附和着说："你好了伤疤忘了痛。拿点架子，不要再理这个家伙。"

兰胡儿想想说："他不会无缘无故走，也不会无缘无故回。"

燕飞飞说："他要走出一个名堂，就必须回出一个名堂——你得让他好好瞧着。"

"中呀，我姓兰的哪能轻饶他这龟孙子！"兰胡儿兴高采烈地说，"我笨山笨海了，不过丝瓜叶子裹豆腐，真是的刮了密斯本人面子。"

"真是孽障！"张天师训斥道，"说话没一丁点女孩子的温柔气？真是，瞎都瞎不变！"他看上去并不高兴，反而很生气，一甩手转身出门了。其他人一看这场面也不好说什么，统统走掉。厨房里只有两个少女。

燕飞飞被兰胡儿的认真劲给吓住了，担心地说："嗨，你不会真把那王子哥儿怎么样吧？不过是小孩子一个！被国王牵着走，哪能由他做主？"

"再心疼也轮不上你操八辈子心。"

"我操心只为自家妹子。你明事，就该对他过得去。听大人的，没错。"

兰胡儿生气了："大人？骂我时我是三岁小孩吗？"

燕飞飞摇摇头。

"大人？打我时我是五岁小孩吗？"

燕飞飞想想，摇摇头。

"那么好，他也别想充小赖账！"兰胡儿说，她从裤袋里摸出本子和铅笔，记下几个字。在床上写字很吃力，一笔一画得很重。"不说清楚哪通得了这密斯地面儿，哪怕洋老头的事，也得一笔笔说清。"说完，她长叹一口气，随手把本子和笔扔在桌上，呆呆地看着燕飞飞。

燕飞飞看了看她，就上楼去了，听得见燕飞飞和小山在楼上过道上轻声说话。兰胡儿朝门外看，光线太强，她受不了。而且眼睛有些痛，头还昏沉，她摸不到木凳，顺势一跳，坐上桌子。她闭上眼睛大声说：

"横竖不能做瞎子了，好歹要对得起自己。灶神爷啊灶神爷，我兰胡儿别无所求，只想能看见欠骂欠揍的加里，拜托了！"

他们在城隍庙摊头表演，摸黑才回来，吃晚饭时，从窄窄的弄堂里走进，老远就闻到肉香。兰胡儿进门惊奇地看见桌上热腾腾一锅洋芋炖猪蹄，好久没有尝到荤腥，闻着这浓烈香味，几乎有点晕眩。

一盏昏暗的白炽光灯泡下，张天师坐在破藤椅上说："你们给我坐好，先不要动筷，我说一个事。"

师父卖关子端架子，兰胡儿已经肚子饿得咕咕叫，但是张天师目光亮火火，她不敢造次。

"新老板唐经理给我一个老面子。我们天师班苦挨了好些日子，又要进大世界了。"他眼睛盯着兰胡儿，"这二进大世界可不容易，大家知道摆街的苦，眼睛要盯事，耳朵要长心思，别像上次那样砸了台！到时别怪师父我缺心眼。"

兰胡儿张开嘴，本想为自己辩护几句——张天师从不当着整个班子指责谁失手，本来杂耍还能不偶然失手？做班主，都明白越指责手下人会越紧张。她不说话今后就成了话靶子，可是这猪蹄香味诱人清口水直在口里打转转，大家都双眼圆瞪，她不想误人又误己，就咬紧牙闭着嘴不吭声。

"这次还是跟所罗门合作。"张天师郑重地说，"所罗门那一套把戏我们全知道。他演他的，我们演我们的，各家半场，井水河水两不犯。苏姨今晚掏钱来先犒劳大家，丑话说在前头：谁心里打算吃里爬外，搁着不该搁着的人，最好就此搁下筷子。"

兰胡儿浑身一抖，师父这一句比一句难听的话专冲她而来，是在警告她。屋子里这么多眼睛都怪异地盯在她脸上。有加里掺和，师父就把她当仇人，立马会宰了她，何必？兰胡儿拿起筷子，脸上一副馋相，等着张天师允许大家动筷。她这样子似乎完全不明白张天师那席话与她有任何相干。

苏姨看不下去了，轻声细气地说："吃吧，谁昧了良心，师父会让他连渣都吐出来。"

她这凶话反而让大家松了一口气，立即狼吞虎咽起来。吃蹄子用筷子不方便，手指都用上了，喝汤更是一饮而干。狗守着等肉骨头从桌上扔下，一口衔到角落里，看没人来抢才低头猛啃。苏姨倒了一小杯老白干，递给张天师。张天师叹了一口气，兰胡儿朝他一笑，他的脸绷得更厉害。

我兰胡儿真是个不知好歹的徒弟，打败东洋鬼子也没沾一滴油水，今儿个有机会款待五脏六腑，谁顾得面子光彩？

吃这顿饭兰胡儿都垂着眼帘，犯不着给自己找难受。她现在添了新本事，就是不想劳心尚未发生的事。一切听师父的，从小如此。如今师父身边添了一只母老虎，她更是不敢造次。

也许好久没这样吃饱了，兰胡儿搁下碗筷就犯困了，眼前又开始花花发光。

顾不上屋里人的脸色，她起身离桌一步步上楼去了。附近的猫大概是嗅着肉味，在房门外急得叫个不停，珂赛特知道对手上门，一下子蹿过去，对着门外狂吠。

第二章

这夜，上海不知为何种好事又在放烟火，夜空瞬间如白昼，南京大马路处打锣敲鼓声一片又一片，可能是东京审判宣判东条英机等人死刑，上海大汉奸也吃了枪子儿。

兰胡儿醒了过来。加里好像在梦里一直拉着她的手，她苦笑了。阁楼里没有点灯，她侧过身，感觉眼睛看东西好多了。

燕飞飞爬上床来，在另一头呼呼大睡。兰胡儿却没能睡着，欢快的喧嚣扑进小阁楼来，她祈求自己这一路去，顺风顺水，倒霉事至此结束。

天师班重进大世界那天，大世界楼上楼下张灯结彩，重要的场子都粉饰一新，说是政府接收大员蚂蚁行雨到上海，都要光临大世界。兰胡儿急切地等着见加里，摆地摊时轮到她得空，也不敢去小南门福祉小客栈，生怕所罗门轻视她，师父知道更了不得。

站在场子里，她摸着座位触景生情。张天师一把拉走她到后台，准备表演。

中间停了几分钟，她壮着胆出场子，走到天桥上，望一分钟就赶快回去，再不敢大二麻子马虎半分。

终于，她看见这对老少全身黑衣进了场子，她在缸顶上翻转，正要把盘子蹬上脚尖，她的眼睛扫着门口。师父吃惊得脸都白了，又是这紧要时刻。兰胡儿咬紧了牙关，心反而沉着了，像井底石头一样纹丝不动。她对自己说，沉得住气是真英雄，我看自己好精彩！

她的眼睛余光里，加里在看着她。两个人都停住了，只是兰胡儿稳稳地停在最危险的姿势上，你不动我也不动。

张天师做了一下手势，兰胡儿才腾空跃下。她到后台蹲在凳子上休息，用袖口擦去额上的汗。

你不开腔我也不开腔，听到加里的脚步近了，猛地从凳子一个转身，就落到加里面前。

加里伸出手把她拉起，眼神木桩桩，眨也不眨一下。他刚想说什么，兰胡儿把手指放在自己嘴唇上。不用说，啥都不用说。你想不想思不思，我都不愿知晓。

两人痴呆呆对看着，突然被一个冰冷的重物撞着身。所罗门斜戴着黑礼帽从他俩中间走过去，跌跌歪歪，看上去又喝醉了。

与半年前相比，他老多了，原先胡子灰的地方都见白了，背也有点儿驼。他在后台来回走，然后走出场子。脚步放下来，嘴里发出奇怪的声音，像在叫兰胡儿的名字。

她跟了过去。所罗门上着楼梯，直奔大世界屋顶花园。

"兰胡儿啊，兰胡儿，我主派我来告诉你，小心那个小人！爱他不如爱一片面包，爱一坛子美酒。"

加里赶上所罗门左前方，他偷偷地摇头，暗示兰胡儿不要与所罗门认真。

"摇头不算点头算。"所罗门说。

兰胡儿直点头，到这刻她才明白，就是对自家人，才有必要做乖宝宝。

那年大世界上演"艳尸大卸四块"，让战后的上海观众大饱眼福。

中央露天剧场星光照耀，台下济济一堂：国民党接收大员，都带着抗战新夫人来露个脸亮个相。连申曲皇后兼实业家筱月桂，也给新回上海的青帮大先生捧场，让她的新排沪剧在大世界演三天，她本人也到大世界来了。结果来看筱月桂的人比看戏的人还多。幸好这些名人，都只是转了一圈儿就走。

台上加里东奔西忙，使尽招数，还是未能将身体用大钢锯切成四段的兰胡儿还原，兰胡儿脸白纸一张，急得大喊："救命！"

张天师坐在前排，一看像是真的，兰胡儿在木箱里急得直叫唤，伸出两只手在空中乱抓。加里也急得满头是汗，台下观众也急坏了，全场人都站起来，血顺着锯开的边缝往下流，场面十分恐怖。有人吓得跑到经理室打电话叫救命车。张天师奔到台上，燕飞飞跟在他身后，听到加里和兰胡儿一起大叫：

"快点！"

两人快速到台下，把坐在后排喝得烂醉如泥的所罗门拖起来就走。所罗门不走，张天师架起他往台上拖，一边说："赶快，兰胡儿就没命了，加里成了杀人犯！"

直到戏台上张天师才放开所罗门来。所罗门在台上摇摇晃晃，一看这危险情形，突然两眼放光，把身上的黑大氅一抖，手往锯开成四片的木箱子一指，口里念念有词"AbracadabraAbracadabra"，双手把四片盒子一合，燕飞飞和加里把箱子打开，才还了一个原身兰胡儿。

场子里响起掌声。所罗门做这一套动作时，依然跟跟跄跄一副醉态，说是酒中魔法越有神力。

这小小曲折，是兰胡儿挖空心思想出来，看了几次越剧，她就明白了世界大戏场。所罗门对这一招式挺满意，能显露出他的重要，他加入醉态情节，为此小饮一番。

半夜，所罗门把躺在地铺上的加里叫到自己床跟前来，拉下脸训斥道："小子不要忘本，不要以为你，还有你那个女妖魔年轻聪明，就打坏心思，若想撇下我这个国王自立为王，就是犯了耶和华让摩西传给世人的天诫。"

加里赌咒发誓，他一切都按上帝的意志父王的钦旨办事。

所罗门王说："否认也没有用，你的眼里只有那个妖精，若不是我留一手，你今天就可以单挑了。"

昏黄的灯光照着所罗门和加里，一个规矩站着，一个靠着枕头斜躺着。所罗门摸着胡子瞪了一眼加里："还是张天师那老家伙，明事理，知趣了，不再跟我争位。"

"张天师请父王上台'碎尸复活'是兰胡儿的主意——"

"少在我跟前提兰胡儿，我讨厌这名字，我警告过，再警告你。"

加里不吭声。

所罗门说，你们不是有个小说讲一个僧上西天求经，徒弟猴子，不听话时，师父就念咒语，猴子会痛得在地上打滚。告诉你，要念咒语，我本事第一。

第三章

每天张天师都会反复叮嘱兰胡儿：不能出差错，前错他不记仇，但不能再犯。燕飞飞跟着兰胡儿，每两分钟必会出现一次，探子做到自家弟子身上。但是加里与兰胡儿从那第一日见后，并没表现出什么特别神情，每天都见，每天需要添加新过场动作，就事论事，正经八百。

兰胡儿身轻如燕，加里比从前更沉稳，他们配合得很默契，两人把细节记得妥帖，做得天衣无缝，没有眉来眼去的事。

兰胡儿觉得张天师把自己当成了囚犯。他每次走开，燕飞飞不在，也会有小山，甚至大岗，她毛骨悚然。有一次，小山对她说，因为兰胡儿眼睛刚复明，师父放心不下。

毛毛雨粘腻腻的，一下就好多天，还不如来场咔嚓暴雨痛快。兰胡儿就这么回答小山。

小山让她再说一遍，她鼻子吸吸气，打个倒立在墙上。

倒立人耳朵特尖，她听见张天师对燕飞飞说："你在剧场门外等着两人排练，我先走一步去办事，一会儿就回来。"

燕飞飞不自然地朝兰胡儿这边看。

"你记得苏姨昨天要你说的话？"

燕飞飞脸红了："我说不出口，师父。"

"你只管照办。"张天师说。

晚上终场后，照例他们要把明天的戏预习一遍，以免出错。

加里把一杯水递给兰胡儿，兰胡儿喝了一半递给加里，加里喝光了，搁在椅子上。两人同时把头转过来看所罗门，所罗门伸出手，加里和兰胡儿同时弯身拿杯子给他。他脸都气红了，不接杯子，反而摆摆手。

加里看了兰胡儿一眼，说："父王，还练吗？"

"虎脸大，不如猫爪子中用。"所罗门故意对着加里说，然后说了一句意第绪语，加里不情愿地点了一下头。

"今天就这样，你们自己练吧。"所罗门拍拍手，朝场子外走。他的裤子卷到小腿上，鞋带也松了。

加里叫住他，蹲下去给他系好鞋带，放下裤管来。

兰胡儿眯着眼睛看他们。谢天谢地，这眼睛跟从前一样好使，看到幕布是幕布，灯是灯，椅是椅。所罗门走出场子，关上门时有一道强光，她本能地用手遮挡。

加里心事重重地返回来，走上台来，双手插入一头浓密的黑发。他不想练下去，她也累了，想结束早点回家。当她这么想时，就说出来。他用手敲敲木箱，表示赞同。

他们各自收拾自己的东西。加里把那个装人的木箱盖好，上了锁，又封了布条走了。他没有回过头来，背腰挺直，走得大步流星。他对门外燕飞飞很热情地打招呼。

兰胡儿经过他们，燕飞飞马上跟上来："嘀，兰胡儿，我在等你——"她喉咙堵住了，没说下去。

兰胡儿嘟起嘴，看也不看燕飞飞。燕飞飞难堪地说，"苏姨要你小心慎重。"

"葫芦里有药谁不知，大力仙丹九宫散，统统倒出来呀！"

"就是，就是——无论如何不能破了女儿身，破了身，就无法上台，功夫就丢了。"

兰胡儿顿时气得脸通红，这种话不是燕飞飞编的，她声音发抖地说："盯我会讨根鱼刺啃。你叭儿狗盯吧，真以为我兰胡儿志气长在脚跟，会不仁不义没廉耻？"

"当然不是，"燕飞飞慌神了，"我们是姐妹，怎么会做间谍监视你？"

"不监视？当真？"

燕飞飞忙不迭地点头。

"那师父的心肝儿你就等一等。"兰胡儿不客气地说，"让我和那东西说一句话。"

"好好。"燕飞飞没有办法。

兰胡儿跑下楼去，哪里有加里的影，奔出大世界，焦急地张望着，加里已经找不到了。

大世界新经理唐老板从包间里出来，西服领带，衣冠楚楚。他推推鼻梁上的眼镜，不经意地问茶房："那过去的两个小女子是什么人？"

他身后的随从马上轻声说："玩杂耍的天师班小姑娘。"

唐老板说："噢，就那个破破烂烂的'天师班'，倒看不出人物有头有脸。"

兰胡儿没找到加里，返回来，她听到两个茶房在议论，话里提到天师班小姑娘："唐老板已有两房姨太太了。"茶房看见兰胡儿经过，止住了嘴，眼光瞅着她怪怪的。对她们评头论足的流言如水，早不值得在耳朵里挂挂。这时她肩头被人狠狠一拍，她回过身，是燕飞飞，一脸幸灾乐祸。

兰胡儿气得朝她跺脚："蜘蛛网又来罩我了？什么尘埃影子也没有。省了你事不是？"

但是第二天晚上，兰胡儿在回家的路上，听说燕飞飞被唐老板请去吃夜宵。

这可不是一般的流言。她赶紧折回大世界，快走如飞，十点大世界关门。兰胡儿在这之前，绕过大世界的门房钻进来。她一个人在大世界暗黑的走廊里搜寻，燕飞飞不在包间。她很着急，连那些留在包间里的熟客都离开了，所有的灯都关了，最后一批人离开，也未见到燕飞飞，门房也锁上门走了。

急得没法，兰胡儿走到最高处，站在天台上，然后她看见了另一个人。

他们中间隔着塔，向左转的突然朝右转，往右转的立刻朝左转。越着急，越是弄错方向。直到兰胡儿停下来，等着。一个影子靠近，他们同时大叫起来。赶紧捂住自己的嘴。

这么巧。不约而同到了同一个地方。两人欣喜万分，拉住对方的手，这动作很自然地握在一起。他们站在塔前，仰望满天闪烁星空。她刚才心怦怦跳地乱找，这刻累了，就依塔坐下。

"我真以为再也见不到你。"加里挨着她也坐了下来。

兰胡儿想说什么呢？什么都想说，但又不想。那种种沉入冰窟窿的绝望心碎，通通都与加里相关，她掩藏得越紧密，心里焰火越旺，闷得心酸酸痛，泪水积了一眼，也是不肯淌出来。可是加里好像知道一切，伸手抚去她额前头发，他轻轻摸着那不太明显的疤痕，眼睛湿了，嘴里说："兰胡儿，你为我受苦了！"

有这句话就够了，兰胡儿说："好王子，心伤没药，所以，所以我成了傻子。"

"我也成了傻子。"加里说。

"不过你一回来，现在都好端端的。"

加里说那天日军突然抓俄国间谍，他们的亭子间被搜查，搜出所罗门的宝箱。最后拿到各种电码本一样的秘密文字，更增加了嫌疑。日军看见他在摆弄无线电，认为他是所罗门的助手。关在特殊监牢里，一直没法联系。抗战胜利了，重庆方面来电报，要日军不要放监牢里的人，尤其不能放"俄国间谍"。所罗门和他又被扣留一个多月。

加里拿出一封信来，慢慢打开折成花瓣状两页纸。他说，就是这封信让他今晚来这儿。兰胡儿接过来，难以置信这歪歪扭、大小不一的笔迹出自她的手。在思念他时，她瞎着眼睛，握着铅笔按着纸，一挪一字写成。让小山去放在小南门他们住的福祉客栈，等万一这人回来就可看到。好运气，所有要告诉他的话，他都看到了。

我经年度月成孤影，数手指也数牙齿，诚心诚意。

你活我活，三生三世，你死我死，此地此刻。

最后难说最初，边角角全香上，一炷香拜一尊佛，一串好话送一个主，哪个灵验我透服。

　　天上三万六千星，剥掉皮来看身上，几条筋挑一颗心。

　　信末画了少年少女，一轮月亮照在大世界屋顶花园，他们的头发在风中飘起。

　　兰胡儿与加里真在这个信里预料的地方相遇了，她心里明亮，就这夜晚才算真个儿重见。一切如这两张薄纸片，他俩相望着，没笑也没说话，又转过脸来，肩靠着肩。头上月亮浮出乌云，白昼一样拉下一个弯钩来。

　　他们在大世界度过了下半夜，屋顶花园太凉，他们走到楼下。加里用钥匙打开剧场的门，他们手拉手地走进去。一起上了台，兰胡儿用了演戏法的布，和衣躺下睡着了。加里占了柜子，他朝兰胡儿挥挥手："好好睡，天亮我叫你。"

　　兰胡儿马上就睡着了，连半个梦也没有。她早上醒过来，发现加里坐在身边，正盯着她看。她跳了起来，说："坏坏脑木勺，早醒神你了！"他们踮着脚尖下楼躲在哈哈镜背后，大世界的茶房都来上班，趁门房不注意，两人猫着身子趁机溜了出去。

　　加里回到他和所罗门的家，房间里所罗门没有回来过的痕迹，他放了心。

　　草草洗了脸，他坐在自己的床上时，看见了所罗门写的纸条：加里，去街上买吃的。

纸条下端是所罗门给的钱。所罗门一早就出门，心里一定压着火故意向他表示关心。

加里走到街上，看到国民党士兵到处在贴封条，走过一条街，看见宪兵队法院也在贴，被封的全是很漂亮的洋房和大小店铺，封条上还加封条"伪产"。被贴的人家在门前哭泣，看热闹的居民在议论纷纷。

加里到了菜市场，好几个日本女人摆地摊，她们不断鞠躬。看来都是家里值钱的东西放在一块布上，说是要坐船回日本去了。一个女人跟前的旧货倒有点意思：全是各种做手艺的小工具，刀锉钳子方盒圆盘之类，还有一个小小打火机一串鞭炮。加里一问价，真是太便宜了，不吃早饭买下了。

有个老头走过来，激动地骂开了："你们的男人这时到哪里去了，好汉就做到底！你们也有今天！我死了变成灰也要诅咒你们！"

加里走远了，回了一下头，那些日本女人依然鞠躬，任由那人仇恨地骂着。

第四章

张天师坐在朝向门口的地方，等着兰胡儿进来。兰胡儿早就看见了他，绕过正门，从后门进来，爬上墙，从小窗子里跳进屋里。燕飞飞坐在床边，穿了件打补丁花布衣裳，整个人有一种很陌生的美。兰胡儿看得眼睛一亮。燕飞飞穿好看，我也能，咋说我没女孩子样？出娘胎未曾被狸猫换掉，正打正宗，二八青春年少。

"野你兰胡儿——"燕飞飞话说了一半，就停住了。

兰胡儿问："昨晚你怎样了，没事吧？我急心急火找你去了，为你悬吊着心。"

"我才是找你了。哎呀弄错了。"燕飞飞说得肯定。不过兰胡儿感觉到燕飞飞不想就此话题多言，这时听到身后有声音响。张天师满脸铁青从楼梯上跨过阁楼来，怒火冲天：

"小姑娘翻了天！我不教的功夫都学会了！反了，天下大乱！"

兰胡儿抬头看见张天师嘴打哆嗦、手脚都在发抖。他站在房子中间，气得七窍生烟，脸都变形了，右脚踢着地板，楼下苏姨不得不喊："轻点，楼要塌了！"

燕飞飞给兰胡儿递眼色，手遮住嘴，叫她不要说话。张天师乱喊："燕飞飞，你竟然不先问我，借我让你陪同兰胡儿的机会，半夜才归。野什么去了？去，自己去压腿加石块吧！"

"要罚就罚我，师父。"兰胡儿说，"飞飞早就回了，是我通夜不归。"

"你想抢在我前面堵我的嘴！你这贱货，没良心！不要脸自己送给男人！一夜不落家，还一点不知羞！鸭子死了嘴壳子硬，"张天师恨恨地说，"今天就罚你这个不忠不孝不仁不义之人！"

天惨惨阴，燕飞飞在阁楼压腿思过。在厨房窗口，兰胡儿倚墙倒立，两膝盖弯起，双脚吊在窗台上。张天师不准她双手撑地，这样过不了多久就会求饶。但是兰胡儿咬着牙忍着。张天师不一会就过来，装着没看兰胡儿，对珂赛特说："去问苏姨，兰胡儿胆大包天，如何办？"

苏姨从楼上走下来："要来的挡不住，随自然吧。"

狗跑过苏姨，拦在楼梯下端，不走。苏姨把狗的两个前脚提起来，说："珂赛特，行，你就站起来走。"苏姨走过去，珂赛特跟着她走。过道被苏姨收拾得干干净净，放了两个破损的罐子，明显是拾来的家什，种了葱子蒜苗，嫩绿地往上蹿。

大岗在往厨房里倒他挑来的两桶水。听见了珂赛特突然兴奋地叫起来，那是一种对主人或好朋友的欢迎，摇足了尾巴。兰胡儿想，谁会使这小东西如此亲热？当然只有一个人，她双脚倒挂在窗台上，桌子正遮挡着视线。

加里在门口停住，他第一次这么一清二楚面对这破屋子。房子里的人都转头看着这个不速之客，没人说话。

加里跨进门来，朝兰胡儿走去，突然倚墙倒立。所有的人惊奇地大瞪眼。以前看不出他高出兰胡儿多少，这会儿两人高矮显出来，他比她高小半个头，双手能撑着地。

兰胡儿说："瞎凑闹热，又不是春来夏到喉咙煞得慌？"

加里说："这样好受一些。"

兰胡儿骂他："你功夫太嫩苗苗。"

"学学就会。"加里平淡地说。

张天师看到这局面，气得带了狗往门外走，"贱骨头，到江边捉鱼。"他一边扔下话来，"没叫你起来，都不准起来。"

两个人倒立着，加里看兰胡儿说："兰胡儿，是我连累了你。"

　　"来了，莫要吞后悔药丸子。"兰胡儿把双手啪的一声击响，因为突然腾空，身子钟摆一般晃了晃，她左手按在地上。

　　"从不后悔。一辈子都能这样最好。"加里对兰胡儿说。兰胡儿羞红了脸，她下意识地看苏姨，苏姨在用石块擦铁锅，目光斜瞄着两人，脸上绷着，没什么表情。加里的一只手从头发间滑上来，像要伸向她的脸，她急了，腾出手来准备挡开。

　　门口冲进来小山，小小个子，在着急地说："说国共又打起来了，美国俄国各帮各，要打第三次世界大战，原子弹要打到上海。"

　　加里一听就翻立过来，叫兰胡儿起来，她依然不正过来，反而说：

　　"原子弹不炸我倒立人。"

　　第三次世界大战的消息让每个人都自由了，连燕飞飞听见了，从压腿位置起身，也在楼梯口那儿议论新的战争。加里站在那里不知咋办才好，兰胡儿突然倒手转了一个圈，把双腿勾在他的脖子上："我这根桩立着，你就想单跑？"

　　加里笑起来，举起双手投降，兰胡儿依然倒立在墙上。加里又翻倒过来，两人手臂靠在一起，腿也几乎挨在一起。兰胡儿长发垂下来，加里伸手摸她的头发，完全不顾周围有眼睛瞧着。兰胡儿侧过脸来看他，两人脸全红了。

　　这天他们还要准备晚场表演。兰胡儿对自个儿不依不饶，仍倒立着，看着天上灰色棉花云团越卷越厚重，有雨要来的样子。苏姨叫住小山说着什么。马上小山跑过来，蹲下来，凑近兰胡儿耳边说了一句话。兰胡儿立即脚落地站起，舒展四肢。

加里问小山说什么，兰胡儿不搭理他，跑上楼去换衣服。

雨始终未下，天上云团团卷裹。一天的时间一闪而过，傍晚说到就到。张天师赶回来了，看见两个女徒弟已自我解脱，就装作什么事也没发生一样。

他们去大世界的路上，加里又好奇地问兰胡儿："小山到底讲了什么？"兰胡儿还是不开腔，她在路边左看右看，燕飞飞也在看，这是从小养成的习惯：从路边别人扔下的东西里拾些有用的东西。燕飞飞看到一个大喇叭留声机，旁边还有几张洋唱片，她去翻看了后说：

"可惜坏了。"

加里也走过去，仔细察看一下，拾了起来，顺便取了唱片，抱着就走。

"能修，对不？"兰胡儿追上去。

这下轮到加里不回答她的问题。

问了两次他都不说话，她掐他的手臂，他痛得叫道："当然，不然我抱走这么重的东西干什么？"

"修好借我先用，王子殿下？"兰胡儿说。

"得让我好好想想，当然是先给我父王，由他决定借不借。"加里说的是实话。

"非问你父王吗？"

"跟演戏有关，就得问他。"

兰胡儿觉得加里这话很有道道：跟演戏无关的，就不用问老板。她与燕飞飞比谁走得快，一会儿两人就走得没影了。

打扮的别，梳妆的善，兰胡儿走到布帘后，眼睛往台下一溜：最好的位置上坐着国民党上海新上任官员，大世界的唐老板也在，晚场观众比下午场多。海报上说加里王子加演"铜板搭界"，这是所罗门花了一个上午新教的一出魔术，以前加里练过，原来自中国杂耍，他改造了一些地方。"四分艳尸——国王救美人"的戏不可能一演再演，大世界老客多，戏法虽然是假的，看客却要新鲜货。一个节目老客已看过，就只能稍微停一段时间。

张天师情绪低落，杂耍要拿出"新戏"没那么容易，他们演的还是老一套柔功内功铁板功不倒功。看着几个人在准备演出的内容，他什么都没说，只能把兰胡儿继续借给犹太假国王，给假王子搭戏。

兰胡儿端着一个圆盘，里面有几十枚铜钱，走下台子。她恭敬地递到观众跟前，让第一排的观众一一检查，手举起来，后面的看客想看稀奇。她笑眯眯地都给看：没秘密，的确是真的铜钱。兰胡儿回到台上加里跟前，她的右手在盘里抓起一把，让铜钱一个个落回盘里。

兰胡儿一身红衣，半长，有点像清代大家闺秀的褂子，同色七分裤，裁剪大胆，一走动，腰下边的衣片会动起来，如四片红鸟欲飞。她发辫上束了根红绸带，红艳得光芒四射，观众眼睛紧紧地跟着她。

只见兰胡儿一手拿着盘子，轻盈地一后翻，盘里的铜钱盛得好好地一枚未撒落。她的双脚从自己手里接过盘子，再端给加里，最后翻过身来鞠躬退到一边。

加里端着盘继续表演。他从盘子里抓起一把铜钱，二十来枚，哗哗地响，在手心里成整整齐齐一叠，高四寸，托在指尖。他认真地打量着，皱眉说，"哎呀，不必这么多。"用手指弹去几枚铜钱，然后他把余下的铜钱猛地抛在空中，铜钱不是纷纷落下，而是连成一条蛇，落到他手里，他像抓蛇似的抓住蛇头，余下的竟然凭空悬晃着。

兰胡儿把铁盘捧上来，加里手中串成一条蛇的铜钱，忽然又撒开了，叮叮当当地落进盘里。

台下有看客站起来，要看这些铜钱是不是换过，是不是穿了眼儿，兰胡儿还是笑盈盈地捧下来，"请尊客查验"。查过了，全是完整的散铜钱。

兰胡儿回到台上，还是那么慢悠悠地翻过腰来，双脚接过看客单手传来的盘子，一清二楚地把盘递给加里。加里拿起铜钱，这次竟然又连在一起，而且再拿一串，依然是连着的。他把串钱放在盘里，再次拿起来。那两串铜钱两端竟然衔接在一起，成一个圆环，悬在他手指上，台下的众人又嚷起来："掉包了！一定掉了包！"

加里不动声色，把钱环往空中一抛，圆环忽然散开成铜钱，叮叮当当地落到铁盘上。兰胡儿又捧起来，请台下看客查验。这批看客散场后，又去告诉别人，许多新看客拥进来，想找出加里的破绽。

每次表演魔术，自以为聪明的看客，总认为自己找出了破绽，他们都认为是兰胡儿帮助加里掉包换了铜钱。那穿成蛇圈成环的铜板肯定是穿了眼儿，这小女子前翻后递的柔功，就是换包的机会。她得把铜钱亮给后排座位的人看，那儿的喊声响，最不信服。

第三场表演时，有人特地带了几个女看客，要一起跟兰胡儿到台上，看着她翻身递盘，甚至要搜一下摸一下兰胡儿身上有没有夹带。什么也没有找出来。

这种客人，常常连看几场，非要识破逮住不可——上海人就是精明，而且要显派精明，要聪明过人。许多外地来的魔术团被人戳穿西洋镜，演砸了台，在大世界混不下去。即使是厉害一些的角色，每个戏法都不敢演长，演长了这些人猜不出，就更要一步步盯住看，直到无法再演为止。

加里和兰胡儿颇费了心思想主意，最后他俩决定开这些人一个玩笑，她有意前翻后翻，手倒立双脚递盘，让人觉得机关肯定做在她手中，其实只是加里在抛接铜钱，一抛一接换了串好的铜钱。这个戏法太简单，经不起人仔细注意看。

这叫"空身机关，调虎离山"，兰胡儿想出来此招数，兴奋地对加里说："会演无数场，敢打赌没几个上海人精，能掂掂清密斯本人做的心思。"

"如何谢你？"

"天也与你我半碗饭吃。"兰胡儿一个筋斗翻飞。

整个剧场人的目光都落在兰胡儿身上，她一直发育得很慢，可是这个晚上，她发现自己，几乎是一个女人该有的地方都有了，翻身的时候乳房更隆起，如逗人的小鸽子，直往衣服外扑腾。

师父会讨厌死我了，这是兰胡儿第一个反应。虽然她看上去还是像一个少女，可能明天她功夫就不如从前灵了。兰胡儿有时恨自己：女孩子滴滴爽爽，做啥个大姑娘，糯米粒晶亮，不如玉米棒子充饥。

今晚回家，师父会不会拉下脸甚至破口大骂？苏姨最近总打量兰胡儿的身材，看见她坐在桌子上或楼梯上，说话的口气变得柔和了一些。长大一些还是有好处。

第五章

所罗门对加里与兰胡儿的私下来往并不关心，表面上似乎鼓励他们一起编排节目。但加里明白，父王最近变了，具体是啥也弄不清楚。

"我小心伺候着父王就是，你不要担心。"他对兰胡儿说。

张天师已经说好把兰胡儿借给所罗门，只好不吱声，心里却一直嘀咕："不知道这两个小赤佬会弄出什么名堂？"

燕飞飞每天都向张天师汇报他不在场时的情况。兰胡儿与那家伙没用什么新花样亲热，两人说得最多的话还是如何做戏法，根本不谈别的事，当人背人连手也没拉过。

苏姨听说了最近戏法吸引不少观众，问张天师："要添什么戏服？"

"省着点，"张天师皱着眉头说，"说不定哪天大世界饭碗，又鸡飞蛋打。"

加里心里老记挂着床底下那烂留声机。机器只是接线被扯乱了，这对加里并不难。他睡觉前蹲在地板上修了一个多钟头，插上电源，就能放唱片了。听里面发出沙沙响的爵士乐，亭子间在一瞬间里变得亲切可爱起来。父王说得对，没有爵士乐就不像上海。入冬了，马上就翻过年了。

他想到明天会看到兰胡儿时，整个心迎风升起帆，突然爵士乐变化了，欢快动人。所罗门叫他用报纸包好留声机，带到大世界，放在后台。

"父王，我可以送给兰胡儿吗？"加里问。

所罗门说："关灯，睡吧。"

可是当加里第二天出现在大世界场子，兰胡儿却像没看见他似的，忙着在化妆。他们没有化妆间，就是坐在后台椅子上，打开自己的小匣子，照着盖上的镜子，扑一点胭脂和粉，仔细地涂抹。

加里走到椅子旁，俯下身来轻轻地说："嗨，兰胡儿妹妹。"

兰胡儿正在画眉毛，拿眉笔的手纹丝不动，把这条眉画完了才说："少肉麻酸菜。去去，没工夫说地瓜萝卜，找你真妹妹嚼耳根！"

加里讪讪地走到一边，整理今天魔术的铜钱。他觉得脑袋里有一根钢弦绷得笔直，嗡嗡直响，心上突然翻起一股热气直冲脑门，透不过气来。他自己没察觉，倒是进后台来的所罗门吓呆了："加里，你在练什么魔法？"

"我正在想一件事。"他老实告诉所罗门。

不等他说下去，所罗门就用草纸把他的鼻孔捂住："你看看，你真是个混账王子。你早晚会把父王我气死。"

加里低头一看，他的膝盖和上衣都沾有鼻血，一下脸色苍白。

听到所罗门的惊叫，兰胡儿和燕飞飞冲了过来，看到加里被自己手里的纸擦得满脸血污，兰胡儿惊得脚底发凉，带着哭腔说："这，这可喜朝了天？"她紧抓他的手。

加里甩开她的手，满嘴是血腥味，扶着墙跟跟跄跄去厕所，想去洗一洗，兰胡儿紧跟着他。他一手堵住自己的鼻孔，一手指着"男"字，但她不管，反而在他前面走进厕所。这个地方一股男人尿臊臭，她不在乎有人在里面，拧开龙头放水，就要给他洗。

他说："不碍事的，已停了。"

她用手绢抹去他脸上的水滴说："你常常流血吗？"

"以前练魔术时被木板撞过一下，出过鼻血。这次却是没有由来。"

兰胡儿一下子明白了，肯定是自己闹出来的，她不该在他跟她打招呼时故意冷淡，摆架子。"加里，都是我不识堇菜花好心，让你气血上冲顶，我向你九叩头行大礼赔罪！"她向他抱拳作揖，一脸认真，手指头顶又跺脚，"上摘灯下入地都应你。"

外面的场子已经开始打锣敲鼓，小山正在场子门口，殷勤邀看客进场。大世界从这一周开始兴筹码，看客进门时买筹，进一场看就交一筹，多了可退还票房。各戏场开始自己拉客。

兰胡儿把加里衣服上的血迹揩干净。她拍拍加里的脸，说："俊俊

123

的王子殿下呀，以后我们不闹了，姐姐向你郑重保证。"

"你怎么成了我姐姐？"加里恼怒地说。

"我十六，你十五，是你姐姐天经地义。"

"我已经十八岁！"

"你那个——那个父王早就说你十八岁继王位！"兰胡儿笑出了声。突然她对自己说，"不对"，她感觉到是什么不对了。

刚才坐在那里化妆，她也突然感到恶心，胃里翻上来一股酸水，她还在跟燕飞飞说："听说女人家怀上小娃娃，就会天天想吃酸梅子？"燕飞飞笑话她，说没碰过男人，怎么怀小孩子。

但是这会儿她明白了，她什么人都不在乎，任性惯了，哪怕知道会恼着张天师，也要硬着头皮顶撞几下。她把自己卷起来的袖子放下来，扯平。兰胡儿对自己说，好个兰胡儿，你记清了，对别人能由着性子，对加里却逞不了强，否则假的误会也会成真，真的误会来了，两人心一岔，就会有祸事发生。这种突然降临的灾难，已来了几次，那次她从刀子尖跌到台上，就瞎眼了好几个月。

兰胡儿没法对加里说破，这事要他自己明白过来。她皱着眉头说：

"你十八，我就也是十八。"

"这是哪家道理？"

"不为什么，就为这个是兰胡儿说的。"

加里不再问下去，兰胡儿说话一直神神秘秘，不好寻根问底。两天前她还在抱怨，说张天师和苏姨都讲，她只有十五岁，脱不掉女孩子气。她手沾点水，把加里弄乱的头发理一理，加里很乐意她弄他的头发，"我把留声机带来给你了"。

她说："多谢弟弟大人。"

加里还想说什么，已有人进来，要用厕，他急急忙忙推着兰胡儿走出去。他拧开水龙头，水声哗哗，脑子里全是兰胡儿的模样，嘴里全是苦瓜黄连，慢慢地，舌头由苦变出滋滋甜味，与以前任何时候都不一样的快乐。他走出厕所，与兰胡儿的目光对上了，他们开始有点明白对方，他慢慢转身走过她，心怦怦乱跳，听得清清楚楚。

第一场是大岗的戏，他在台上走了一圈，把两杆长矛抡得溜转生风，伸手一掷，长矛直插进边板，杆子抖得嗡嗡响。然后他把长矛拔出来，倒竖在地上，一伸头，喉咙卡上去，竟然没有把喉咙刺出血来。

张天师叫大岗卷起裤腿，跪在一块钉板上，再把一块大红砖放在大岗的头顶上，手里提起一把大铁锤，比试了半天。观众屏住了呼吸，看来一锤下去，定会把红砖连大岗的脑袋一道砸碎。张天师比比弄弄，朝手掌心吐口水，喝叫着运气。台下觉得不耐烦了，张天师才举起大锤子狠命一下，红砖打碎成粉末，大岗猛地跳起，膝头只有几个红点，头上是碎砖末，脑袋却没碎，膝盖上也没流血。

这个抡铁锤的事，张天师不敢叫大岗做，也不能叫小山做，只有他自己手里有准数。哪怕有大岗父母当年的"死不偿命"卖身契，一条命捏在手里，哪能当儿戏？

台下的掌声稀稀落落，这是传统街头卖艺项目，上海人见多识广，哪怕卖命也觉得不稀罕，他们喜欢新奇的美妙玩意，一天一个样式，谁能想出新花样谁就能大受欢迎。张天师心里骂个不已，脸上却是丝毫不露。

演出完，几个人收拾道具，兰胡儿对大岗耳语，大岗抱起留声机，准备走。

张天师说："算了，就放在这场子后台。"

那个打浦桥穷家哪能有音乐，邻居会看稀罕，围上来半天不散。他明白自己是老了。

第六章

大世界的唐老板带着两个随身保镖，正在巡视各个场子。张天师听说了，赶快让小山代替他管后台。他得去招呼唐老板。

台上兰胡儿正准备与燕飞飞合演走绳。以前他们走摊时常做的，倒不是难事，张天师明白这老戏目看似简单，实则比衔花顶碗难。唐朝时西域传入中土，一代一代各地杂耍艺人都做，能做到天师班模样的班子不多。

尤其在台上演，讲究动作合拍，平衡要有内定力，不慌不乱，视台下看客之喧闹鼓噪如无人境界，才能做到大方美观，从不失误。

戏场子的唱机放着《毛毛雨》，音乐软软柔柔，歌声蜜糖似的。这时节正是春天柔情日，这歌有用。

燕飞飞在横绳上，照旧是一身绿装，手里拿着一把花伞，踏着音乐的节奏在绳上走着舞步，前行两步又后退两步，那短裙开衩到腿间，露出诱人的身段。观众的眼睛都在她的身上，她手上的花伞真像美人必携，不再是一个平衡物。

燕飞飞走到绳终端，收起花伞，手撑一个翻身跳落在地上。

然后兰胡儿走，她依然是红衣，握着一根司的克，走碎步，有点像好莱坞明星邓波儿的踢踏舞。音乐换成刚流行的《我得不到你的爱情》。

兰胡儿故意走得颠倒滑稽。横绳有点摇晃，全靠那根拐杖平衡。

小山做事周到细心，手脚也快，只是容易叽叽喳喳，如麻雀嫁女。他不爱练新把式，以前会翻连翻空心筋斗，会打练几路拳式，摆摊子时小男孩憨气招人喜爱，有趣。长大了，本事没跟着变强，只有做事细的长处，除了帮着张天师管台前台后外，他比任何一个徒弟都巴结张天师，还喜欢传小报告。哪怕王公将相，将兵百万，谁不喜欢有仔细巴结的伙计？

张天师走到场子门口，回头看台上：一切正常，他放心了。用手理理一头乱发，加快脚步。

走廊上，唐老板经过杂耍戏法场子，没看就朝评弹场子走去，那里有个从苏州新来的名花。评弹迷来听长篇弹词《玉堂春》，每天晚场，连说三个月，一场也不肯落下。下午是一位老先生说《龙凤双剑缘》，还没到最精彩的段落，场子里已有不少人，这个评弹班子自然给其他场子很大压力。

"老板，真的很标致。"唐老板手下人说。

张天师晚了几步，只听到这么没头没脑的半句。他跟在他们身后，想如何开口请唐老板再到他的场子里去。这个唐老板权大了，样子仍和以前做二先生手下一样，小个子，脸容有些猥琐，那双眼睛长得更小，眯起来看人就成一条缝，戴了黑框眼镜，让人觉得像两条虫子。

上海滩都在说，唐老板动手把二先生弄成个死不了活不成，最后，再给二先生戴一个"汉奸"的帽子，让政府给彻底解决了。二先生所有财产都成了"伪产"，大部分回到了大先生腰包，唐老板也就成了大先生的得意门生。

张天师曾观过他面相，长得不起眼，没大福大贵之气，倒真看不出此人有杀人夺货一刀见血的魄力。

唐老板走着走着，突然回过身来，表情里倒看不出高兴与否。不过张天师明白，自己的出现，怕是岔了唐老板的什么神经。张天师赶忙向唐老板作揖。

只见唐老板摆起架子说："有人说你们的戏法是假的。"

张天师连忙恭恭敬敬地说："戏法妙在似真似假之间。"

唐老板听这话好像在教训他，睁大他镜片后的眼睛。张天师不敢看他，低头注视自己的布鞋。

唐老板清清嗓子，教训地说："我当然明白戏法哪有真的！我是说包袱做严不要露假。"他瞧面前这个高高大大的张天师点头称是，声音更趾高气扬了："我说的是你们的柔功，在城隍庙街上也能看到。"

张天师打着哈哈说："老板金玉良言所言极是，小班子也是下苦工，用真功夫，两个小姐都是日夜苦练十多年，才做成这功夫。"他谦卑地低下头来，手一摆，"老板，何妨过来看看，给小班子指点迷津。正演到这一段。"

唐老板一听"两位小姐"，手下人凑近他耳旁，低声说了几句。唐老板不置可否地一笑，话里很不客气："那就看看，大世界不能弄个叫花子班！"

唐老板转身，一行人也转身，他们进来时，走绳正演到最过筋过脉的段落，燕飞飞与兰胡儿正一人站在绳一端，手里丢开了平衡的花伞和手杖，依然如走平地。两女子边舞边从衣袖里抛出花瓣。小山和大岗站在绳两边。两女子伸展手臂，她俩重量落在一根绳上，必须严格同步，才不会互相掀翻。到了绳中心，两女子同时翻手，做了倒立，那绳摇荡起来，台下看客都紧张睁大眼睛。一红一绿两条布带朝对方舞起来，像团红云绕住绿水青山。红云消失了，看客发现，两女子依然倒立在绳上，但换过位置。

唐老板情不自禁地鼓掌喊好，张天师请他就座，他这才坐下来，眼睛仍盯在台上。

《毛毛雨》的歌曲重新起头时，那绳上的双腿如翅膀，有韵律地舒展。最后两人用嘴衔住绳，手脱开，靠牙齿咬住同时倒立在绳上。

唐老板骇然，"你的徒弟这功夫了不得！"他赞不绝口，对张天师说，"门口海报要做得更大一点，这叫什么戏目？"

张天师心花怒放地说："叫大女散花，双喜临门。"

"要拍照！"唐老板说，"明星大头照！那个瓜子脸的叫什么？"

"兰胡儿。"

台上两女子在绳上，突然同时一个漂亮的翻身，落到绳上，借绳的反弹，向上跳起，平稳地跃下到地上。

"我问右边那个，"唐老板不耐烦地问，"绿的。"

"噢，那是燕飞飞。我让她们来拜谢唐老板。"

唐老板还是盯住台上看，那燕飞飞连走路都带着节奏。"回头你让燕飞飞到经理室来领赏钱吧。"他站起来，补充说，"赏钱倒是给两个女孩子的。"

天师班的规矩是得到的赏钱交给老板，不准徒弟私得。张天师当然不想告诉唐老板他班子的规矩。他只是心里犯嘀咕：燕飞飞是他最心疼的，跟自家闺女一样。这事很不对劲，着急却又没有办法。

他想想，觉得自己多虑了。走惯江湖，这种事他不该惊慌失措，静以对之，是最好的策略。

一直拖到晚场结束之后，他才把燕飞飞叫到跟前，让她去唐老板经理办公室领赏，关照她大方一点，该谢就谢。

燕飞飞觉得张天师神情不太正常，就拉拉他的手，撒娇似的说："师父，你要说什么就说。"

"我没有什么要说的。"

他想自己真是酸咸菜白操心，这两个女徒弟见多识广，不会见了男人就脸红，也不会该转身走时犹豫。燕飞飞说一口柔软甜腻的苏州口音，她会说好听的话。但她没兰胡儿脑子转得快。想到这里，他感觉那个唐老板兴趣有点太强。

虽说他让燕飞飞一人去了，他还是悄悄跟了上去，在门口听。唐老板的助手请燕飞飞稍等，将一个红包交给她，说是唐老板已经走了，临时有个应酬要对付。

张天师松了一口气。

他不等燕飞飞出来，赶快回头往戏场子里走，一边走，一边骂自己神经过敏。老天爷自会保佑纯洁如白玉的女孩子。

第七章

这一夜兰胡儿听见张天师不停地叹气。夜深时还传来女人的哭泣声。天未亮，她被推醒，一看是燕飞飞，很生气地说："敲碎我了，彻骨儿我做个坏梦。"

燕飞飞怪兰胡儿把她挤下床，兰胡儿太累了，翻身又睡。燕飞飞说，"你怎么如此缺心呢？你想让我跟你一样睡地板不成？"

兰胡儿摸到了珂赛特，原来是这小东西挤上床来。燕飞飞也看到，她把狗推下床，自己躺上去，嘴里咕哝，那意思是在大世界她看见加里跟兰胡儿用眼睛说话，她没有告诉师父，是给兰胡儿留情面。

但是兰胡儿的鼾声响起来，燕飞飞只得住了口。

第二天一切如常，张天师在后台上往台下一看，就发了怵，唐老板来了，带着两个手下，坐在台前近排。兰胡儿和燕飞飞演出时有经验，不看台下时横竖都不看，分眼最易出岔子。她俩已练出哪怕面对台下微笑时，眼睛都能散开光，蜻蜓点水，一拂而过。

唐老板眼睛没离开过燕飞飞，这女子比昨日更加姣美，肢体前后翻倒，左旋左转，分外柔软。那一身绿衣不时翻飞。柔情蜜意的《毛毛雨》歌曲恰到好处，他哼着："毛毛雨下个不停，微微风吹个不停。不要你的金，不要你的银。只要你的心，哎哟哟！你的心。"

看着燕飞飞在绳索上的舞姿，旁边那个叫什么兰的小姑娘，也很漂亮，脸上有股傲气，不像燕飞飞那么鲜嫩美艳，由着人来摘取。他心旌摇荡起来，她这种花就是为他这样的男人准备的。

唐老板到戏法上场时才离场——他向来不喜欢戏法，看戏法好像是做智力测验，到最后还是当傻瓜。他在大世界这地盘当老板，当然是头脑过人手段绝顶，不会轻易认输佩服别人。哪一天戏法看客降下来，首先就开掉那个洋瘪三的戏法班子，让什么魔法无边的所罗门王从此不要在上海滩混。等到晚场杂耍开始时，他又坐在台下了。

手下人到他的座位上，凑在他耳边叫他接电话："大先生的电话。"

"走开。"

他正在兴头上，不过手下人比他更急："大先生的电话。"

他快快地站了起来，只得往场外走。张天师跟着，他甩一句话给这个对自己露出一张笑脸的班主："今晚还是让燕飞飞小姐来领赏，七点正，不要迟了，我请她到国际饭店吃西餐。"

事情终于到了，张天师虽然没有如雷击一样，脸上恭谦笑容依然，心里却被锋利的爪子抓痛：从来还没有一个男人敢请他的女徒弟单独去约会，要知道，这燕飞飞只有十五岁。

他点点头。送唐老板到戏场子门口。他回到后台，心里很难受。他知道不好违拗唐老板：这个班子好不容易回到大世界，不然他们还在风里雨里街头卖艺。这两个等级是天差之别，在朝在野，他不能拿吃饭当脾气。

天师班好几年下来就一直是五个人，少一个就演不了大世界戏场的整套红，多一个也养不活，凭这点，他也不能允许姓唐的毁了他的女徒弟。

燕飞飞本人没有感觉到什么，如同上次去唐老板的办公室领赏钱，她很平淡地答应了。受到男人注意不是第一次。一般男人觉得唱戏的女孩让人想入非非，也容易靠近，杂耍女孩子太神秘，做的姿态绝非凡人所能，身体蜷曲成的形状，天知道练有什么功力，一想心就忌。

未到七点，张天师催燕飞飞了，像上次一样把她拉到边上，轻言细语对她叮嘱一些礼节上的问题，嘴边的话转来转去。

"师父，你话说完没有？"一向乖顺的燕飞飞着急了，不明白他到底想说什么。

实际上他想告诉她唐老板这种人得用脑子对付，看着一脸无辜的燕飞飞，他突然卡住了，说不出口。预料出啥情形，做师父该讲明，他只是清下喉咙，找着词说，唐老板不同，他是这大世界的老板，手握着他们这些穷班子的生计，他们比那些唱戏的低贱，比那些歌舞厅的舞女都不如，也比不上跑趟的茶房，话语中也不能得罪了。

燕飞飞说："师父，我都记住了。"

张天师看着燕飞飞远去的背影，这时觉得若是兰胡儿，他肯定不操这个心了。天知道这个什么也不怕的东西会怎么做，没准会当场砸掉他们在大世界的饭碗。不过，那个唐老板要得兰胡儿便宜，就难了。他一拍脑袋，不敢想下去，此事结局好不到哪里去，但不知怎么办。

他很少坐后台那把椅，而且开始搓手指，他一紧张就这样。

兰胡儿很着急，猜到师父被劳心事框住，脸铁青，叫他三声，魂也不在身上。她过去推他。

"不该管的事不要关心！"张天师对兰胡儿非常恼火，尽量控制自己的声音。下面是兰胡儿和加里的铜钱戏法，加里准备妥当，灯光下，双眼炯炯有神，他这种关切的目光，使她心思回到了戏法上。兰胡儿朝加里一低首微微一笑，身子灵敏地一侧先上了台。

屋子里的人都在等燕飞飞回来。一天没见燕飞飞，珂赛特连尾巴都不摇，倒是在她身上嗅来嗅去。张天师看了一下厨房墙上挂钟，刚到十一点。燕飞飞神情没有什么异常之处，只是说唐老板挺客气，要她第二天晚上终场之后，陪他去一个什么地方。

"国际饭店好摩登？"小山问。

"真的很漂亮！唐老板教我用刀叉。"燕飞飞说话时眼睛挑高处看，兴冲冲，"他要陪我明天去买一件漂亮衣服。"

张天师和苏姨互相看了看，燕飞飞已经不是他们一向知道的那个小徒弟。

“不行，绝对不能去。”兰胡儿一想到唐老板那张脸，就哗啦哗啦叫了起来，“人不人样鬼不鬼样，大小老婆三个，那些女鬼还不把你剥三层皮活吞吃掉！”

“你怎么话一箩筐多，谁不知道，就你知道。”张天师教训兰胡儿。

小山和大岗本来就是住在厨房里，搭木床睡。小山不再说话，大岗坐在木床上，闷了好半天，终于说了一句：“他对你不怀好意。”

兰胡儿说：“人都上杆爬，水往谷底流。啥好意不好意。”

“不是人人都有本事让王子看上。”燕飞飞也不客气地朝兰胡儿扔过来一句话。

“原来我是竹子剥了芯，好心肠无人见着！”兰胡儿气得一跺脚搭上梯子跑上楼去。

“我们这种做杂耍的，日子过得够糟心的。”张天师说，“但是我们穷得不输理。”他自己也明白这理不值钱。眼下这局面已由不得他，天师班在人屋檐下，大世界的后台老板是青帮头子大先生，在上海滩谁也不能得罪他。唐老板有这种人做靠山，也一样得罪不起。哪怕豁出来不在大世界讨口受气饭吃，也不能与青帮作对，只能低头挨一刀。

燕飞飞站在那儿，嘟着嘴。她想离开，又不敢，觉得自己在这儿完全说不上话，所有人都对她有敌意，她不知怎么办。

其实她没有想好是不是跟唐老板去“过好日子”。唐老板只是在吃饭时跟她说，他现在已是富甲天下，上海滩一只鼎，没有他想做做不到的事。吃饭时他伸手几次要抱燕飞飞，她都半真半假推开了，没有让他继续往下做什么事。唐老板说，如果燕飞飞从了他，他绝不会亏待她，天天锦衣美食，还有两个娘姨使唤。

最后一次唐老板摸她，她请唐老板给她时间，让她想一想，却不再挣扎脱身。

唐老板欣喜万分，手伸进衣服里把她身体从里到外摸了个遍，动作很快，都不像一个情场老手。她浑身发烫，不能自持。可他却像个正人君子一样到最关键点，在她本能地说不时，放开了她。"我的心肝，你好好想，想好了回我话。"

唐老板没有说娶她做四姨太。燕飞飞心里七上八下，脸通红。

苏姨看着她问："飞飞呀，如何打算说一句！"

燕飞飞生气地说："本来，我回来是向你们讨教的，不料落成嫌贫爱富的罪名。"

这下子小屋子里开了锅，大家七嘴八舌说成一团。

兰胡儿在楼上听得一清二楚，咚咚跑下楼说："我把大世界一把火烧了！叫谁也别做太太梦，叫这个四眼狗也没牛可吹。"

"少胡说八道！"苏姨一声喝断她。兰胡儿一愣，苏姨手里忙活没停，声音仍是不高，"大世界是我们的生计，唐老板这个人，我们连他的一根手指头都不能得罪，一根头发都碰不得。"

说完这席话，苏姨拿起竹篮里的竹签，织起一只袖子。那种若无其事的神情，让兰胡儿很害怕。几件旧毛衣拆下，绕在凳腿上，绕成一圈圈，打成结，洗干净，然后用一包蓝靛染成蓝青色。晾干后，再放在凳腿上，一圈圈绕成几个小球团，重新用竹签子编织。像是一件女式毛衣，兰胡儿想总不会给她织的，苏姨倒是教她织过，燕飞飞帮着织了不少。这个冷心冷肠的女人，就没一次靠近过她兰胡儿。就像此刻，谁也不问她下面要说什么，却都在等她的话，她的话一向有结论，而且结论击中要害。

"燕飞飞去过好日子，我们谁也不会挡路。"静了好久，苏姨才扔出话来。

"我没有这个意思。"燕飞飞跪在她面前，叫了起来。

"你不会这么想，"苏姨说，"我们会代你这么想 —— 这个叫花子穷日子，是要耽误姑娘家前程的。我和你师父都舍不得你，但误不得你好年华。"

燕飞飞眼睛都红了，她没想到苏姨这么合情合理，一下子说出她心底里的想法。"我不愿意离开你们，我从小在天师班长大。"燕飞飞声音哽住了，"苏姨，我怎么办呢？"

"嗨，也没过什么好日子，尽是苦日子！"苏姨叹口气说，"以后日子都得靠你自己了！"

大岗想说话，他看看苏姨，把话咽在肚子里了。

张天师倒是开腔了："好吧，"他听懂了苏姨的话，知道放人是唯一的小法，"照例说，谁要把天师班的人弄走，是要付赎身费的。天师班场面缺个角儿，戏就没法搭了。我们又不敢向那姓唐的要钱——你燕飞飞看情况办吧。"

燕飞飞明白这是要她自己去向唐老板开价。师父并没有多为难她，比她想的还简单，而且天师班对她还算友善的。两个女徒弟少一个，就不得不取消好多节目。以前也出现过某人不能上场的事，但她这一去不复返，这个班子在大世界日子就不好过了。

想到这里，她掏出手绢抹眼泪，一抹，倒真的泪水汪汪。毕竟相依为命十多年，虽然没少磕磕碰碰，但风风雨雨都躲在一道。

她先是伤心地哭，后来就放声大哭，屋子里的人都没办法，也不知该说什么。苏姨放下手中的编织竹签，把燕飞飞带到楼上房间，关上门说了很长的时间。

兰胡儿悄悄贴地板想知道楼下苏姨在跟燕飞飞说什么。听不太清楚，都是苏姨在说，燕飞飞在问，好像苏姨在教她怎么为人处世，后来那声音就低多了。有人拍了一下她的肩，她吓了一跳，回头看是小山，又继续听。小山想听，兰胡儿不让，挥手让他走，她继续贴地板听，里面只有细微的声音。

"不听了。"兰胡儿转过身来，"那个唐老板，洗脚水！漏马桶！绝对臭蛋！"

"我心里好慌。"小山叹口气说，"最慌的是大岗哥了。"

兰胡儿说："怕是今晚谁都休想睡个安生觉。"她感叹万分，"人啊老是错开，穿身而过，浑不相识，要能相知是难中难。"

"你是说别人还是说自己。"

"无娘儿，但愿天照顾。"兰胡儿说完就跑到床上，用被子把头蒙住。小山却没有离开，他把自己的身体牢牢地贴在地板上，想听到一点两个女人的谈话。

燕飞飞"出嫁"离开天师班的日子近了，她已经好几次整夜不归，虽然第二天中午还依然来参加演出，但是衣服装饰已全都变了，烫了头发，走进场子来像阔人家少奶奶。大家心照不宣都不提这事。兰胡儿每天奔过来迎接，大把拥抱燕飞飞，嘴里还说："我要头一个闻飞飞姐姐头一个晕自个儿，巴黎香水热情生刺刺。"

跟兰胡儿斗嘴一向是自找倒霉，燕飞飞就左耳进右耳出，大岗尽可能地避着燕飞飞，不单独面对，小山也一反常态不与她搭讪。张天师只向燕飞飞点点头，吩咐她尽可能少做事，不过，原先冒险的演出都不让她演了。

燕飞飞求张天师："不能只演一点过场戏，这算什么，热闹吗？"

张天师说："我明白你的心，今天先这样。"

这些日子，谁也难欢快地笑一声，燕飞飞自己也是如此，她来一次，就像在尽一次义务。也是的，再艰再难和气和力的天师班走了架，散了神，不都是她扰的局？

张天师心里怨唐老板，又不能说出来，担心燕飞飞嘴不严传话。师父已把燕飞飞当成一个外人了。兰胡儿眼雪尖，看出来。可是师父对她也没好脸色，反而呼来喝去，更加一步不放松看住她与加里。

唯一的好处是唐老板已经不派人来查杂耍场子看客多少，他的心思不在这儿。

第八章

加里像个局外人似的没头脑地说了一句："罪人都应该祈祷。"

"我的王子，听着！"所罗门从上衣袋里取出酒壶，呷了一口，朗声说，"智慧之神曾是如何征服耶路撒冷，此刻就会怎么征服你。"

所罗门说完大步走开了。

加里看着所罗门的背影消失，感觉很奇怪。他每天必演的是牌戏，他上台演时天师班的人可以歇一歇，吃几口饭。牌戏节目舞台安排简单，全靠加里一人撑着，一脸笑容天真无邪，手势很巧，纸牌活灵活现，从左手到右手，又从右手到左手，啪地一下打开成一把扇面，手指一拨拉成风箱。

看客不会太多。每个变戏法的人都会弄牌戏，后排不容易看清楚，有兴趣的看客坐到前排来。

天师班自从燕飞飞常常不在，两女缺一，无法演满全场，魔术戏法只得增加分量。所罗门忽然变得好说话，对演出时间和分成，对谁为场主，都不在乎起来。张天师觉得这个洋人成了天下第一好人，让天师班渡过难关。所罗门有点心不在此。

所罗门在做什么，背后是怎么想的？张天师很好奇，觉得里面大有名堂。他是江湖之人，明白他人秘密，不能深究，知多则不祥。何况人家已尽仁义，仿佛天上掉下一个新的所罗门来，原来那个吝啬鬼不见了。

张天师实在忍不住，破天荒地对兰胡儿说了一通，他指示她："你帮我去找所罗门，我请他喝点酒表示一下心意。"

"师父，轮得上我这颗小芝麻豆滚来滚去？"

兰胡儿知道张天师确是真心的，更明白他是要她问一问加里其中究竟，但是兰胡儿自有主张，她不问加里不主动说的事。

所罗门把大多戏法全交给越来越老练的加里做，他的"大戏法"如喷火之类，只是偶然来串一次，来去都匆忙，眼睛红红的，脖上手上的筋络毕现，对谁都爱理不理，对加里更是如此。

"晚上得早点给我回家！"他声音沙哑地骂道，"没良心的家什！我会让你受到应有的处罚！"

本来就是靠加里和兰胡儿串演"刀锯艳尸"或是"铜钱搭界"。这些日子没有演新节目，看客越来越少，加新节目，就得要加新道具，他们没钱租买设备。张天师愁得眉头都长到一堆去了。

兰胡儿瞧着窗玻璃，她和加里的脸，唇红齿白，如刚出台的画报封面一样煞是好看。张天师的困境给了她一个好理由，她可以与加里成天叽叽咕咕商量。兰胡儿的小想法加入加里的小功夫小手法，花样百出，魔术添了新鲜空气，倒是稳住了一些看客，尤其是急于想揭穿魔术师的人。

唐老板家里人都听说了加里的牌戏手法之妙，都说要来看。三个唐太太还把大先生的小姨太也带来一起看，为了讨大先生的小姨太的好，这些女人进场子后个个兴致高。小姨太是大先生从重庆娶来的"抗战夫人"，漂亮聪明，又是大学生，有学问有雅趣，头发烫成大波浪，比电影明星还会打扮，她对上海东西样样新奇。

燕飞飞在后台幕布后面往唐太太们的方向看了看，默默地走开了。

小姨太看到台上这个伶俐的小伙子，比传闻中还让人喜欢，她抢先到台上来抽牌。抽到一张梅花J，掩着手给全场看。她满意地看着加里再三切牌洗牌，心安理得地坐到前排自己的座位上去。

加里把手中洗乱的牌放在两手之间，左右一亮相，突然朝外抛去，牌像一条虹腾起，汇到一边成一叠，又拉开成一弧，眼花缭乱地反复几次，他失了手，牌弹到空中，飞飞散散了舞台满地，正当众看客嘲笑地看他的窘态时，最后一张牌慢慢从空中飘落。加里吹口气，那张牌就往前飘，加里追着吹，牌一直飘到小姨太的头上。小姨太一把抓了，看了，吓得捂住胸口。加里让她给全场看，竟然就是梅花J。

这些女人开心地大笑，回去把这套戏法，还有加里神神秘秘的台风添油加醋地一说，弄得家里上上下下的人都心痒了。

唐老板冷笑两声。女人们说连大先生的小姨太都玩得实在开心。唐老板脸上的冷笑收住了，连老板的女人都去看，他面子上不好怠慢，也只能去看个究竟。万一大先生有一天问起他，也好有几句词凑趣。

这天演出结束后，张天师叫住往场子外走的燕飞飞，"苏姨想你回去一下，跟你说一说话。"

燕飞飞说她得去跟唐老板说一声。

张天师一清二楚地说："那我等你。"

她说，不要等，唐老板会派司机开车送她去打浦桥。

晚上一班子人回到打浦桥时，果真看到燕飞飞早到了。但是她眼都哭肿了，旁边苏姨不说话，直叹气。燕飞飞穿着高跟鞋，还不习惯，脚有点痛，一会儿把脚从黑皮鞋里抽出来，一会儿觉得不雅又放回去。兰胡儿用盆子盛水洗脸。心里明白一大半，准是燕飞飞遇到了难事。

等到兰胡儿坐在桌子前，她的猜想被证实。原来苏姨要燕飞飞向唐老板讨赎金，燕飞飞一分没有讨到，唐老板到今天为止也没有提一个字。燕飞飞也没有进唐宅做四姨太，唐老板只是在外给她租一套爱丁顿公寓，养着她做外室。

燕飞飞说唐老板这么做是为她考虑，做外室比做任何人的姨太太都好，不必到那个大房子里向大太太请安，不必受二姨太三姨太的气。燕飞飞觉得唐老板这样的安排合情合理，就同意了。

"你苏姨那天手把手教你一个晚上，你就满耳朵灌了那姓唐的甜言蜜语，不再进一点油盐。平日里见你有三分伶俐，怎么这么七分木呆瓜？"张天师捶着桌子，生气地说，"你得告诉姓唐的，难道我张天师吹口空气就养了你这么大？"

"我做错在哪里？"燕飞飞的声音突然高起来。

"馄饨没骨软耳朵，竟然相信这种臭皮蛋烂皮匠的话。"兰胡儿禁不住骂起来。

"有话就说清楚！"燕飞飞脸转过来，很不屑地看着兰胡儿。

"师父话底儿清水清鱼：你是卖断身给天师班的，不能白送给唐黑心肚肝。你把自己贱卖掉了，三文不值两文。" 兰胡儿跳着脚尖骂起来。

燕飞飞气得朝兰胡儿扑了过去，但被小山拦在中间。"你不贱？就找了个什么亭子间王子！"

"你睁着眼也会蹈坑落岩，我闭着眼喜欢谁心似明镜！"

苏姨叫兰胡儿住嘴，说："饿了吧，饭都做好了，自己盛饭吃。"

大岗在找碗和筷子，兰胡儿声音轻了，但还是在那里咕叽咕叽甩话。她不能忍受软弱，更不能忍受愚蠢。看到燕飞飞周身显派，脖子上的金项链闪亮，旗袍紫花大朵大朵开着，镶滚同色丝边，手腕上新戴了一只小巧的手表——更是气攻上心，嘴不饶人。

可是扒完一碗饭，兰胡儿也收了话梢，做了结论："不能依，依他你就成了硬搭上去的，旧货价。"

但人已成了旧货，事已如此，谁也没有办法。张天师不接苏姨递过来的饭碗，整个脸气得阵阵发青阵阵发红，他声音竭力压低："飞飞呀，可怜师父我没法找唐老板说话。只有你进了唐府，人在屋檐下，我才说得出话，你这一步可走糟了！"

屋子里突然静寂无声，连空气都凝住了。

燕飞飞这才发现事情的严重性。凭良心说唐老板对她真不错，她住进一个有电梯的洋房公寓，还给她雇了一个会做菜的扬州娘姨，添了不少新衣服，专门买了漂亮的梳妆台，有三面大镜子，圆了她这个梦。她在阳台上还能看到著名的哈同花园，没事时，看看马路上的电车行人。本来她一点也不想进那个唐府，这一辈子从来没有过如此舒服的日子，单就这一点，她就够感恩的。穷怕了，穷得不敢也不想挑剔。

她伸出手腕看手表，时候的确不早了，起身说："我要走了。"

没有人留她，这生分劲在这儿就显出来了。连珂赛特都不起身，只翻眼看她。燕飞飞感慨万分，走到门外，又倒回来，她取下腕上的手表，好像知道没人肯接似的，就放在桌子上。"师父，这手表，是我的心意。"她一扭头就走了。

一屋子的人看着燕飞飞的背影消失在门口，那双高跟皮鞋在弄堂咔噔咔噔地响着，渐渐远了。

兰胡儿一屁股坐到本是燕飞飞的位置上，自言自语："也好，鱼散人少，大家多吃一点。" 大岗盯着燕飞飞的碗筷，他刚才是怎么摆的，现在照样。他猛然抬起头来，哭了起来。

第九章

昨晚兰胡儿决定把燕飞飞忘掉，可是整个夜里都梦到了燕飞飞叫着她的名字。她有个感觉，再也见不着燕飞飞了。第二天上午，当燕飞飞提了一个包走进杂耍场子后台时，兰胡儿大吃一惊，她以为是在梦里。

燕飞飞换了西式白底暗花衣裙，头发梳得很齐整。只当昨晚的事没有发生，说她求了半天，唐老板才同意她今天来演最后一场，说再抛头露面，让人上下打量，不适合她的身份。

燕飞飞眼皮有点浮肿，像是哭过。兰胡儿不生燕飞飞的气了，她拉住燕飞飞的手，说不会的，以后我们还是最亲的姐妹，除非你不认我。

这话说得燕飞飞自己眼泪哗哗的。她说："怎么会呢，以后我们还要经常见的，不要忘了我。"

张天师没有说话，但朝燕飞飞挥了挥手。燕飞飞马上换好演出衣服，还是一身绿，和兰胡儿演对手戏，走绳仙女撒花。一根紧扎在两个高凳之间的绳，由小山管着，小山来回看了又看，向张天师点点头。

演出开始了，两姐妹配合得如以往一样，燕飞飞走第一遍绳，兰胡儿走第二遍。然后两个人对走。

《毛毛雨》的歌曲响起，张天师正在准备后台一个节目，帮着大岗准备顶缸的装束，突然兰胡儿尖声惨叫，张天师急忙喊："落幕！"

那边小山落幕。张天师和大岗冲上戏台，原来是燕飞飞出事了，她跌下绳子。

兰胡儿脑子里永远记得燕飞飞落到地上时，是右膝盖先着地，然后是右脸碰地，小山朝燕飞飞那端奔来已来不及，兰胡儿自己也被带着跌下绳，只是情急之中，她飞身弹跳到燕飞飞身边，双脚蹲势落地。

张天师把燕飞飞扶起来，她右脸颊乌青，耳朵破了，跌出血来，但最痛的是右腿。兰胡儿拂开燕飞飞的裙子，燕飞飞右膝盖歪过来了，慢慢肿起好高，她几乎痛昏过去，只是咬紧牙不作声。

走绳经常会失去平衡，跌落地上。兰胡儿和燕飞飞都练得一旦不得不落下时，掉落的姿势要优雅，好像是本来就有意做的动作，轻巧地蹲落到地上。这样保全一部分面子，也不至于受伤。绳子下面接应的人手快，就更安全一些。

这天燕飞飞失去了平衡，可能想挽救，在绳上犹豫的时间长了，结果落下时是最糟的姿势。可能她最近一段时间没有参加练功，跳上跳下已经不够熟练，也可能她干脆走了神。

"赶快送仁济医院。"张天师说，"最怕膝盖骨摔碎了。"他记起先前跳火车的日子，那时就见过一位兄弟伙，跳下去时膝盖着地髌骨碎裂，此后一辈子没有站起来。

"我——背——去！"大岗结结巴巴地说。他们把燕飞飞放在他背上。

"哪来钱呢？"小山着急地说，"仁济医院进门费就要五十银元。"

"我不去医院，"燕飞飞突然醒过来哀求道，她痛得脸上额头全是汗。

"我找唐老板去！"兰胡儿对他们说。

张天师还没有来得及拉住，兰胡儿就从台上跳下去，飞奔起来。楼梯三级一跃，还没奔到经理办公室门口，就焦急地喊起来："唐老板，唐老板，燕飞飞出事了。"

唐老板在里面，突然听到走廊里喊声，心里很不是滋味。他正在接一个电话，只好对电话里含糊地说，"一会儿再打，这儿有点事。"搁了电话，他却在椅子里不动，取了一根三五牌香烟。

他包了个新情妇的事，尽量不想声张。纸是包不住火的，早晚会弄到家里那三房太太知道。他并不怕，吃醋的小女人们的啰啰唆唆，不过几天叨絮烦心而已。只要他真要这个外室，把话点明了，那几个女人也不见得闹死闹活。可是他并不想好事刚成，弄得尽人皆知。

现在竟然在他办公室外，一个女戏子在乱叫乱嚷，没了体统。

张天师追上兰胡儿，把她狠狠往后一搡，自己大踏步走进去。门口的保镖很粗鲁地挡住他："你有什么事？"

"我有急事找唐老板。"张天师说。

"唐老板在见要人，"保镖说，"此刻没时间见你。"

"真是十万火急的急事！麻烦你通融一下！"

"你在这里等，"保镖说，"我进去看唐老板能不能见你。"张天师刚想动，另一个保镖走了上来挡住他。过了一阵子，唐老板自己走了出来，笑眯眯地对张天师说："张班主有事？"

"燕飞飞刚才表演时受伤了。"张天师说。

唐老板皱皱眉，扶了一下眼镜架："受伤了？"其实他今天倒是不想让燕飞飞上台，燕飞飞说今天是最后一次，他放走她时还很不高兴。他不由得问了一句："伤在哪里？"

"膝盖碎了，"紧跟在后面的兰胡儿说，"得立马上到医院治，不然——"

张天师打断她："唐老板，进医院治，需要钱。"

"当然，当然，"唐老板那关切的语气没了，他抽了一口烟，"不过，你已经领走了这个月的分成。"

兰胡儿一下子脸都涨红了，她控制不住地喊起来："唐老板你——"

张天师马上把她的话抢断："是的，是的，可是眼下节骨眼里只能把人送进医院。唐老板开恩！"

唐老板狠狠地盯了他们一眼："哪天你的杂耍做到场子客满，我就借一个月的份钱给你。"

"此话当真？"张天师说。

唐老板点点头，他从精致的西装袋里掏出皮包，说："这一百元，拿去，女优受伤，当经理的理应同情，下个月扣还。"

张天师双手接过唐老板给的钱，微微躬身，赶快把兰胡儿拉了出去，到了走廊上，张天师粗暴地把兰胡儿一推，她的头当即重重地撞到墙上。张天师说："满世界都哑了，也轮不到你说话！"

兰胡儿把今天整件事砸黄了，她还不知自己错在哪里。本来事情可以朝另一个方向去的，可是现在已经一地碎片拾不起来。

兰胡儿摸着后脑勺的肿块，双眼冒火星："哎呀，我饶不了——！"她喊道，也不管唐老板会不会听到。

"你懂个屁！吃奶不成，吃屎也没份！"张天师气得大吼一声，看都不看兰胡儿一脸愤怒，大步就奔下楼梯。

兰胡儿看着师父没影了，她站在那儿，还没有回过神来，唐老板的保镖走出来，倒是好声好气地说："走吧，还在这里干什么？"

兰胡儿抬起头："想筛糠过河？"

保镖不理睬，只当没听见她的狠话，不耐烦地推她离开。兰胡儿伸手拉着门把手，一字一音铁板打钉地说："天下没有那么容易打整的事！"

唐老板听到了，不可能听不到，他心里也在为这事恼怒，办公室里还有其他人——两个找他谈事的顾客，唐老板不能在手下人跟前失这个脸面，在外人前更不想落话柄，但是与一个小姑娘纠缠吵架似乎更失身份。他不说话，只是挥挥手，另一个保镖赶快出来把兰胡儿轰走。唐老板当初就明白，这个女孩惹不得，完全没应有的本分，碰了会引火烧身。

"好了，走吧！"保镖们连推带拉把兰胡儿弄走，扳掉她的手，推得猛了，兰胡儿一个趔趄跌在地上。

她爬起来，吼出一句话撂给唐老板，管他听懂没有："没有缝的螺丝壳？砸着瞧！"

燕飞飞住在医院三天，非但唐老板自己一次也没有来过，连派手下人来问一声的事也没有。他好像干脆没有到大世界来办公。这个唐老板算盘一门儿清：有残废的些微可能性，就足以让他忘掉这个女人。

这个游戏对唐老板来说早就结束了，在听到燕飞飞受伤时就结束了，给钱不是什么要紧事，付钱就等于承认他应当对这个小姑娘负一些责任，让他不打自招？天下无此事！

一想到这里，他心里残存着的对燕飞飞肉体的欲望，几夜狂欢快感剩下的余渍全都烟消云散了。他没必要养一个残废人，熟透的水蜜桃已经砸烂，趁家里那几个女人尚不知详情，脱身是上天给他的机会。这些穷酸下三滥的玩把戏人，人穷志也短，一旦拿住他的把柄，什么事都做得出来。他在上海滩以后怎么风光？

兰胡儿到这时才醒过神来，师父为何对她大发脾气，她的仗义执言反而害了燕飞飞，没了个回绕余地。或许可从姓唐的那儿借到"堵嘴"钱。人连猪都不如，这世道横着。看到燕飞飞脸色苍白痛苦地躺在床上，兰胡儿后悔莫及。

苏姨是对的，燕飞飞如果进了唐府，做了姨太太，情况就不一样了。兰胡儿在燕飞飞受伤的几天里，一下子长大了，以前只恨燕飞飞一心要离开他们那个家，一个人高飞，现在那份气全烟消云散了。

燕飞飞右腿照了X片打了石膏，医生说那条腿髌骨碎裂太重，起码得三个月才能拆石膏，之后才能设法正骨。

燕飞飞一直闭口不言，点头或摇头。这天上午，她开口了，只有三个字："我得走！"医生来了对医生说，护士来了对护士说，吵着要离开医院。天师班现在无法留下一个人来照顾她，苏姨也没来，余下的人要演全天场子的戏，已经够难的。三天三夜没有看到唐老板，燕飞飞心里就完全明白了。

医生说这伤很重，应该留在医院治疗。她说上海住不起医院的人多的是。拗不过燕飞飞，大岗和小山夜里把她背回打浦桥的房子。

大岗背着燕飞飞上楼，楼梯吱吱喳喳地响，他把她放在木床上。

苏姨在楼下洗一大盆衣服。看到这个刚心高气傲离开的女孩子，不到几天这样狼狈地回到这个破屋子来，苏姨拿着木槌子敲打着脏衣服，水溅起来到脸上，她也没停。阁楼上的燕飞飞把头埋在枕头中，放声大哭。

大岗看着，搓着双手，不知该怎么办："水，我给——给你端——水。"

"你走，走开。"燕飞飞头也不抬，"我不要你可怜我。"

大岗没法，只得离开。

这枕头已洗过了，没她自己的气味，全是兰胡儿的气息。她双手抱着枕头，越哭越伤心，好像抱着兰胡儿——她从小一起长大的妹妹在哭。

苏姨听着楼上的哭声，对楼梯口不知所措的大岗轻声说："让她哭个够！"

燕飞飞哭得声音都哑了，她边哭边说，她对不起大家，本来以为自己好了，可以帮大家一把，结果反而成了大家的拖累：一分钱没有带回来，反而把整个班子勉强糊口的钱给糟蹋了，她自怨自艾地说这是报应，是她贪富昏了头。她拍打了石膏的右腿一下，第二下落到左腿上。

燕飞飞哭够了，费力地翻了一个身，看见床挡头兰胡儿的衣裳，拉了下来盖在脸上。

兰胡儿走进门来，扯了一束紫色野花，这是燕飞飞最喜欢的花！她连连叫了两声，燕飞飞也不理。兰胡儿拿着花，找了个玻璃瓶子装水插花，端着花上楼。

兰胡儿把花放在床边。趁燕飞飞不备，一下揭了衣裳，她看见燕飞飞的眼神怪怪的，几乎带着仇恨，盯着她看。不对吧，怎么会呢？但是当她再看燕飞飞时，仍是同样。

第十章

当初燕飞飞搬到唐老板那儿做外室，兰胡儿把燕飞飞的东西都收齐，说是霉气，要扔掉。苏姨舍不得，洗了收起来，说总会有用处。

"什么用处？"兰胡儿明知故问。

还不到她穿，这些破旧衣服被苏姨从柜子里翻出来。兰胡儿心里窝着气。张天师在走廊里推她撞墙，那一下就是警告：再大的羞辱，他们只能吞下。他们没有争论的权利。他们吃了大亏，反而成了唐老板心头一根刺，如果唐老板容不下他们，他们只能再次到街上摆摊讨铜板。

弯腰走路，时时低头，都是不得不做的事。

燕飞飞看着衣服不理兰胡儿，兰胡儿把衣服放在床下布袋里。燕飞飞说，"哎，姓兰的，你不醒事，碰着我的腿了。"

"我注意着呢！"兰胡儿很有些委屈地说。

燕飞飞动不动就发脾气，存心不想一个人独吞这屈辱，非要大伙一起来承受。夜深人静时兰胡儿睁大眼睛，听见燕飞飞熟睡的呼吸，突然坐起来。她看着窗外漆黑的天，星月隐没，风刮得树叶哗哗响，这时候兰胡儿更加想念加里，想着加里，她就睡着了。

她说起梦话："满世界找相知，找到是福，有你就是天恩。"伸手把枕头抱着。燕飞飞马上醒了，一把抢过来，高声骂道："你有美梦做，就不能叫别人好好睡个安生觉，可恶！"

加里的戏份量越来越大，在台上也越来越有台风：看起来老实到家，笨手笨脚，只是要等到看完整个表演之后才明白这人出手之快。

加里明白他必须讨看客的好，他经常跟台下打招呼，请人上台参加表演。这天他打量场子，突然眼睛一亮，看到唐老板在台下就座，心里惊讶，格外卖力气表演了。唐老板扭过脖子去对三姨太咕哝，似乎在说：冒牌王子，老子今天来看你好戏演下去。

加里请人上台话音一落，唐老板的三姨太站起来，比其他人都动作快一步，她上台来抽牌。一张红桃Q，三姨太老练地用手掩着给全场看，小心地插回牌后不离开。

加里也没请她回座，而是花哨地空中切洗牌。三姨太要求让她来洗一下。

加里说："玛旦肯赏光，就太荣幸了，My Great Honour！"双手把牌恭敬地递过去。

三姨太把牌拿过来，洗了一遍，看看加里，又洗了一遍。

加里说："请太太随便洗。"

三姨太来回切牌洗牌，要把牌洗得加里完全没法记住，她成天玩桥牌，一手洗牌姿势还很潇洒。洗够了牌后，她喜哉喜哉回到座位上。

加里拿出一个大鞭炮，把这叠牌放在上面，点上火绳，"轰"的一响，整叠牌在火中飞散。加里伸出手等牌落下来，却一张也没落到他手里，全场看着他傻呆呆地出洋相，哄堂大笑。唐老板最开心，他伸手摸摸三姨太的肩膀，拍了拍，夸她做得好。

正在笑着时，最后一张牌慢慢从空中飘落下来，飘到观众席上，飘到三姨太怀中，她一拾，就愕然了。加里请她把牌举起来给全场看一下，她为难地站起来，手慢慢举起来，竟然是红桃Q，牌边上还有被鞭炮烧煳的痕迹。

全场鼓掌，台上的加里却没有反应。他心不在焉地看腕上的手表，放在耳边上侧着头听，他腕上戴着一块小巧的女式表，镀金的表链。

加里说："表实在漂亮，但不是我的表。我的表哪里去了？"说着，他手指向三姨太。

三姨太举着牌的手还没有放下来，她的手腕上是一块男表，黑色的皮表带，粗粗拉拉的。全场都看见了，大笑起来，三姨太自己还不知道，等到明白过来她已把自己表演到陷阱里。她出了洋相，脸上红红白白的，嘴里不知道在说什么。

加里走到台下，把三姨太的金表还给她，交换她腕上那块男表。这时唐老板站起来，一步走向前，抢过三姨太正要接的表就说："你这是玩戏法呢，还是做三只手？"

天师班在后台歇息，一听声音，就明白事情不好，这个姓唐的，有意来找岔子。张天师站到幕布后。在后侧台的兰胡儿也紧张地看着台下，小山用手肘碰了一下张天师，示意师父得先管着兰胡儿，以免她按捺不住，把事情弄大。张天师眼睛就放在兰胡儿身上，又不放心加里，嘘着气说：

"所罗门王呢？真会溜，把麻烦留给我一人了！"他两边顾着，急得汗都淌下来。

加里向唐老板鞠个躬，说："在下是Prince Gary，专门欣赏珠宝。

这位先生好福相，这位太太好富贵：这块watch是24K，金链七钻三针，Rolex真货名表，邪气好！请太太细看一下，是不是您的表，我这块坏表根本不走。"那块表是坏表，从旧货摊上几个铜板买来装样子的，怪不得他听三姨太的表走得铮铮响，觉得挺高兴。

三姨太从唐老板手里拿过表来，一看就说："就是我的表，就是我的表。"

唐老板拉住她的手，不依不饶地说："等等，让我验证。"

三姨太推了他一把："是你送我的，还会错？"

回到台上的加里愉快地说，"对了，爱情呐！珍贵的永恒的爱呐！唐老板是天下第一情种！表背后还刻着字：Love Forever，P. C. Tang。"

这下子弄得全场人都兴奋地鼓起掌来，唐老板一听这话，知道这小子在指桑骂槐，可在这个场面下，只好顺水推舟竖起大拇指。真见鬼，没想到他竟然来给这个班子捧了场！

兰胡儿松了一口气。这个戏法其实很简单，加里让兰胡儿练会扔牌。一般人扔牌会在半空飘走，扔不准。兰胡儿把一套牌加重了一些，任何一张扔出去就有了方向。她在后侧台早就瞅到三姨太抽的牌，立刻挑出这张牌，不慌不忙，顺着鞭炮声朝抽牌人上空扔过去，让它准准地飘落下来。像三姨太这样到台上故作聪明地磨蹭洗牌的人，加里有足够时间摘掉她的手表。

唐老板这次没有能加害于天师班，心里老大不高兴。三姨太满脸得意，津津乐道手表上的题词。她是家里最会闹撒娇的，唐老板暂时不能不给自己一个面子。

那三姨太二十出头，论姿色完全比不上燕飞飞，可怜的燕飞飞，这时正躺在阁楼，一肚子坏脾气。兰胡儿望着加里在给看客们鞠躬，她有个糟透了的感觉，这个唐老板不会放过他们。他们在大世界一天，也就是跟这个唐老板斗智一天。

再忍气吞声，跟矮黑心肠姓唐的，仇人做到眼底一抹黑了。是呀，师父说，他们能做的，只是软磨，这东西的瓢子硬腰子粗。燕飞飞治腿正骨得花一大笔钱，咋个办呢？

第十一章

燕飞飞睡得很熟。兰胡儿把碗筷锅都洗涮干净，她盛了一碗粥，又撅了点咸菜，想放到楼上燕飞飞身边。等会儿燕飞飞醒来，下楼难，家里又没人，饿了至少有这碗粥。大岗说："我来端吧。"兰胡儿把碗递给他，看着他颤颤巍巍上楼，放在床边小桌子上。兰胡儿听到大岗在关窗，关了窗之后，又打开窗，露了一点缝儿，他看看燕飞飞，这才把门帘挂下，走下楼来。

珂赛特瞪眼警惕地守在门口，兰胡儿拍着它的脑袋说："好生照家，等我们回来赏你骨头。"

在哪儿找别人吃剩扔掉的肉骨头呢？瞎哄狗，羞煞人。晨风清新，吹着兰胡儿的面颊，她觉得该是自己做点什么的时候了。只要弄到戏场子满满，那个唐王八蛋就会答应借给师父钱，燕飞飞就会得到医生治疗，那条腿好也就有了保证。

她对自己说，耗子精姓唐的，大世界现在姓唐，我兰胡儿姓兰。摆开阵势来周旋几个回合，放马来吧！

戏场子已有人了，原来张天师早到了，穿了件黑夹袄，胡子也未刮。他说一夜未睡安稳，在床上翻天覆去想新节目，一个晚上，加这个上午都未想好。兰胡儿腿横跨在椅背上，像个男孩子一样坐着。她说："我们来荡秋千吧，这玩意高飞大甩，能让人掏出花花银子来。你们看这大舞台顶篷高猛上天，我们在扬州，用学校两个大旗杆真格儿试过。"

张天师记得这事，那次兰胡儿几把就把军校空场里的秋千荡上了天，惊坏了大家。

至于这个戏法，张天师只是听说过，甩起来时秋千板上站两个人，玩各种姿势，最惊险的是一个人腿勾起秋千，另外一个人拉住他的手滑下去，这样两个人连成一串，随秋千大幅飞甩，古书中说唐代宫廷里有胡女表演过。

"咱们这行是险，"张天师叹一口气，"但是太险就不上算了，手不抓紧，摔到老远，还不是伤残的事，要脑瓜开裂。丢人命太多，唐朝皇帝老儿就下诏禁了，所以不传。"

"我不是叫兰胡儿吗？"她不认输，专挑有用的话说，"我就是唐朝胡儿！就能弄个客满铁豆子漫天开花！"

张天师听不进她的话，说她站没站相，说没说相。

"师父，你瞧我就歪树不成材。"兰胡儿不高兴了。

"我是为你好，舍命挣这几文钱，不值。再说，谁能挂在秋千上跟你玩？"

兰胡儿朝四周看了一下："当然是机灵鬼小山了。"

小山把手里的鞭子朝台上一打："我跟你玩！"兰胡儿看了看鞭子又看了看张天师，他却没说话。张天师已经老了，大岗太重，本来燕飞飞可以与她搭档，现在不行了，小山好处是小心谨慎，做事牢靠，不过功夫不过硬——接手时不够灵，虽然他答应得爽快，但是太爽快了，让她怀疑他是否真愿意。燕飞飞的事，被吓得最惨的人就是小山，他身高停止长了，还是不到一米五。

张天师说："急什么，再想想，你们抓紧时间练练今天要演的节目吧。"

小山跟着张天师说："不急，天塌下来，也有师父——"他看了张天师扫过来威严的目光，改口说，"还有明天嘛。"

这一整天到晚上，都没有人提秋千的事。第二天上午他们一起进了大世界场子，兰胡儿忍不住朝天篷看，看得很仔细。顶倒是很高，挂住一个长秋千，依然留下挂两个人的余地。她不敢看在查看场地的师父，把目光从后台的顶篷移到她自己的圆口布鞋上。

隔了好一阵子，兰胡儿才壮着胆说："师父，挂个秋千荡荡，试一试也不着险？"

张天师抬头望了一圈，觉得试试不妨。后台顶架上本来有绳索，他让兰胡儿把两个绳索垂下来，上端扎紧之后，他在下面系了一个木横杠，平常秋千板子不合适腿弯倒挂垂吊。张天师自己先站上去，看看系得稳当了，才叫兰胡儿过来，让她站在他肩膀上攀上木杠，说："试一下，不行，就下来！"

张天师大声问："听清了没有？"

"听得山响！"兰胡儿爽快地说。

她晃悠了几下，一用劲，就开始荡起来。

"慢一点，慢一点！"张天师叫着。但兰胡儿越荡越高，张天师招呼周围人让开。秋千从一头飞到另一头，在空中呼啸直响，兰胡儿知道秋千甩到边上最高点那一瞬间是变换姿势最适当的。在甩到左边时，她就顺手下滑到木杠上，再甩了两圈，到右边顶时她突然滑下，只用双手攀住两边绳索。秋千对着舞台中间直冲下来，兰胡儿身体柔柔地来回一摆，秋千一借力，飞得更高了，她把身子一起，双腿勾到木杠上，身子倒挂着在空中飞起来。

张天师大叫："好了，好了。"当秋千落到中间时，他冲上去一把抓住，让秋千摆停，绳索扭荡几下，也就停住了。"可以做，但是两个配合就难了，你一个表演还可以。不过也千万得小心！晦气话说在前头，我可不想看到又来个燕飞飞！"

兰胡儿不以为然，说："一人演谁看？幼稚园的玩意儿？高点而已。要荡就要双牵手飞仙满堂红！"

张天师想了一下，问小山怎么样。

小山怯怯地说："就这些动作，还可以，往下挂就太难了。"他停了停，看了一下兰胡儿，"兰姐姐这天不怕地不怕的精怪，谁知道会想出什么招数来。师父，我心里没底。"

兰胡儿不高兴了，脸一沉："是我往下挂，你拉紧我的手就端好。我们这行当不就是弄精作怪？"

"我这碗水，你做姐姐的还不知，给你打下手行，上险处，我就觉难。"

"小山说话怎的没核了，昨天还硬当当地答应。"

"不要吵了，"张天师说，"秋千先不荡，你们挂一下试一下，挂定不动在这中间。我和大岗在下面保护。"

小山站在大岗肩膀上，攀上高架秋千，兰胡儿站在张天师肩上，也攀了上去，两个人站在木杆上左右手，都拉着绳索，兰胡儿让小山倒挂，秋千没有荡起来做这动作简单，然后兰胡儿倒挂下来，双手抓住小山的手腕说："小山，抓紧，我要松开腿了。"

小山点点头，兰胡儿一松腿就直落下去，双手伸出。小山有准备，但还是吓了一跳，手没有捏紧，兰胡儿倒头直掉下去，正好就落在张天师和大岗的手臂里，但是脑袋还是在地板上磕了一下，痛得她"哎哟"一声叫起来。

正在这时，门口有人叫了一声："噢奇！"原来是加里正跟着所罗门进来，进门时脑袋不知在门框什么地方碰了一下。他捧住脑袋叫了起来，所罗门看见台上的情形，转过头来看他，奇怪地说："你们两个究竟谁在喊？"

看到兰胡儿也在揉脑袋，所罗门看蒙了。

小山已经手攀住秋千架，跳下地，跑到兰胡儿跟前，直道不是。张天师一脸不快。

所罗门在座位上放下他的黑大氅："你们中国人为什么叫痛叫得那么怪，叫哎哟Ai—YoYo？"

这下子把大家弄蒙了，叫痛怎么不叫Ai—YoYo？

所罗门说，"叫痛应当叫Ouch！刚才加里是对的，就是叫噢奇。"

兰胡儿恨了加里一眼："我痛，你喊什么Ouch？"

加里说："我碰痛了，我喊什么Ai—YoYo？"

张天师脸色阴阴地走下台来，空荡荡的戏场子，还没有人来。这时很静，他突然回过头去看看兰胡儿和加里，想说什么，却不作声了。他的手在自己的裤子上拍了拍，好像要打破这种寂静似的："不要胡闹了，我们快准备演出吧。"

的确该到准备开场的时候了。大岗爬上顶架去把秋千拆下来，小山去准备开水。苏姨每天让他们带中饭。中午吃饭没有准时间，也不方便，他们早上吃饱，中饭放在饭盒子里，用开水泡热一下就可以吃。从小习惯了，在街上练摊也是这样做，他们没钱上饭馆，哪怕这大世界各种名小吃的香味飘到鼻子边，也不去沾一下。

第十二章

所罗门看见大岗在收拾一个架子和绳子，他很惊奇地问："怎么，你们想要玩高空飞人？"

大岗说："兰胡儿差点，差点——死了！"他嘴笨，但说到了要害。

加里一听脸都白了，他一把抓住兰胡儿，只抓到她的长发："你没事吧。"

"没看见我活蹦乱跳像个蚱蜢？"她甩掉他的手。

所罗门走到台下，张天师跟他大致上讲了一下，讲得飞快，所罗门摇摇头，没有听懂。台上的加里给所罗门翻译了一下，说了一通。

所罗门摇摇头对张天师说："太危险，老朋友，不要弄有性命的危险游戏。我会想出办法来的。"

这一天的戏还是旧节目"铜钱搭桥"，加里和兰胡儿上台，接着是加里的"悬空飞牌"，大岗"头顶瓷缸"，"仙女撒花"兰胡儿一人演，她拿伞走绳一次，再拿司的克走一次，比以前一绿一红两少女同起同落，精彩程度差多了。

张天师和所罗门的节目在最后。两人一边照顾着后台，一边看着场子，不管大岗与小山如何起劲地敲锣打鼓，不管兰胡儿表演何种柔功，留声机放什么煽情的流行歌曲，场子里的看客比以前少得多，新客大多是第一次来大世界的小孩子们，拖着父母的手不愿意走。老客很少，他们都看过了，路过，晃一眼就走，有瘾头的老客真是比不上弹词戏文，新客又不如电影。

看来不下狠心，唐老板真会拿他们开刀，赶出大世界，弄个新班子来招客。

所罗门哪怕想着心事，也不像张天师那样露在脸上堆上眉头，他总是莫测高深地摸着他的半白胡子。这两天所罗门对兰胡儿还是不冷不热，不过对加里却没摆父王的谱。她在高高的单木凳上做柔功衔花顶碗，下面张天师的大袍戏法"红花金鱼"得细工慢活准备，她有意多花些工夫。木凳窄小，她转动身体，一只腿抬起，放下，另一只腿斜出，又放下。唱片放第二道，听得人心眼儿烦。

兰胡儿接过小山递上一叠碗，接碗到左脚，又接碗到右脚。平时练时用的是瓦片，上台用亮眼青花瓷碗。三叠青花瓷碗，每叠四个，正顶在她颤巍巍的头顶和双脚上。小山做了个手势，她的双脚伸开，只靠嘴咬住花，翻倒在半空中。小山和大岗从左右两侧过来。取过脚上的碗，她再用双脚捧取下头顶的碗。

这是最后一个动作：踢碗，翻身，落地，再伸手接住踢出之碗，本是最难做。她对自己说，好生稳住，等最后关头亮彩。她口衔住花里的钢架，躬起身子，随着音乐左扭右摆，等小山给信号——也就是张天师准备好给小山信号，她才可以做最后的动作。

张天师那边越急越做不好，大岗今天也不知为何手脚格外迟钝，把带水的金鱼玻璃缸给张天师时，打翻了里面的机关，金鱼活蹦乱跳在地上，红花本就是绢花，只是要拾起鱼来重新放妥水。

加里在帮所罗门准备汽油之类，还有灭火器和水桶必须放在一边，这些东西缺一不可，若是万一做戏法有点漏洞，着了火，那可来不及。

兰胡儿用牙齿咬住那么一点钢东西，整个身体悬在上面，再多一秒钟就坚持不住，这时张天师朝小山做了一个手势，小山又朝兰胡儿做了信号。她盘在头顶的双脚，把四个青花瓷碗往高处一踢，喊一声"嗨"，倒翻到台上站定亮相收势，收势中右手一伸，把落下的一叠碗手里接住。这是最赢人喝彩的一招。

可这一次她觉得有点不对劲，盘弄柔功蜷翻身体时间太长了，双脚踢碗时，腿里少一把准劲，抛出的线就有点偏。

她一个后翻站定，伸出手才发觉事情非常不妙，碗斜飞出去，眼看要落到一边。

急着想落出一个漂亮的收势，若跳出一步去接那叠碗，收势就破了，如果那叠碗掉在地上，就会响亮地砸碎，满地瓷片。看客必然喝倒彩。

两难之境何弃何从？她倒翻到空中正要落地，偏偏天师班正在节骨眼上，任何失手，会有人——那个监场子的人坐在下面——会去报告给那个僵尸臭虫混账唐老板，哪一种砸场都会被赶出大世界。这一瞬间，她乱了方寸，如有千万颗尖针扎入般痛。

刹那间的事不容她决定，她落地做了一个漂亮的收势，展露笑容，心里备好了听到一叠瓷碗落地的满场倒彩。

就在这时，一个黑西装白衬衫白手套少年，从台侧大跳一步到台上，伸手接过正从空中落下来一叠四个瓷碗，顺势举起，好像是早就安排好的收尾巧法。

这突如其来的结局，全场欢声雷动，连在一边还没有看出名堂的张天师和所罗门都加入座中人一片喊好之声。张天师在心里标了个尺寸，如果自己年轻十岁，恐怕这奔过去的速度，还可挽救局面，但是也抵不上加里那小子的手脚和临场变化的机智。

加里一手抱着一叠碗，一手递给兰胡儿，两人手拉手面朝看客鞠躬，在掌声中下场。兰胡儿走到后台，小山赶快把碗从加里手里接过去。张天师已在一片锣鼓声中穿着大袍精神抖擞地上场。

兰胡儿一直没有放开加里的手，正要问："你怎知我接不住那刁钻碗儿？"话没说出口，她看到他一脸灿烂的笑容，突然止不住眼泪，一把抱住他哭了起来。也不知为什么哭，她没有感到什么委屈，躲过砸场的羞辱，避开了与大世界马上告别。她好像有许多哭的理由，没有一条能道清她为何这时候要哭。

加里让她的头靠在肩膀上，轻轻拍着她的背，说："就好，就好。"他也不知道为什么这么说。但是这样一哭一说，她忽然就觉得心里轻松了许多，刚才接碗不过是平常小事，月穿窗，云飞树，没啥可惊奇的。但是她心里回旋着一种说不出口的快乐，像是生生接了一整把天上掉下的最美妙的乾坤珠宝。

第十三章

台子上张天师手中红花变出红金鱼来，有大岗的鼓声配合。后台里兰胡儿抬起头来，抹了一把眼泪："你总会来救我的，对不对？"

加里正好也在说："你总是会来搭我一把，对吧？"

他们俩都没有说完，惊喜地看着对方，忽然咯咯地笑起来，赶紧捂上嘴，那鼓声盖住了，不然全场都能听到这笑声。他们捂着嘴，弯下腰，笑着，指着对方的脸，眼睛闪闪发亮。

兰胡儿迟迟疑疑地说："难道——只要我们在一起——"

加里接下去说："就不会有闪失。"他想了想："我自己也不知道刚才怎么会跳出去的。"的确，他没有练过如何处理空中接碗，甚至不清楚兰胡儿这个收势应当怎么做。他本能地朝空中一看，就明白了应当如何挽救。

而且，他想起兰胡儿做助手后，他的戏法越来越神妙，手法越做越花哨。

"难道我和她——"加里出神地想。

兰胡儿想说什么，却没法说出口。

多少次在梦中，她听见他说：让我们一起来看美画片的人间。他和她穿过黑黑的通道，她跑不动了，他拉起她，路上不时有腊梅芬香桃花艳丽。他消失在大世界，不错，就是大世界。她焦急地找，找啊找，找到一面古铜镜子，他居然在里面，朝她伸出手臂。她踮起脚尖，羞得闭上双眼，一颗心狂跳不已。

加里低下头来，叫了一声："兰胡儿。"

兰胡儿说："你的手，手心里有心。"

这时他们听见所罗门在后台轻声叫加里，声音里有点不耐烦。的确，下面的"四分艳尸"还没有准备好道具箱子。她脸上的妆已被泪水弄糊，眼圈黑成一团，口红也淡掉，她得赶快去化妆，这具艳尸必须漂亮。

晚上收场后，兰胡儿看了一下加里，加里也在看她，两人一句话也没有说。都懂了应当留下。

等到其他人都走了，加里才说："我从来没弄过杂耍，从小还没有荡过秋千，我不知道怎么玩。"

兰胡儿看着他瞧着后台那高架上垂下的绳子，他真是明白她的心思，省了她向他说这想法的工夫。她系上秋千，加里说："你先做一次，让我看。我再上来，我们一起试试。"他把外套脱了。

兰胡儿点点头。

他们在里面折腾了很久，外面张天师和所罗门在场子大门缝里张望，看到两人在练飞紧张得气都不敢透。

他们互相看一眼，不知道说什么才好。还是所罗门觉得离开的好，他用手肘碰碰张天师。他们走到走廊另一头。

"你是先知，无所不知，你说说这是哪门子事？"张天师问。

所罗门听他话中有责备的口气，似乎是他一起隐瞒着什么秘密："我尊敬的天师，张神仙，我还等着你，告诉我是什么一个究竟！"

这下僵持住了，谁也没把问题想清楚，只得往楼梯下走，所罗门走得很快，也不管张天师跟上没有，他说："只有一个可能：他们俩是——"

张天师急了，与他并排而行："说下去，是什么？"

所罗门说："我只是猜想。"

"为何不说出来？"张天师急了。

"猜想的不算，所以，不说了！"

张天师几步先下到楼梯底端，双手摊开，挡住路，非让所罗门说不可。

所罗门索性说个痛快："是你从沪西曹家渡那个人贩子手里买的？十多年前？"他耸了一下肩，"我真他妈老了，记不清他姓马或是李。"

张天师急忙争辩起来："不对，我是从一个客栈主人那里买下兰胡儿的。在曹家滨，说是孤女，你知道，我们不买有家室牵连的，哪怕有卖身契，出事都不好说，我们这一行孩子活不长。"他叹了一口气。

"那么他们是一家子，到底是不？"所罗门问。

"我倒要问你从哪里买来的。"张天师一步不让。

两人坐在梯子上，仔细搜刮记忆。

张天师买女孩的时间是傍晚，天未黑尽，所罗门买男孩时是漆黑天，他吃过晚饭去的。

"你先买的，你看到两个小东西在一起？"所罗门问。

"哪会呢？人贩子不傻，他不会像卖小狗那样让我挑。我记得只说要女的四岁，五岁太大了，不好练骨架子，太小的婴儿，我一个男人家，怕养不活。"张天师停了停，"他一个个领出来让我看的。"

"糟糕，我先说好要男的。"所罗门看着张天师，愁容满面地说，"我们这一行收男徒，你知道的。不过我对那人说，我要六七岁——当然，哪能相信人贩子。他牵来的加里，看来只有四岁样。孩子怪机灵，抓着我的腿不放，我本来不想要，可心一软，就没计较太小。"

张天师沉思良久："那么你知道加里的生日吗？你总问过？"

所罗门笑起来，"人贩子会记下小孩生日？作罪证？我把买的那天算作加里的生日——三月三十一日。"

"我也记兰胡儿的生日——买日，二月十日。"

"不是一天。"所罗门松了一口气。

张天师一拍脑袋，说："糟了，怕是同一天，我记阴历！"

"什么阴历阳历，这样扯下去，扯不清楚。"

"我被你弄糊涂了。"

"我问你，我们这么互相盘查有什么好处？"

所罗门说："真是的，好像我们犯了什么——不过——"他没有说下去，却往回路上走，回到杂耍场子门口。在门缝时一看，招手叫跟在后面的张天师快到门缝里看。

兰胡儿与加里的秋千正恰荡成最大幅度，两人蝙蝠似的腿倒勾住秋千架，上身倒挂下来，却倒着身子拥抱在一起，想接吻，但是仅脸擦着脸一瞬间就分开，从一头猛飞到另一头。

张天师揉揉眼睛，再看。又拉下所罗门一起看。所罗门问他："怎么办？"

张天师毅然举起手来轻轻敲门，他说："男女之事挡不住，五服之忌必须遵守，兄妹之伦更不能乱。"

所罗门按住他的手，严厉地说："怎么就拆散？他们是不是兄妹，还没有能肯定！"

"先肯定不是兄妹了，才能谈别的。不然，生出儿子是天生残废。"

所罗门直摇头："肯定是兄妹了，才能拆散。中国人怎么这个样？两个少年人，刚拥抱，准备接一个吻，吻还没有成，就想到生儿子了？！"

他们从门缝里看到里面的两人分开了，攀回秋千架上。兰胡儿毕竟训练有素，很机灵地跳了下来。加里很兴奋，掏出一块绿方巾，手转了一圈，成了一朵玫瑰递给兰胡儿，她不好意思，把自己扎头发的红发带取下来，他把花插在她头发上。兰胡儿居然把发带交给加里，侧过身。"天哪，他们在交换定情物！"张天师叫道，把门敲得咚咚响。兰胡儿带着羞涩的红晕奔过来开门，看到是他们俩，高兴地喊道：

"加里能演，我们能演——明后天就可打大海报：加里王子与兰胡儿公主合演'空中飞人'！"

张天师与所罗门面面相觑，一时没有话。加里过来说，"父王，你就同意了吧！"

兰胡儿说："其他节目我做加里助手，这个节目加里是我助手，两厢扯平，银子如何嗒嗒转父王师父商量。"

所罗门断然说："我们玩戏法不玩杂耍，玩假不玩真。"

"父王，答应了吧！"加里说。

所罗门知道天师班那个可怜的姑娘需要钱治腿，想起他和张天师在唐老板办公室受到的侮辱，他看了加里一眼，不耐烦地说："好了，收拾吧，我们早该回去了。"

兰胡儿说："师父，我们这下可往那个姓唐的麻麻脸上打几颗钢钉！"可是张天师脸上一点笑意都没有，她不知这话错在哪里，她总是讨不了师父的好。

四个人在大世界门外分手，各自往自家方向走，兰胡儿和张天师过了马路，走进小街，张天师就把兰胡儿头发上的玫瑰摘了下来。

兰胡儿看着张天师，张天师手一动，花就不成样了，扔在地上。

张天师看到她眼里含着委屈的泪花，就只是说："真是没有出息，尽出我的丑！"

第十四章

燕飞飞度日如年地盼着拆右腿石膏时间。可能是伤口痊愈痒，她几乎常常到凌晨鸡叫第一遍时把兰胡儿踢下床。兰胡儿若不是有本领睡地板，肯定早被她折腾坏了。

燕飞飞说："好样的，快去师父那儿告状。"

兰胡儿揉眼睛，不说话。燕飞飞伸过那只好腿，去碰兰胡儿的肩："大家都靠你挣钱，连我也要看你脸色吗？我上不了台，你才这么重要。"

可是兰胡儿在地板上翻过身，闭上眼继续睡觉。眼前出现了加里拥抱她的情景，她浑身热乎乎，他想吻她，可是胆战心惊闪开了。心里有个人的感觉竟然这般甜蜜，闭眼睁眼都会看见他。

她在师父房里见过一张发黄的照片。女子在前面，眉是眉，眼是眼，鲜花一样受看，身后站着两个豪气的青年汉子。传说若真，那女子就是苏姨，轻重瞧不出那人尖尖模样，也看不出师父曾经是那般戏里英雄。晃一个道错过一条河，人生就事事不方圆了。

大岗出来解小手，听到过一次燕飞飞半夜牢骚，他站在房门外看着阁楼。燕飞飞声音并不大，每个字都故意刺人。

大岗一直喜欢燕飞飞，但以前是一个做哥哥的喜欢。燕飞飞被唐老板整惨了之后，整个人变了样。自从她从医院回来后，那种认命的绝望，使一张本来姣美胜过月份牌美女子的脸，变得又黄又瘦。她见着他脾气更大，可是燕飞飞越是狠，大岗就越对她好。

燕飞飞自然知道大岗对自己好，可是她认为自己不配，叫那个坏男人糟蹋过了，她不能跟他好，她对他说，腿一好，她就要到江里洗掉身上那男人的臭味，再也不让任何男人碰身子。他不知怎么办。

苏姨看不下去了，说："大岗，你如果有心思，应该说出来，总不能让女孩子来求你说吧？"

大岗是个憨厚人，他说他没法说出口。苏姨要他下个决心，他才说："我这人没什么本事，配不上燕飞飞，她跟了我，就得受苦。我怕说了，得罪燕飞飞。"

"我看你们俩是前世姻缘，贫贱夫妻，这事就让我来说吧。"苏姨劝道，"不过她是个苦命人，你就当对她更好一些。"

从那以后，大岗就开始拼命攒钱。天师班能得一点空，他就去拉板车当苦力。上海本来就是住得人挤人，他知道这房子已挤不下。厨房是他和小山搭铺用，师父苏姨进出自己的房间都得侧着身子。怎么也挤不出一张床给他们成亲，只有他自己想办法弄钱去租个地方，哪怕是最简陋的棚屋。兰胡儿看到大岗如此辛苦，就说她愿意把房间让出来给他们，她到厨房和小山各搭一个铺将就睡就行了。

大岗坚决不同意，说兰胡儿睡不好的话，第二天演出会出事。不行，绝对不行。兰胡儿现在是天师班的挑梁角。

小山皱着眉头，突然拍了一下手，说他有主意，兰胡儿得睡好，楼下厨房给大岗和燕飞飞，他就在过道里打个地铺。

不知怎的燕飞飞听见了，远远地甩过话来："谁就能肯定我就站不起来，拆石膏后我苦练功，还能上台。"话里意思一清二楚：谁就能定我的终身？大岗低垂下眼睛，苏姨脸色很难看。

兰胡儿打岔："这话字字在理。飞飞姐姐能上台。我和加里排练秋千，拿到钱就付医院正骨费。"

"那就先谢你兰胡儿了。"燕飞飞碍着大家，从不会与兰胡儿撕破脸。

这天夜里张天师睡不着觉，苏姨却睡得很沉。翻了几转，弄醒了苏姨。"要救眼下之急，就只有出秋千新招，让唐老板掏出钱来。"张天师说，"恐怕也只有这一个办法。"

"两人勾搭过了头怎么办？"

"这只是嫌疑。没准数的事。"张天师觉得这话不通，"不能让兰胡儿和加里好，好了就是害了他们。我就是看不得这两人在一块，更看不得他们说话。"这想法占了先。可是他耳尖，碰碰苏姨，让她听兰胡儿发出轻轻的鼾声。

"睡得像小猪。"苏姨说。

张天师笑了，说他可能是过虑了，小妮子生相思病，从来不会是这个样子，她给加里那红发带，小孩子办家家酒而已。

不过得仔细看他们训练，人命关天的事，不可含糊。他决定第二天让大岗和小山站在两边作保护，万一失手，还有个挡一把劲的机会。

三天后，大世界海报做了出来：

　　地中海加里王子

　　西域妖姬兰胡儿

　　珠联璧合大演出

　　特等惊险空飞人

这等夸口词，连唐老板似乎都挺满意，放在大世界大门当街口，还说："演好了，给你们画大广告牌。"

张天师看完这个海报，心想他们怎么卖力气，都是为这个唐老板卖命。唐老板拿九成五，分半成给他们就算是大恩人惠了。不过如果客满，至少他就可以马上去借钱，给燕飞飞治腿要紧。

舞台地方太逼仄，张天师出个主意：把前排椅子拆掉，就在座池前面演，这样更安全一些，不容易撞到墙或其他道具，而且加上了舞台本来就有的两尺高度，做起来更宽裕。看到唐老板心情不错，张天师就向他提出这个要求。

唐老板说："好啊，有意思，新鲜！台上演到台下！"他说派人来做。

没隔几分钟两个舞台工来了，帮助他们在顶篷上安装秋千绳钩扣，也将灯光调整到最佳位置。没隔一会儿，又来了两个工人，帮助拆座位。

秋千飞人安排到最后一场。等一切弄妥当，秋千就长了好多，飞起来真是虎虎生风。观众从近距离看时，也亲身感到惊险万分。

兰胡儿突然发现自己第一次在这场子表演时，她和燕飞飞在门框上做的身高记号，她在光滑的门缝刻了一杠，她比燕飞飞矮一指宽，现在她高出那记号，虎口撑开也有一手掌。豆子油灯见影大小，她第一次觉得生命危如累卵：我兰胡儿其实也是怕这恶魔秋千！

危险重头戏，张天师说，必须再排练几次。排练时，所罗门也来看了，连连摇头，说这不是加里应当做的事，王子是一国之尊，不能拿宝贵身体去玩这种艺人勾当。但是一排练完，所罗门就要加里和兰胡儿跟他上一趟街。

他们排练任何节目时，都不穿上台服装，全是旧衣服，弄坏了，脱下来用针线补上。这次在绳上来回扯磨，好几个地方都撕烂了，他们像叫花子一样满身补丁。

可是叫花子不必拼命，他们在拼命，所罗门满腔感慨走在他们后面两步。

外白渡桥上这一阵子空得出奇，仿佛就他们三人。他们在他前面，年轻真好，即便在叫花子中间一站，加里也是王子相，兰胡儿，也是东方公主，而且这两个小东西在一起看上去好匹配。他们是兄妹？胡扯！那个不讲道理的天师大概请教了魔鬼。所罗门心里矛盾，他讨厌又喜欢兰胡儿，恨不得天天把加里锁在亭子间里。

过了桥到对面马路上，拐进小街就走进一家店铺。上海各种戏子艺人穷极就到那里，当出戏服。好多人拿了几个小钱，千恩万谢走了，做了回乡盘缠，很少人有机会咸鱼翻身弄了钱去赎回来。

一排排旧衣服中依次看，这种店铺霉味樟脑味，很难闻。兰胡儿在挑，加里跟着她挑。走了一圈，什么也没有看中。突然所罗门看到掌柜坐着的地方墙上，挂着两套一式鲜红的装束，看来是戏班子留下的，同样大小，可能也是给少年舞蹈演员的。扎腕扎踝甚至领口都有一道金边，缎子料，闪闪亮亮，煞是好看。他让两人去试衣：穿上紧身，显出身段。见他们试衣，掌柜的就抬价，要十元。

兰胡儿听见，气得把衣服一脱就要走，说另外一家当铺有同样货色，一元两套。

加里也说不是非要这样式，他把衣服也脱了。

掌柜不屑地说："没钱不要来啰唆！来当铺还讲价？"

所罗门还是舍不得，加里拉着他朝外走，可是那掌柜奔出门来，招手请回："好好，两元成交。"

第一场演出，果然爆满。所罗门坚持把兰胡儿和加里都化妆成深鼻子高目的胡人，他亲自把两人眉毛挑高，兰胡儿嘴唇涂得鲜红，倒真是一个"西域妖姬"模样。场子整理一番重新开门时，观众都拥了进去，刚坐定，就看到锣鼓声中从舞台两边跑出一个红衣少年和一个红衣少女。

两人面带笑容朝观众额首致敬后，就从两边登上梯子，同时跳上秋千。小山和大岗把梯子移走。秋千上的少年少女就开始面对面，腿交叉地站在底杠上，一伸一屈，秋千迅速荡了起来，越荡越高，古怪的西方古典音乐响起来。秋千往左升到几乎触及天花板，猛地回荡，又往右甩到不能再高的地方，再回荡，灯光照射着。看客脸往左往右，仰高，跟下，已经忙得眼睛顾不过来，这两个红衣人在空中像一道虹彩划过去划过来。

看客的心被紧张地提了起来，悬在空中。

秋千正到左边最高点，突然兰胡儿和加里一起喊了一声"嗨"，两人同时放开手，翻过身，跳起来又一起落在荡着的秋千上。他们依然面对面，却是用双腿倒勾在木杠上，呼啦啦快速冲过观众头顶。

这个场面把许多人吓得哇地叫起来，不是电影，是活生生的人在表演，胆子小的埋下脸，还是忍不住想看下去。

他们又听见了一声喊，兰胡儿竟然放开腿掉下来，只是沿着加里的身子滑落，靠他的双手抓住她的双手，两人成了倒挂的一串儿，从左一直俯冲下来，几乎从看客的眼前飞过，又高速冲上右边天花板。

看客中有些人，大多是女人把眼睛闭上，这样狂飞的少女，只靠两人手抓住，万一没抓紧飞出去，肯定摔成血饼，可怜如此年纪做短命鬼。

正在这时，兰胡儿"嗨"的一声，加里松开她的手，她再次在空中翻转过来，他马上抓住她翻递过来的脚。

可是，加里的手没有抓得牢兰胡儿的左脚，只有右腿在他手里，她歪斜过来，马上就要飞出去。看客大声惊叫，有的人似乎要夺门而去。那些胆大好奇的仍要看下去：在悬吊在快松开的一只手上，兰胡儿飞了两个来回之后，竟突然恢复了平衡，她的脚递了回去，加里伸出手一把抓住。全场透出一口气，响起激动的掌声。

那些害怕得大叫的人热泪盈眶，全场都在说："真是想不到，太险了！""太好看了！""吓死我了！"他们拍得手都痛了，还在使劲地拍。

当他俩终于重新站在木杠上时，秋千渐渐荡平，大岗和小山走出来，把梯子架起，把两个人接下来。看客里不少人走上台去，摸摸这两人究竟是不是真人，他们回过头来，对台下说："哎呀，他们不是铁皮做的假人。"这话又引起一阵兴奋的笑声。

第十五章

这个晚上，整个演出，张天师和所罗门都站在场子两端，各自看着自己的徒弟走上梯子踏上秋千，心揣得紧紧的，眼都不敢眨一下，到这时候才长长吐出一口气。

观众看完戏往外涌出，隔着好多人，所罗门朝张天师竖起大拇指。张天师举了大拇指，可是脸绷紧，他看到前排的唐老板笑眯眯地往外走，就追了过去。

他绕过几个人，跟上唐老板，低眉顺眼轻声说："唐老板，你看，你说过，借给我一个月的份钱——只要天师班的演出能做到客满。"

唐老板站住了，这场子里有一些别的戏场的班主，都是过来看秋千飞人的热闹的。他慢慢地转过身来，目光透过眼镜片阴冷地对张天师说："我说过这样的话吗？"

张天师不禁愕然，不知怎么回答。

"你看这里还有不少老板，要是个个跟我借下个月份钱，"唐老板厉声说，"我这大世界还开门不开门？"

别的班主互相碰碰手肘，递眼色，看两人怎么了结，自然不作声。的确他们有的人向唐老板开过这个口，都被拒绝了。

张天师一下明白：自己算是老姜，怎么忘了这种事不能当众开口。他是由于怕回头找不到唐老板——明天若是唐老板不到大世界来，来了，也未必能找上，明天燕飞飞进医院拆石膏正骨，他急到眼门子根上的钱像个气泡灭了，只有今晚，这个机会，这笔钱非拿到不可。

他不好说明这件事，说了更糟，只能把气往肚里咽。稍顿了一下，他说："我们今天做到客满了，唐老板。"

唐老板嘿嘿一笑，说："不要搞错，你拆了三排座位，少了三排就不能按客满算！"他转向那些班主，"诸位老板说，我这话在理不在理？钱是大家分的！"

其他人只能唯唯诺诺，谁也不能说唐老板的话不在理。唐老板看也不看张天师，就转身继续往外走。

张天师一听这话，几乎要晕倒，他不知再说什么好，一辈子走江湖，还没有栽倒在如此歹毒人手里。

兰胡儿还在秋千架上没下得来，看到这情形，双腿一蹬，秋千绳一荡，就荡到唐老板前面空中。

她一声"嗨"跳下，落地一个蹲姿。这空中来人把唐老板吓了一跳。

唐老板一看清，又是这个不知天高地厚的少女，不由得吼了起来："你，你要干什么？"

兰胡儿慢慢地起身，那套火红的装束，辫子松散了，头发一前一后搭在肩上。她盯着唐老板的眼睛，声音并不大，听起来清脆，甚至多了份女孩子应有的柔软：

"唐老板，你当时说话时，我兰胡儿也在场——你说客满就借钱，我听得一字一针，都钉在耳朵里！"她的认真劲，带着孩子的认真，叫周围看客都不得不信，而且许多人都是她的崇拜者。

有人开始打抱不平了："唐老板是一言九鼎之人！"

唐老板一甩手，说："张班主，你管管手下徒弟。"兰胡儿一向管不住，今天张天师气闷胸膛了，根本不想管。

"三排座拆了是你当老板的同意的，客满，就是所有座位都坐满！"兰胡儿转了过来，大声地说，"诸位先生大人，你们说对不对？"

各个班主都嗡嗡的有的说对，有的说不对，还有人在劝双方忍让，也还有人在指责兰胡儿小姑娘无理。但是那剩下来看热闹的观众，却都站在兰胡儿这一边，说怎么欺负一个小姑娘，算什么大老板？

唐老板满脸涨得通红，他岂能在自己的地盘输在一个乳毛未干的小丫头手里？"你想怎么办？"

兰胡儿走前一步，和蔼地说："你晓得我们凭啥根据向你借钱？"

唐老板没有办法回答，只好不作声。

兰胡儿说："我们弄杂耍，天天把脑袋捧在手里，是拿人命换钱。"

唐老板说："你这是——"

"你善菩萨的，肯跟我换命，当然啥子事体都做得。"说着，她就让开道，"请，唐老板请，准备好换命就是。"

唐老板一冲出去，就叫道："反了，反了，敲诈到老子头上来！"他招呼几个大世界的保镖，"去，把这丫头给我抓起来！"

保镖今天大都看过飞秋千的节目，都惊诧着，不知道这个少女武功是什么路数。而且他们也觉得抓一个小女子，不像他们几个大汉应当做的事，况且天师班的几个男人正气鼓鼓走到兰胡儿背后，尤其是那个加里王子，眼睛都发绿了。

唐老板一路从走廊里走出去，一面说："真是奇事，真是奇事，这个大世界我说了算。我撤了这个杂耍戏法场子，这就撤！"

张天师顿时抱着头坐下，整个局面都让这个不知天高地厚的兰胡儿给弄糟了。这下子他们又要流落街头。

兰胡儿知道那唐王八蛋可以击倒师父，可是她不能垮下，她上前想把张天师扶起，"师父，顶顶对不起，我——"她跺了一下脚，不知该怎么说下去。

最后看热闹的一批人，大都幸灾乐祸，他们议论一个黄毛丫头敢和大世界大老板做对头，有啥下场。也有人叹气，人有骨头，就得穷愁饿死！这小姑娘闯了大祸。刀架在她脖子上，她哼了一下有啥错呢？

张天师转过身前，什么也没有说，自己回到后台收拾。他们把场子照例收拾干净，大家沉默地把东西都搬走，准备回打浦桥。

所罗门一直没有听懂这声吵架，加里跟他解释，他听完默然点点头，对加里说："兰胡儿做得对，我们另想办法。"

他们垂头丧气地走下楼梯，不一会儿来到大门口，张天师留恋地看着大世界的门厅，他们二进大世界就此结束，像两年前一进大世界那么惨。那左右侧的哈哈镜永远光亮，灯光下映出他身边五六个奇怪的身影。张天师摇摇头，往门口快步走去。

这时有个人礼貌地走过来，说："张班主，还有兰胡儿小姐留步。"张天师认出此人是唐老板办公室的账房。

他们停住了。那人从腰包里掏出一个信封，说："唐老板让我把下个月月份钱预支给贵址，并且说他对贵班演出很满意，请再接再厉。"

这下子轮到张天师呆住了，原来这个老板还真服一包药。他怕什么呢？怕一个虚声恫吓的少女？不至于，他是上海黑道走惯的，是绑人榨

183

人的祖宗。这个疑问弄得他好几个晚上都睡不好，一直到好久之后，他才明白其中缘由。

"有了钱，明天就不给姓唐的玩秋千了！"张天师断然说。

兰胡儿一愣，但是她马上反应过来这命只玩一次。她和加里几乎同时朝门口的海报伸出手，"哗"地一下撕掉。两人相视一笑。

第十六章

厨房墙上有个月历，大岗一天天画个X在上面。天师班借到钱后，燕飞飞该按医生说的时间去医院解脱沉重的石膏。

不爱出外的苏姨，一早和大岗一起把燕飞飞弄去医院，她让张天师带两个徒弟到大世界去演出。

他们一帮人晚上回家时，看见燕飞飞撑着双拐杖，就问苏姨大夫怎么说的，什么情况。燕飞飞不说话，苏姨也不说话。等到大家把饭吃了，苏姨才说："医生说，髌骨骨折的地方长拢了，骨痂有点妨碍膝盖弯曲，今后走路可能不顺当。"

"可是医生原先说了能正骨，拆了石膏就做，做了就可端端走。"兰胡儿说。

苏姨把一杯茶递到张天师手里，说："晚了。"她叹一口气。

燕飞飞看了一眼兰胡儿："没什么'有点''可能'，我成了一个瘸子。终生瘸子，上不了台了。有人高兴了吧？"

兰胡儿无望地看着张天师，张天师看着苏姨，大岗也看着苏姨。燕飞飞说这话时，语气一清二楚，这个结果大家早就心里有准备，只是谁也不想说穿而已，谁也没有料到燕飞飞说得那么平静。他们一下子不知说什么。

屋子里一时没了声音。狗在那儿狂叫。

"不上台也不要紧，飞飞你就帮助我做点家务，天师班也不嫌多一双筷子。"苏姨从抽屉里把一只手表拿出来，准备给燕飞飞戴上。

兰胡儿认出那手表是燕飞飞出事前给天师班的。燕飞飞不接，说是脏东西。苏姨说这东西还是有用，到紧要时，还能当点钱，不要傻脑袋瓜子。

燕飞飞沉默地接过了手表。

这样沉闷地过了几天，一切似乎平静下来。她与兰胡儿不如从前那么亲密，但是不再像去医院前那么敌意冷漠。晚上两人还是睡在一个床上。

燕飞飞总是先睡，兰胡儿后睡，燕飞飞睡在里侧，兰胡儿睡在另一头外侧。两人都长了个子，这张不宽的木床只要一人不配合，就显挤了，翻个身也难。有时彼此的腿会搭在一起，睡着了，倒出现了小时候的亲热样。兰胡儿奇怪燕飞飞每夜睡得实，不时还会有呼噜声。

燕飞飞渐渐也丢开了拐杖，能够一瘸一拐地走路了。她的脸有点浮肿，不爱整洁，常常不梳头就开始吃饭，也不帮苏姨做事，连洗碗这个活也不干，似乎有意让苏姨不高兴。苏姨忍着不去说她。

有一天夜里燕飞飞照例舒服地打着呼噜，兰胡儿听见师父房里苏姨在说："若是燕飞飞是我的亲生闺女，怎么样？"

"就算我倒霉。"张天师说。

"就是，只得认命。自己有一口饭，就得给她半口。"

兰胡儿推推燕飞飞，不知为什么她很想燕飞飞能听见那几句话，燕飞飞自暴自弃的样子，让她揪着心。燕飞飞就像一朵鲜花，含苞未放就凋了。

她在阳台上看到过美丽的哈同花园，看花了一双漂亮眼。若是演出不出事，燕飞飞依然跟着那个姓唐的，还不知现在怎么样。那坏蛋早晚会腻了燕飞飞，另找新女人，燕飞飞会被几个太太合起来赶出那洋房公寓。天知道燕飞飞怎个跨那坎，或许比现在这结局更惨。

燕飞飞与大岗正面争吵迟早都会发生，这预感让兰胡儿提吊着心。好几次大岗一个在厨房里收拾煤饼时叹气不已。兰胡儿想安慰他，开口又难，就蹲在地上，和他一起掺水捏煤饼。一天演出，回来吃了饭就很累，燕飞飞自当破鼓敲得山响。燕飞飞走过，兰胡儿闻到一股浓烈的汗臭味。

"换一件衣服，舒服。"大岗性格再温厚也有受不了之时，他费了很大劲，才把这句话说出来。

"你嫌我脏。"燕飞飞说。

他结巴，燕飞飞明白却非要他说清楚。

大岗摇头，一双黑乎乎的手往灶坑周边放煤饼。他进一步好心地说："我来洗。"

"我的衣服不需要你洗。"燕飞飞脸绷起来，硬硬地说。

大岗洗干净手，拿来一面小镜子给燕飞飞看，燕飞飞看了一下，"啪"地一下把镜子扔在地上，镜子裂开了一条口。大岗更不知所措，看着燕飞飞。

"你不要这么看怪物似的看我。"燕飞飞瘸着腿上楼去了。

苏姨轻声责骂大岗，大岗沉默着，小山替大岗说话：他是为了燕飞飞好，要她重新振作起来。苏姨说："你们都歇息吧！"

兰胡儿上床就睡着了，不知睡了多久，伸手一摸床，空的。她翻过身去看床那边，只有一个枕头，燕飞飞不在床上。兰胡儿脑子迷迷糊糊，嘴里嘟了一句："人呢？"这时她听见大岗惊叫了起来：

"燕飞飞跑了！"

屋子里的人都惊醒了。兰胡儿飞快起来，抱着柱子，滑下梯子。

大岗说他只是感觉到燕飞飞不在了，他听见门有轻微响动就警觉过来。苏姨披上衣服，大声说："赶快分头去找！"

兰胡儿问："黑灯瞎火啥地方找？"

"什么地方黑就到什么地方找。"

他们说话时，大岗已转头出了门，懂事的猎狗带着他往黄浦江边跑。这个地方离江边至少三里路，燕飞飞走得慢，或许还能把她截住。

苏姨站在门口，她在等张天师，张天师还没有回家。苏姨不希望他回来时，见不到燕飞飞，一个活人在她跟前，就跟一颗灰尘，风一吹就不见了。这是她的错，她说："这个燕飞飞好些日子了不对劲，我就应当看紧点。"

这天散戏时，所罗门找到张天师，问能不能把这个月的门票入息他那一份先付给他。所罗门的话很真诚，这次他们合作，不争名，和睦相处，在分入息时也没斤斤计较，张天师也没向所罗门要借出兰胡儿的钱。如果没有最近的意外，张天师本来应当大大方方借钱给所罗门。

但是张天师手里没钱，燕飞飞进医院，花了不少钱，欠下了唐老板下月的钱，唐老板与燕飞飞一刀两断。张天师有苦难言，他只是说："我手下一个徒弟刚出了医院，成了残废，欠下一屁股债。"

所罗门很失望。张天师拍拍他的肩膀，说看看有什么办法。

两人一起去找唐老板，看能不能预支一点下个月的收入。唐老板这么晚还没有走，好像正在等车子来接。他坐在椅子上，手里握了一支毛笔，在练书法。桌上抽了很多香烟，只是抽了个头，就拧灭了。唐老板正好趁着时机把话甩给他们：

"戏法杂耍，已经落伍了。电影才好看，五彩技术出来，别的戏，别的花样，就只能靠老瘾照顾了。有听书瘾，皮黄评剧瘾，绍兴戏瘾，申曲瘾，可有看戏法瘾？"

张天师感觉碰糟了时间，唐老板对杂耍戏法场子没有新花招很不高兴，自从加里和兰胡儿的秋千停下，看客少了一半。大世界四楼幽梦洋装表演厅改成明月歌舞厅，每晚不到百人，仍不带财运。人大多涌进电影场子，《一江春水向东流》之后，又来了《八千里路云和月》，都是那个苦情美人白杨主演，观众都看痴了，大世界里外都挂了她的巨照。洋电影也来凑闹热，《魂断蓝桥》让观众心碎，五彩电影《红菱艳》鲜丽夺目，全上海惊叹！大世界原先只放三场，现在放五场，跟大光明、美琪三家跑片，摩托车赶送片盘，紧锣密鼓，但大世界生意明显靠电影了。

对借钱的人，唐老板向来连话都懒得说。他放下毛笔，站起来，长话短说下逐客令："借钱当然可以，要是你们下个月就不在大世界演了，我跟谁去要钱？"

这席话把张天师吓得脸色发白。"不在大世界演了"是姓唐的捏在手里的一把利刃，这下子卡住他的咽喉。不过，看最近这个阵势，唐老板倒不是有意欺吓。

他们退出去时，唐老板跟着到走廊里，当着好几个手下人，微笑着说："我不会有意为难你们，你们哪天做到场子真正客满，我哪天会预支钱给你们。多劳多得嘛。"

"他故意加重'真正客满'四字。"张天师一出走廊就说，唐老板表示记着他上次的事呢，"小人得志！"

两人走到街头，大世界的看门人马上把外面一道铁门拉拢锁上。冷风飕飕地吹起街上的纸屑和树叶，天眼看要转冷，来看戏的人会更少。

张天师无话可说，他一向把头皮撞破也要争一下，多少年风里雨里事事难顺，他都没被压服，可最近他不得不服了命。他叹口气说："山穷水尽。"

"山穷——"虽然在中国二十来年，所罗门还是不太跟得上中国的成语，"噢，你是说没有新招了。我有新招！就看敢玩不敢玩了。"他不无得意地说，"我们洋戏招数多的是，中国没有见过的，还多

189

的是。"

"我当然明白，你是玩假的，我们是玩真的，你玩假的什么玩不出来？"

所罗门想想说："不过，要买一把手枪，还必须是真枪，不然看客不认账。"他在街沿上坐下来，"不要叫我去弄枪。如果我有买枪的钱，今天就没有这一番啰唆了。"他向张天师伸出手，问有没有一根烟。

张天师摸摸身上，摇摇头。他在所罗门的身旁坐了下来，看着街上坐人力车的人从他们面前经过，看着夜色越来越暗，昏黄的路灯把眼前的一块地照着。两人情绪低落透底，说这钱怎么就不跟上他们，人一急，钱也更躲得远，钱嫌贫爱富。

这时他们看见街一头有个影子大步奔过来，闪到眼前，因为太快，他们都吓了一跳。影子停住了，一看是兰胡儿，气喘吁吁的，看到张天师，说是大家在到处找燕飞飞。她来看是不是在大世界周围——她知道门已锁了。

所罗门连连说："好事不出门，坏事天天找上门。"

张天师来不及拍拍屁股上沾的街灰，赶忙跟着兰胡儿往打浦桥奔。马路上两排路灯亮眼，美国水兵开着吉普车，一边坐着一个打扮妖冶的中国姑娘，那双美腿穿着玻璃丝袜。车子从跑得气喘吁吁的师徒两人身边飞快驶过。

苏姨左等右等，都没有一个人回来，珂赛特也没影了。她急坏了，又不敢离开家，她觉得这次燕飞飞怕真是没了。

先回来的小山，无功而归，说是跑遍了燕飞飞可能去的地方，都不见人影。

苏姨让小山坐在凳子上，她自己去弄堂口等。当她看到大岗背着燕飞飞往弄堂口走来时，她靠在墙上，抹去脸上的汗。

燕飞飞全身湿透了，冰冷的水顺路滴答成弯弯曲曲的线条。他们全都回到屋子里。大岗跟着珂赛特一起跑，狗嗅赶到江边时，听见暗黑的江水中有扑腾声音，大岗的水性其实并不好，但是他马上跳进江里，游了好长一段，才把落水人抓住，发现正是燕飞飞。

周围有船夫也听到了动静，看见一个人已把另一个落水之人抓牢，就撑过船来。在船板上，大岗把燕飞飞翻过来拍背，才倒出水，但燕飞飞已经失去知觉。他只有又翻过她来，才弄醒她。

小山端水来，苏姨让他们暂时出去，她赶快烧一锅热水，把燕飞飞洗干净，燕飞飞眼泪哗哗地下来，抱着苏姨哭了起来。

苏姨拍着她的背，说："没事了没事了。"

穿上衣服后，大岗进来，给燕飞飞倒了一杯热水喝。燕飞飞只盯着杯子，眼泪又掉下来，她怪大岗救了她，这等于害了她。她说早就想好了要死，不能连累大家。

兰胡儿和张天师正好这时候跨进门来，听到这话，张天师气得吼了一声："你死容易，不想想我们活的人哪个是容易的！"

张天师一向对燕飞飞偏心，从来没有对她这么凶，这次骂得燕飞飞吓破胆，一把抓苏姨的手臂。

"还不醒醒？没脑子的混账东西！"张天师来气了。

经过这种死而复生之事，燕飞飞一下子停住了哭。这才明白了她既不可能一了百了，也不应当再给风雨飘零中的天师班添更多愁乱。

兰胡儿把燕飞飞扶上楼，木楼梯吱吱嘎嘎响，说不定哪天就垮掉，这就是预兆。这楼梯移来移去不方便，燕飞飞腿不方便就没有移开，楼下人经过就得小心。她帮燕飞飞盖好被子，坐在燕飞飞面前。

燕飞飞对兰胡儿说："我再也不会了，相信我吗？"

兰胡儿点点头，这个晚上燕飞飞对兰胡儿说了很多话。那天上医院拆石膏，她遇见了一个二十来岁的摩登女人，觉得眼熟。女人喜滋滋地走着路，怀了孕，穿了件天鹅绒长袖夹层旗袍，也瞧得出来。后来医生告诉燕飞飞腿不可能正骨过来，她撑着拐杖，万念俱灰地跟着苏姨大岗回家，在医院门口她正好碰上了唐老板，也看见了他身边的那女人，果真就是三姨太。唐老板也看到她，他们的目光碰到一块，她整个人都烧了起来，一大串骂人话想出口，甚至想叫大岗去打个灵魂出窍。但是燕飞飞猛一下转开头。

姓唐的马上跨进车，拍拍司机的肩，车子马上冒着一股烟开走。

"忍天下最不能忍，"她说，"为了整个天师班。"

兰胡儿觉得燕飞飞用了一生的力气说了这句话。那一刻她居然对那个唐烂球啥话也不说，她兰胡儿五体佩服。

终于，燕飞飞安静了，她依靠着燕飞飞躺了下来。远处鸡在叫，天都快亮了。燕飞飞认准了命，她兰胡儿的命，他们大家的命随风飘絮，不晓得挂哪枝哪树哪墙头。

苏姨和张天师在楼下说话，苏姨说："这一年人老得快。"

"马上要到给师弟上坟的日子了。"张天师说。

"东西我准备了。"

"你真好。"

"等你睡一觉吧。"

兰胡儿听着楼下房里的话，想他们上坟，那就是小山说的张天师的师弟吧，她见过那张发黄的照片。听人说了若是没有尸体，那么也得建坟，坟里放些死人的衣物，叫什么衣冠冢，招魂归来，方可转世投生。

兰胡儿想想那一段道不清的苦情孽缘，牙一咬，偏不伤心。她很想悄悄跟他们去，可是睡过了头，跑下楼去时，张天师和苏姨已不在了。

第三部

第一章

上海最能风行新词。1948年被人说得最多的新词，叫"通货膨胀"。弄堂里不识字的佣娘也会说这四个字。物价每天变，厉害时成了每小时变。

发到金圆券薪水的人赶快冲向大街店铺，换成大米、煤油煤球，高明的人领美钞银圆，或是民国初年发行的银圆"袁大头"。蒋经国皇太子要大家把黄金美钞兑换成金圆券，换了这玩意的人，不久都悔恨不已。

开始大世界的门票还能用大选钞票，票房点不过来，后来就要看客付美元或银元，情愿大降价，卖周票月票包座票。周票上可以打七个孔进门，合算。上海这地方也怪：人人闹破产跳楼，还是有人进大世界。张天师给大岗新任务：每次分到大袋钞票，他马上扛了奔去买米买盐，或者煤球。不管什么价，买到实物才是拿到钱，不然只是分到一袋纸片。

买到的户口米里有小虫子杂草小石子，苏姨带着他几个徒弟，坐在弄堂里趁天光未淡尽，把石粒谷壳拣出来。那时上海百姓都得做这事。

大世界门口收美元银圆，分给天师班的却是金圆券，唐老板这么一换手，不知道赚了多少。不少班主怕被踢出大世界，不敢找唐老板抗议。倒是那些小贩们往来大世界，在每个厅里拉生意，直接倒卖美国产的扁平火腿蛋罐头，小包压缩饼干，几块口香糖，一小包柠檬粉，一块硬巧克力，还有迷彩军服，大皮靴，"原子笔"，尼龙丝袜，附近街上的妓女们也直接到场子里招客。大世界大厅里人来人往，啥模啥样，匆匆忙忙，大世界从来没这么多杂人。

张天师拦住要去找唐老板的徒弟们："这个年头，有一碗饭吃就不错了，还能图什么？"

小山说："那个唱弹词的苏州女人，就从唐老板那里分到美元。"

张天师一笑，没有回答。他想到了燕飞飞的命运，小山说这种话太没意思。他们以前还有资格嘲笑卖唱又卖身的艺人，现在连清高话都说不出口。其他场子大都拿金圆券，他们只能拿金圆券。现在每天分钱就算不错，要是像以前那样分月钱，就更不像钱。

所罗门和加里就没有办法，两个人就是有分身术，也没有本事扛了大袋钞票去抢购。所罗门身体大不如去年，时常感冒，加里顾着演出忙不迭。这难处，大岗一肩担了，他挑担送去抢购的货。

但是面对这白的大米黑的煤球，加里一筹莫展，所罗门也没有办法，他们租的客栈亭子间完全没有地方可装，只得塞在所罗门的床下。但是需要买东西时，还要扛出去，以货换货，头痛还是没有解决。

这种日子过了两个月，所罗门忍无可忍，他知道张天师不肯找唐老板说话，但是他不能整天像拾废纸的老头，去扛一大袋金圆券。他断然带了加里到唐老板办公室，到这种时候，他的中文不够用，人家一打官腔转几个弯儿说话，或是上海话与宁波官话混在一起说，他就只有干瞪眼。加里能把中文各种方言都说得溜溜转，所罗门称加里是他的"外交部长亲王阁下"。

唐老板办公室外面的保镖倒没让他们久等，可能高鼻子还是有点不一样。唐老板不久就走出来跟所罗门握手。他没有理睬加里，虽然加里已长成一个高挑个儿宽肩膀的英俊青年。唐老板不必与什么徒弟辈的人打招呼，就像别人也不用跟他的保镖握手。唐老板走到办公桌前，把毛笔煞有介事地举起来，蘸着砚台里的墨汁，写起来。

所罗门简短地说："打扰唐老板，但是你付给我金圆券？是不行的。抢买米，我本事没有。你给我美元是我的希望。"

唐老板搁下毛笔，推了推鼻梁上的金边眼镜，哈哈大笑："我有美元当然给你。"

所罗门说："大世界门口，收的是美元。"

"大世界什么钱都收，只要是钱，都是一样的，都按当日晨报上的汇率兑算。我分给你们也都是钱，都是一样的。"

所罗门听懂了，却未想出用什么中文，才能驳倒这个中国无赖。

加里一着急，只能自己来说。他拿出拎着的一个袋子说："唐老板，这是刚分到的钱，五十五万法币。按今天早晨的汇率，可以买两张大世界周票还有剩余，此刻我下去到门口，如果我买两张大世界周票，就不再来找你，OK？"

唐老板反应快，他坐下来说："通货膨胀，早晚汇率不一样。"

加里拿过沙发边上放着的晚报眼睛一溜，说："晚上汇率是一百七十三万金圆券兑一美元，"他马上算出来，"这袋钱，五十五万金圆券，现在值三十二美分。你的周票是十五美分一张，这不还有一点富余？"

唐老板脸色开始难看了，他仔细打量这个头脑太快的加里，说实话，跟这青年人说话实在是降了自己的身份。不过一旦开始说话，就真得小心。他口气轻描淡写："晚报是下午两点开印时的汇率，晚上又不一样了。"

加里把袋子递到沙发边，放在他的脚前："那样，两美分余钱就涨掉吧，那么我去买两张周票？"

唐老板站起来，朝所罗门说："这个年月，你和我，谁都不容易，年轻人自以为聪明，容易被过激党利用。"

这句话所罗门听得懂，"过激党"这个词常用，他说："有美元就行，有美元谁也不做过激党。"

唐老板知道不得不说硬话了："你，是玩戏法的，大世界跟你以前

197

跑码头不一样。跑码头可以同样戏法，到各个码头演，流水的看客不会重复。到大世界来，大部分是老客。戏法不拿新的，看过一遍的人不会再来看。"

加里说："我们和天师班为你玩命演秋千飞人，到头来还落个不是。"

唐老板不理睬加里，对所罗门说："现在大世界推行周票、月票，老客多新客少。你看怎么办呢？"

"你要我拿出新节目？"

"新的好节目，人人都想看的。"唐老板笑着说。

"新节目就给美元？"所罗门问。

"看客多了就给美元。"唐老板决定摆脱纠缠。这魔术嘛戏法嘛，也就这些招数，这个洋老头这几年在大世界什么招没试过，有招他早就演了，风光过了，目前急得来找他，已是穷途末路。

加里又插嘴了："怎么多才算？人都说你给评弹场子美元。"

唐老板仍朝所罗门说话，不过明显是回答加里："你们的看客超过评弹场子，就给你美元。"

所罗门说："说定了不反悔！"

"我唐某人从不食言。"

"好，唐老板。"所罗门说，"但我要借你一样东西——你的手枪。"

唐老板吓了一跳，这是什么招？

所罗门哈哈大笑，连比带画地说了一大串，把唐老板的兴致也逗起来。之前市面上禁舞抓舞女，四楼舞厅关掉，大世界热闹一直没缓过来。唐老板想了想，走到窗前，外面的马路上天空蓝，路人仍是衣服丽都，上海都穷成这样，愁成这样，挤成这样，面子上还是穿得尽量像样子，他一回头，说："借枪不借子弹。"

"行。"所罗门说。

唐老板看了看所罗门，这个乱世，自从日伪军投降后，枪械子弹流失民间多的是，他借不借也无所谓，反正所罗门没有子弹。他走到办公桌前，用钥匙打开抽屉，取出一把勃朗宁手枪，推开弹仓，把五颗子弹全部倒出来。然后递给所罗门说："借你玩玩，戏法出事我可不负责。"

手下人走过来，低声说："唐老板，人到了。"

唐老板拿起一根烟点起来，说："安排在伊人情包间，我一会儿就到。"他坐在椅子上，一动也不动。

走在过道上，所罗门问："这个唐老板写来写去都是一样的字，我的王子，他到底写的是什么东西？"

加里说："他写的是'文行忠信'。"

"什么意思？难道还能跟《圣经》相比。"

加里想了一下，一本正经地说："不能比，像一个文化人一样有德行，像一个忠臣一样有信义。"

所罗门笑起来："这个唐老板，倒真是个伪君子也！什么时候我们也用他这四个字派派用场。"他碰碰加里小心拿着的布袋，大步走开了。

第二章

　　燕飞飞夜里不踢兰胡儿下床了，兰胡儿早上醒来发现自己在床上，还觉得不习惯。晚上几个人坐在桌前吃饭时，燕飞飞看大岗的眼神也不一样了。

　　人心一变啥都变，铁打的锚沉下河。燕飞飞跛着一条腿，接过苏姨的洗海员衣服的活儿。同条弄堂的邻居是踩黄包车的，患了病，大岗空余时间也去踩车，比原先拉板车辛苦，但是挣钱稍稍多一点儿。

　　两人准备早日攒够钱，把婚事办了。有一天，兰胡儿看到大岗肩上扛着燕飞飞的蓝花布包袱，那是给江边海员洗干净的衣服，他一手搀扶着燕飞飞，向停靠着的船跳板走去。看着他们的背影，两个人像一家子，本来就是一家子啊！她眼一下子就湿了。

　　所罗门的衬衣扎在裤子里，袖口和衣领都烂了，他的眼睛有点老花，就把灯线放低一点，坐在地板上对着灯光琢磨这把老式勃郎宁HP35手枪。该是三十年代产的，比新式的德国鲁格手枪大而沉，但在台上，这样的枪正好能吓唬人。

　　"我的王子，你把床下的箱子拖出来。"

　　加里先把一布袋煤和乱七八糟的东西搬出，然后才拉出箱子。所罗门打开箱子的锁，让加里从这个八宝箱里找子弹。箱子里什么旧玩意儿的道具都有，许多东西不知派什么用场。所罗门对蹲在箱子前的加里说，他记得有几颗长满铜锈的子弹。

翻得一手脏脏的，加里找到了六七颗子弹。说，"好像不对，不是这个枪用的。"

所罗门拿过子弹，各式各样，形状各异，都无法推入弹仓。他琢磨了一阵说："上砂轮，磨亮，磨短，可以装进去，不过让我先把这些子弹做个小手术再磨。"

看着所罗门做着，加里纳闷了："父王，你为什么要为唐老板演这个戏法？你不是说这戏法绝不能演吗？一百年前在巴黎演过，出过事，后来在伦敦演过，也出过事，此后就没人再演这种戏法。"

"好记性，我告诉你的事，你一样也没忘。"

加里看着所罗门眼角和脖颈上的皱纹，这两三年他老得快，只是天天在一起，不觉得而已。所罗门不回答，加里不死心，又问了一遍，"为什么演？"

所罗门不耐烦地说："不是要美元吗？"依然在摆弄。

"拿了美元不过是多买一点米。"加里说，"我们穷惯了，饿不死就行了。"看见所罗门不说话，把倒空了火药的子弹递过来，他就按照所罗门的指示，在砂轮上磨子弹。两人把砂轮装在桌子上，下面装了一个踏板，用的是旧缝纫机部件，皮带能旋砂轮转。这是他们的主要工具，所罗门老是嘲笑上海街上磨刀的小贩，扛着一把板凳，加一块磨刀砖，吆喝着沿弄堂走，给婆娘们磨刀。所罗门说："不吃大世界，我们就带着砂轮磨菜刀，比那些人强些，能混个饱。几千年不变那些中国匠人，一点摩登思想没有。"

加里不理这种对中国人大不敬的话头，倒不是"爱国"，而是觉得自己鼻子不高眼窝不深，虽可说洋话，玩的又是洋戏，车的也是洋砂轮，说到底不是洋人。他好像什么身份都没有，干脆不去想中国人为什么不用砂轮磨菜刀。

所罗门专心地磨子弹。

"父王，你到底要美元做什么？"

所罗门抬起头："你小子在想什么？"

"是我问你在想什么，父王。"加里话中带刺地反问。

所罗门沉默了，过了好久，把已经磨刮得锃亮的子弹，装进弹仓，才犹疑地说："你小东西没有翻我的宝箱吧？"

箱子装了锁，里面小箱子也上了锁，打开两把加固锁，对加里来说不是什么难事。但他不会动箱子。加里接着磨子弹，说："不就是你天天半夜翻看的家什嘛，我才不想看，几本破书，那些关我们的日本人最后都不要的东西。"

所罗门叹了口气说："好吧，也到了要告诉你的时候了。"他用锁打开外箱，另一把锁打开内箱，从中掏出一本什么古版本的《旧约圣经》，另外是一本笔记，上面密密麻麻记着意第绪文，还画着图。他告诉加里，近段时间加里演出节目太多太累，不好分加里的心神，他所罗门王对上海已经没有留恋。他一辈子流浪惯了，本来以为有加里这个王子，可以在上海过一辈子，现在国共打得厉害，国军完全不是共军的对手。他们——他和加里，又得上路。

"一切都是早晚的事，我们手艺人不管政治，政治常常要照顾我们。已经尝过一次斯大林的味道，不想再尝了。"

"你想到哪里呢？"加里头也不抬，依然在磨子弹，心里七上八下，他的手停了下来，只是半分钟，又接着磨下去。

所罗门望着昏黄的电灯泡，说到了把绝招传授加里的时候了，那是他的"四大秘术"，但是要一套一套教，因为这是他一辈子钻研的成果。教会了加里，两人就能吃遍天下。他所罗门准备躬身退出舞台。所罗门承认先前总是防一招，怕这徒弟学完他的手艺翻脸不认人。这考虑已不必要了，他不担心这个——反正今后不玩魔术了，他一生的琢磨心血，得后继有人。那人只会是他最心爱的加里王子。

四大秘术中有一套就是"当台开枪"，要美元就得露绝招，不过得仔仔细细摆弄。

"还有哪三套秘术，不想知道吗？"

加里腼腆地笑笑，灯光打着他年轻的脸上，有层柔和的光。

所罗门望着加里的侧影，说："俄国人恨犹太人，我跑了；到波兰，那里人还是恨犹太人；再跑，差点到德国，落在那里就尝毒气了——八百万犹太人死在希特勒手里！我到上海还是对了。但现在上海犹太人都在往美国跑。我不想去，美国是富犹太人的天堂，我这个穷变戏法的，到那里还是穷鬼一个。我年纪大了，要找个终老的地方。穷犹太人，还是回到耶路撒冷。"他笑了一笑，"所罗门王还是回到他的坟墓里去。"

加里停下手中的活，脑子嗡嗡地震响："父王，你真要走了？"

"我们得走，你也准备准备。走的日期尚未定，因为我手头钱不够。我存下的美元银圆，够买一张票，你已经这么大了，不可能买童票，再要买一张成人票。不要紧，这次我们能挣到足够美元。"

"我不是犹太人，我到耶路撒冷去做什么？"

"去做王子！"所罗门大笑了起来，突然咳起来，边咳边问："你不见得把你父王——给扔下，让他一人孤零零——度晚年？"

"我不会把你扔下。但是我——"加里长叹了一口气。

所罗门不作声，故意脸往旁边看，没有听到似的。

加里脸涨红了，事已到此，他不得不鼓起勇气问："那么，兰胡儿去不去？"

所罗门又笑起来："小子，我就等你问这个！这可是你第一次提这个女孩子。我问你，你们是夫妻？"

加里脸更红了，一直红到颈脖根："不是嘛。"

"她是你未婚妻？你们订了婚？"

加里感觉所罗门在嘲弄他，他走到屋角。那儿叠着两床棉被，一床是垫在地板上睡，一床是盖的，他坐在棉被上。

"不要不高兴。我的王子。"

"你明明知道没有，为什么问？"

"我是问你凭什么认为她会跟你离开中国，到外国去。好吧，你们两人睡过觉了？"

加里大喊起来："没有！"

所罗门的连连逼问，加里垂头丧气，他摇摇头。

这下轮到所罗门奇怪了：“我觉得你们至少已经很好，自从一起演'四分艳尸'，后来演'秋千飞人'，好得像胶水贴起那样。你们到现在尝都没尝过禁果！”

“讲都没有讲过！”加里委屈地说：“张天师一步不落地看着，他不在就让小山看着，哎呀，先前是那个燕飞飞看着。”

所罗门拍了一下桌子：“什么天师，见鬼！中国家长！”想想，他又说，“兰胡儿是他的财产，没有兰胡儿，天师班就完全散了。那么你就与兰胡儿私奔？偷跑？你是准备赚美元，买第三张船票？”

加里更不知道说什么好。钱不好说，他俩未来的事，从来没有和兰胡儿好好说过，当然兰胡儿也就什么也没有同意过。他站起来，说：“父王，我们运气好，就能赚得到船票。兰胡儿那里，我现在就去说。”

“现在？”所罗门掏出怀表，“十点半了。好吧，你十八岁了，成人了，去吧，应当可以去唱serenade了，可惜我没有给你准备一把曼陀林。”

“小夜曲会唱就成。”加里高兴起来，但突然脸色变了，“但是我怎么还是十八？”

所罗门把他推到门边：“以前十八是让你准备接王位，现在十八是你正式可以接位——说实话吧，你肯定这几个月就满十八，有非常大可能，已过十八了。”

加里永远弄不清自己的岁数，他不想再说。不过这个晚上父王说出了他的打算：离开中国，到遥远的耶路撒冷去，这就把岁数问题推开了，现在必须行动了。所罗门把事点穿就是给他敞开一道门，让他自己走进去。

"早就该去了。"所罗门在感慨，自己坐到桌前拿起子弹磨，突然老泪纵横，心里想，"我这是干什么，硬把这小家伙往那小姑娘那里送，本来要走，就是怕她抢走我的加里！"

加里洗了手，脱下车砂轮的工作服，但不敢穿上台的礼服，就找了一件可以挡挡夜寒的衣衫："父王，你哭了？"

"哪里的事。"所罗门说，"不当心弄了一粒砂。"

"我帮你吹吹。"

"没事了，真是的，快给我滚吧，早些滚回来！"所罗门骂了起来。

加里推门出去，却回头来看所罗门。所罗门气得一跺脚："滚吧！"

加里摸黑下楼，听见亭子间里砂轮的声音又响起来，他很不安。他舍不下所罗门，就是楼上那窄小房间里的洋老头子，穿着破衬衣把他一点点带大。就是自己的亲爸爸，也未必有所罗门好，不见得有所罗门开明，从不把他当一个小孩子看，有事总与他商量着办。

若按所罗门今天承认的十八岁，所罗门该是在他三岁多时把他带大的，相依为命十五年。要他舍下所罗门，他做不到。

可是兰胡儿呢，她是全新的，她是未来的阳光，她是他生活中一切值得等待值得期盼的东西，Everything！他从来没有比这个晚上那么迫切地希望看到她。他跑起来，恨不得张开双臂化成翅膀飞起来，快一些飞到她那个阁楼上。

第三章

兰胡儿听见门外狭窄的弄堂里，有人在打呼哨，很轻很轻，她已经睡着了，在梦中听见，心一惊就醒过来。

她揉揉眼睛，的确是有呼哨，而且吹着一首曲，不用文词，情意全全。

底楼的厨房加"正厅"住着小山和大岗，他们每搭铺，经过那儿一定会弄出声间，苏姨耳尖，一定会听见。

兰胡儿摸黑穿鞋，走到小窗子前，掀起窗帘一角，窗外一片漆黑，看不清楚，好像有点毛毛雨。这扇窗和下面师父房里窗实为同一扇，一搭一隔，正好就把窗子上面三分之一让给阁楼。兰胡儿推窗，推不动，下面把窗关住了。床上燕飞飞翻了一个身："畜生不如！"兰胡儿一惊转过身来，燕飞飞的声音带着愤怒，"不会有好死！"明显她在说梦话。

那吹呼哨人从没半夜来过，也从没吹这呼哨，曲调波俏甜爽。他这出奇地半夜来，定有事。她听见自己心啪啪打胸，手指暖脚也火烫烫。恨自己没出息镇不住神，那边燕飞飞占了整张床，兰胡儿索性坐在地板上，脑子忽忽啦啦转起来，想用什么办法潜出去。

大岗为腿不便的燕飞飞把移动梯子钉牢恰恰好，不过珂赛特守在底端。终于兰胡儿手搭住梯子边杠滑下去，看准边上空地落下去，做得比猫还轻，刚好落在珂赛特身边，她摸摸狗的头，狗竟然只抬一下眼，心比人明透。

她也不明白自己在干什么。张天师和苏姨对她看管得很严，期望也高。这两年她成为天师班唯一女角台柱，天师班的戏，加里所罗门的戏，靠她一个人撑场面，大家有意无意当她是中心。燕飞飞对她心里又嫉又恨，但又佩服，只怪自己命不好。

这"地位"让兰胡儿担心多过高兴，她必须拼拼盖盖争气，不能让大家焦心虑肠。这年月不易过日子，能在大世界演到今个儿，大家伙齐心合力得个半饱，没跟大批流民饿得满街头乱转，已是上上大吉。

她踮着脚绕过大岗小山搭的床，偷偷拉开门闩，从门缝里一侧身闪出，轻掩上门。

一个小时后她才回来，却发现苏姨就在门口，把她往门外推，她吃惊地张开嘴。楼上珂赛特不高兴地哼叫了一声，隔壁的猫在屋顶逃窜，月亮跟着猫的方向狂奔。

苏姨手指搁在嘴上，让她别作声，跟了出来。

兰胡儿莫名惊慌地被苏姨拉到弄堂另一头，到街上，那里离人居的房屋稍远一些。苏姨理了理兰胡儿零乱的头发，让她别害怕，轻声说：

"你是大姑娘了，女大当嫁，天师班不会留难你。"

兰胡儿急忙说："你镫哪根弦呀？"苏姨厉害，眼睛后面还有一双眼睛，她从来弄不清这女人心里端着的事儿。兰胡儿捂得再紧，也可能被她一透二清。

"加里人很不错，苏姨我特别喜欢他。"

苏姨直截了当地说。这么话说在前头，兰胡儿更急了："错角弯拐到底呀，我才不喜欢他。"

"为什么呢？"

"他要我跟他走！所罗门要离开中国，要带他走，他要我也去，到个信主的地方，叫什么耶路撒冷，在地中海。"

苏姨"噢"了一声，惊得不知说什么好。

"啥个时走倒也没个准数。所罗门钱不够数。"兰胡儿发现苏姨在专心地听着，就继续往下说，"山隔水拦愁断路，全是高鼻子大胡子，全像所罗门，我兰胡儿不去罢了。"

"那么加里怎么说？"

"他说所罗门舍不得他，要他走。我说我还舍不得师父苏姨，我不走。"兰胡儿看了苏姨一眼，其实她只是对离家去遥远的外国有种本能的恐惧。为了探苏姨的口气，她问道："我走了你们怎办？加里和我吵山吵海了，吵得街边人家点灯看是芝麻豆子哪回事，加里气走了。"

苏姨松了一口气说："兰胡儿，谢谢你告诉苏姨，也没让我白心疼你一场。现在先回去睡觉，明天还得上大世界演出。"

走到弄堂顶端，苏姨叮嘱兰胡儿，暂时跟谁都不要提这件事，家里事多，她跟加里合演的节目也多，不要自己窝里闹起来。兰胡儿觉得这话在理，点点头。

那天，所罗门和加里来到戏场子，所罗门脸色苍白，面无表情，眼神生生地透出一股斩绝丝连的狠心。所罗门也没有穿他那件著名的黑氅。兰胡儿明白时刻到了，他们要走了。她走到所罗门跟前，对他说："所罗门王，不要难过！"

所罗门拍拍她的肩："我们一把骨头老，你们也长大。"他的声音很悲伤。

兰胡儿知道加里在看着她，他等着她给个答案，但是她没有答案。答案在张天师那儿，张天师与苏姨通气，他不提这事就是八杆子没商量的事。兰胡儿垂下眼帘，朝场子外走，走到天桥上，想到这辈子下辈子再也见不到加里，她胸口闷得难受，泪水唰唰流出来。

张天师急匆匆地走过来，兰胡儿赶紧擦去眼泪。他盯着她红红的眼睛，阴沉着一张脸，然后说："听着，万一我跟所罗门争起来，你不要挤进来说话，哪怕说的是你。"

兰胡儿觉得师父蛮横不讲理，她本想点头，却看着他不做任何表示。

张天师压低声音说："不要觉得翅膀硬可飞，告诉你，一切还得按天师班老规矩办。"

果然场子里只有所罗门，端坐着，竟然没喝酒，而是在抽一支香烟，明显在等张天师："张天师呀，我不偷走你家的女孩，你也不偷走我的王子？"所罗门说。

张天师好像什么都不知道，反过来问："你说什么，什么偷不偷的，'偷'是什么意思？多难听。"

所罗门说："我的意思是，让他们自己决定，好不好？"

张天师还是不愿搭腔，故意装糊涂，不跟所罗门说清清楚楚的中国话，所罗门一点办法也没有。他说："决定什么？"

所罗门捧住头："乱了，乱了，都乱了，都说不清了。"

张天师看着所罗门这副样子，张天师本想扔给他一句话："说不清就不要说。"想想，又忍住了，这个洋老头现在这副样子很可怜，很无助，和家里那条狗一样。这件事情不会那么容易了结，但早晚都得解决，他决定晚说不如早说，趁这会儿，一个年轻人也不在，捅破这层捂住的底："你知道，这两个人是兄妹，兄妹不能做夫妻。"

"但愿是这样，这样就不会有你的女徒弟来抢我的加里。"

"是你的王子来抢我的女徒弟。他们是兄妹。"

所罗门生气了，可这个时候不能太急。他压住气，说："你找到新的证据？证明我们从同一个人手里买来的？"

张天师在他旁边坐下来，说："我还真去找了一下，我原先是从曹家渡一个客栈老板那里，那老板姓李，现在十多年过去了，客栈倒还在，但是老板换了一个年轻的，还是姓李。"

"他的儿子？"

"我问了，李老板说这是他五年前盘下的店，天下多的姓是李的，他跟原老板不沾亲带故，不知道前面那个李老板到哪里去了。"

"你相信吗？"所罗门问。

"不相信又怎么办？"张天师问。

"所以没有什么证明，他们就不是兄妹，就能做夫妻！"所罗门义愤填膺地说。

张天师霍地一下站起来："原来你打的是这主意！"

所罗门着急地说："我看你怎么证明他们是兄妹，不许做夫妻。兰胡儿跟加里走了，你就得另想吃饭办法，对不对？"

小山躲在后排位子下，等到张天师和所罗门离开了，他才站起来。

天气渐渐转冷，穿夹衣有时都挡不住寒风。本来热闹的街道，被夜色遮得隐隐秘秘，灯光闪忽亮眼。越往南灯光越渐疏。

燕飞飞在江边洗衣服，大岗帮她把竹篓子扛回去。苏姨最近身体不好，经常平白无故地出虚汗，家里一股草药味。苏姨坐在破藤椅上，手里织着一件红毛衣，全是旧毛衣拆了，重织，线不够，就织成了背心，给了燕飞飞。现在有了线，织了袖子，正在一针针接上去。

兰胡儿疲惫地回来，上阁楼。没一会儿燕飞飞上楼来。

"不知怎么对你说。我们每个人的前程与你的前程套在一块。"

兰胡儿倒在床上，长叹一口气。燕飞飞说："我有时真想坐在台下看你们表演。但是今生今世我不会跨进那儿一步。如果那杂种不在，也不去那地方，那儿有许多不该想起的事。"

这天夜里，弄堂里又传来打呼哨的声音，兰胡儿还是那么轻身一顺溜下楼，开了门出去。苏姨起身，飞快地穿上衣服悄悄地跟着下楼梯，绕过熟睡着的大岗和小山，跨出门来。

远远的，在路灯照不到的街角，苏姨看见两个人紧紧地拥抱在一起，她就没有跟上去，只是在远处贴着墙耐心地看着。

　　那两个冤家亲热得恨不得化作一堆，但是马上两人吵起来，甚至推推打打，推的人是兰胡儿，加里在让着。接着，平静下来，两人都蹲在那儿愁成一团，加里手里有了一个扑克牌，加里说："不玩戏法，我们抽牌，谁大听谁的，由老天决定。"

　　"老天做主，就不准变了。"

　　加里洗了牌，兰胡儿看着牌，伸出手，紧张地把牌握着。加里反倒不肯抽牌，他摇了摇头。

第四章

　　她说分开吧分开就行了，分开就一了万了，万事提不得就不当马骑。她感到已到路尽头，双眼望去一墙壁黑，跟三年前那个梦方圆旮旯都一样。

　　一说分开，两人都不再说话，辛酸得肠肝断裂，看着对方是重影，看不清楚，再看还是重影。他忍住泪不往外流，一伸手把她抱在怀里，她向他道歉，说是她不对，天边地头当一道走，说不定分开了她又会眼瞎。

　　他说今生今世绝不分开。他吻着她的眼睛，她的嘴唇了，她触电般想闪开，嘴里说道："不，加里。"却张开了嘴，她碰着他的舌尖，烫着人，甜着心。她整个人发软，觉得街道变宽，整个世界蒙了层灿烂的光。

突然她听到脚步声，很熟悉，猛然醒过来，立即转过身来，吓了一跳，是苏姨，站在他们身边。两人连忙把对方推开。

苏姨拉住他们的手，走到街角一个地方，说："将就坐道牙吧。上海人揩人，怪不得上海人说情话叫轧马路。你们一人在我一边吧，说轻声一些，免得惊动街坊。"

他们迷惑地坐下来，兰胡儿在她的左边，紧张地打了一个冷战。苏姨把自己的两手递给他俩，说："兰胡儿，你爱加里，你就捏捏我手心。"

兰胡儿到了这时候，虽然怕苏姨，不知她肚子里藏的是一个啥葫芦，她还是不顾后果地抓了抓苏姨的手。

"你呢，你爱兰胡儿吗？"

这对加里来说不是一个问题，他用力地握了握这个主宰天师班女人的手。

"好，你们现在都是大人了，应当把情况全告诉你们。我苏姨家穷，父亲又突然病故，算是有幸，也算是不幸，遇上你师父。这中间曲折我就不讲了。总之没有一个女孩子长大不想嫁给一个好男人。嫁了男人，按我们中国人的规矩，就要跟着他，为他洗衣做饭生儿育女，过一辈子，顺从他到死。"

兰胡儿看着路灯下自己的手，吹了口气。苏姨说："不是我们不让兰胡儿嫁人，也不是我们不让你兰胡儿跟你加里走。兰胡儿在天师班已经十四年了，要说报养育之债，还习功之恩，也就可以了。一句话：我们没有权利强留你。"她顿了一下，说到关键处了，"我和你师父为什么一直不许，因为有一件事弄不清楚，就不能让你们好。"

"什么事？"兰胡儿和加里一起说。

"十三年前，你师父从曹家渡一个姓李的客栈老板那儿，买了一个四岁的女孩，你的年龄说不清，不全是你师父的错，他买下你时，没有生辰八字，没你父母名字籍贯，年龄也说不清。领人那天就算是你的生日。我们估计你今年不是十七就是十八。"

这是兰胡儿第一次听到人道出她的过去，想想这蹊跷的身世，以前一直想弄水落石出，后来索性不想弄明白，这刻儿脚都不跺一下冒出来，比大世界评弹场子的戏文还戏弄苦命人。她抓住自己胸口，心叮叮当当乱蹦跳。

这苏姨编故事总该编圆才是，总该比那些说评书顶强吧，让她兰胡儿信进去。她绕过苏姨的背伸过手去，果然那儿也伸来加里的手，背着苏姨，两只手握在一起。

"别伤心，很幸运了，你长成一个漂亮大姑娘，没痛没灾。"苏姨安慰了兰胡儿，她说起那十三年前，张天师仅从兰胡儿能说的几句话猜测她父母亲来自河南兰考，逃荒要饭到南方。她说，张天师是皖南人，皖南人把河南人看作胡人，就给她取名兰胡儿。

加里急了："那么，我呢？我从哪里来的？"

苏姨告诉加里，张天师与所罗门核对过好多次。所罗门说加里是在漕河泾一个人贩子那里买到的。是在街头，街头人贩子现在更没处找对证。他对人贩子说，要五岁的男孩。最后在一个桥头下边领到了一个男孩。这个男孩一样无姓无名，无生辰籍贯。男孩会说几句话，但所罗门中文不好，当时他才来中国不久，更听不出什么口音。

兰胡儿早就听不耐烦了，只不过碍着这是苏姨，她不敢得罪，才强忍着不说，这时她不得不把苏姨的目的捅出来："我有点听醒了，我和加里都是河南来的，梗棒棒清是一家子？"

苏姨拍拍她手，说："真是个乖灵的姑娘。我们都一直在找证据。"

加里说："一家子又怎么样？"

兰胡儿气得把话甩过去："表兄妹结婚生儿子没屁眼，得得得，可以让我不嫁给你大王子了吧。"

"谁稀罕娶你做婆娘，"加里把话扔过去，"连做饭都不会。"

兰胡儿气得狠狠地捏了一下加里的手，她刚才那话是故意说给苏姨听的，也是向加里表示她一个女孩子的骄傲。加里说："那种身世故事与我不相干。"

苏姨叫两人静下来。她问："你们自己互相感觉怎么样？自从你们三年前相识以来？"

兰胡儿想想，确也怪到极绝。加里走近了，她没看见都知道。兰胡儿抛出的东西，加里肯定接得住，她从空中落下来，他怎么着也能一把抓住。他说了上半句，她就明白下半句。还有，她跌跤了，他会痛。她在梦里见他，他也在梦里见她，第二天他们在大世界戏场子见到时，她会说他梦里的事：他见到腊梅，她不会见不到桃花。

经常梦说到关键地方两人羞涩地停住了。那是绝绝对对的秘密，不必互相告诉，留在心里反而清如明镜，了无尘埃。

这些事两人平时都不愿说出来，这时更不愿意说，苏姨替他们说了："你们吃东西一个口味，走路一模一样，连睡觉的姿势都一样，进门总是低头再仰头，看人也是一样的眼神。"

兰胡儿几乎要叫起来，急得不行："这只说明我们俩般配！"

"爱谁心就跟谁想在一块。"加里也急了。

"我和你师父早就看明白，三年了还看不见？我苏姨一心成全你们。但是我们不仅怀疑你们是亲戚，甚至可能是双胞胎！"

兰胡儿未想到这故事听到结果可以这样，她没有准备，虽然苏姨声音里并未掺杂什么别的用意，她脑子里一声巨响。不可能，绝对不可能。她脸一下变红，又变白了，她再也忍不住了："蜜糖缸里腌咸蛋，绝对没有扯这一淡！"

"双胞胎，不就是两个男的，或是两个女的？"加里问。

"笨蛋！一男一女，叫龙凤胎！"兰胡儿抢过来说，只有说话时她脑子里的振荡才轻一点儿。

"那样你们就不能做一家子。"苏姨说，"表兄妹绝对不行，亲兄妹绝绝对对不行，双胞胎兄妹就千千万个不行！干干脆脆一个'不'字！"她的声音坚定不移，一点余地都没有，而且带着威慑。

这下子兰胡儿没词了，加里也跟她一样被吓住了。

"苦了你们的是，有疑问，没有证据。"她无可奈何地说，"没有证据就不能拆散你们，有疑问又不能让你们做夫妻。"

没有证据，只是猜猜，光凭猜就能把根虫子变成蝴蝶？这是山大海大的事儿！兰胡儿脑子飞快地闪动，那么现在说什么耶路撒冷来走去留都不沾边，得先要弄明白这兄妹之事真假。

她站起来，一声不响，走到加里身边，看着加里发愣，加里站起来，伸出手来拂去她脸颊上的一缕头发。两人凝视对方，摇摇头又点点头。兰胡儿说："可恨人！只不过我们俩好过一般人，人就想拆了你我。偏我难从，我是非你不能。"

"我也是非你兰胡儿不能。"加里说。

苏姨说："让我把话说完。"

兰胡儿头一侧，说："不听。"

加里也说："苏姨，不要说。"

两人试着笑，却笑不出来，天地都在摇晃，他们搂在一起，兰胡儿的嘴唇止不住地发抖，身子骨好酸，心好难受，像有千洞万洞。

过了好一阵，苏姨说，"你们让我把话好好说完。" 他们这才转过身来。

苏姨仍坐在道牙上，她说张天师昨天又暗地去寻访了一下那个客栈，跟踪那个姓李的老板，原来他另一处房子就在附近不远，几条街，他可以来回照顾。张天师跟到他家，在门缝里一看，里面有一个老头，看样子是他父亲，这个老头是不是当年的李老板呢？十多年过去，张天师也不能断定。

加里马上说："那我们去找这个老头！"

苏姨摇摇头："哪怕这个老头真是做人贩子生意的，也未必记得十多年前贩卖的孩子。"

"那啥个办法呢？"

"唯一的办法是，张天师和所罗门一起去，洋人买中国孩子的事不会太多，假定卖掉的是双胞胎拆单，更可能记得住。"苏姨费劲地站起来，拍了拍灰，"现在不早了，该是半夜了。加里你回去，明天得空跟你父王说清楚这个事。张天师跟他谈过，所罗门听不明白这整桩事。"

"你们经常看到他听不懂，其实有时他是听懂了装作不懂。"加里说，"其实这里一清二楚：如果我和兰胡儿真是双胞胎，那么兰胡儿就不能做我的老婆跟我走，而我舍不得兰胡儿，就不跟父王走——这正是父王不愿意见到的。"

苏姨说："如果不是双胞胎，兰胡儿就可以跟你走了。而我们可不想让她走。到了这个时候，先弄清一桩事，才能想清下一桩事怎么办。加里，你好好跟你父王说，不然谁也没法过安生日子。你们一辈子还长，一辈子不得安生，才苦呢。去说吧，他会明白的。"

兰胡儿回到家里，她轻手轻脚上了楼梯。燕飞飞赶快盖好被子，装着睡得很香，打着鼾声。兰胡儿摸黑到床上，已经很疲劳。她一向睡得着，今夜却无法入睡。这事压根儿不能接受，但同时感到太好，她和加里是前世同根同苗同枝上的两朵花两只果，不就更没有理由分开了吗？她甚至觉得他俩是天造地设一对，理由透顶。

夜风吹打着窗子，月亮躲进云层，明天会下雨吗？刚这么想，月亮出现了，清朗的光线洒在窗前的地板上。

兰胡儿看着月光，她冷静下来，才觉得苏姨说的事太可怕。过去三年里，她和加里两人离不开，却又合不了，如是双生兄妹就永生永世，合也不能分也不能。就像本是一块玉，被切成两半，但合起来妥帖永不再可能。

这个人生惨景把她头脑弄糊涂了。

她急忙从被窝里坐起来，心里咚咚乱跳。她看到月亮在移动，那的确是个梦。怎么觉得像两个面对面的镜子，莫非我没有醒过来仍挂在梦中？狠狠捏自己的手，很痛。几乎回回都这样，梦见与加里亲热，她都会吓醒过来。三年有整，一直是这样。

燕飞飞说，男人若想女人，会在梦里弄湿内裤，大岗想她时就这样。她当时听到觉得太下流。如果真是这么难受，她情愿加里湿在她的身上。天哪，我在想什么？她自己被自己的想法吓坏了。

这几年来，她的身体早被他摸熟了，在木盒里，做"四分艳尸"时，她就感觉到他的手指，他的触摸有点烫，也带有汗湿气，舒软体贴。在秋千架上他们的身子必须粘在一起，腿必须交叉互相顶住，不然无法荡起来。皮肤与皮肤在空中摩擦的感觉，使她浑身像要炸裂开的花蕾。

两人荡开秋千，那么一弯一曲，身体波成一路，他的那个地方火辣硬起来，顶住她的腹部。她羞红了脸，却更贴紧他，不让那个地方从紧身衣里显出来。两人一次比一次荡得更猛，一屈一伸磨得更紧，从左飞到右，从右飞到左，忘了全场的人，也忘了是在空中冒着生命危险飞。

她沿着他的身子攀回，从他身上磨过去时，她整颗心都快蹦出了胸口。演秋千时，大家认为是他们最冒险最受罪。他们却在空中来回扑翻戏弄如鹰，翅膀翩跹忽刺入碧蓝太空，太快乐了，这掩不住藏不了的快乐，像没尝够的甜杏，有了一枚还想第二枚，来不及剥皮吐核，开始享受第三枚，那快乐的一次次喊声，旁人哪能懂！

在秋千停下来后时，他们拥抱在一起，还要在没有人看见的时候。

从没有向对方讲穿过相互给予的快乐，彼此心知，便很满足。当他那晚向她表示，要她跟他走，她嘴里说要回去和师父苏姨商量，心坎儿像白昼堂堂亮。

她对他说："加里呀加里，得等等。"

他说："行，我们得等等。"

现在她有点明白，为什么他们的关系那么奇怪。他们肯定前世就是恩爱夫妻，他是妻，她是夫，只是这一生他与她交换了角色。

第五章

所罗门整夜在琢磨他的勃朗宁手枪，终于弄出了一套办法。这天散了夜场，他叫加里和张天师留下，同时关照张天师务必带上兰胡儿。

他们试验了一番后，就去请唐老板。唐老板不在，没有办法，只有留话，请第二天散场时唐老板来看一下。

所罗门失眠了，他在灯下把那只木箱拖出来，找出小册子，他在上面用意第绪文圈圈点点。眼睛老花看起来费劲，只能推远一些，再看不清楚，只有把加里推醒来，帮他认那些字。加里认字母拼读给他听，不太懂什么意思，一读完加里就回到地铺上睡着了。

夜色包围了所罗门，他抬起头，掏出酒瓶来，一口干掉瓶子里的酒，喉咙里仍然干燥。大自鸣钟敲响过几遍，天边闪出一线白光，不会有店家开着。他从黑氅夹层里摸出一个小包，从包里倒出所有的钱币来，在床上数。他的眼睛就是沙漏，一次次向他表示时间已经很紧了，经不起折腾。

上床后，他扯过被子盖上。他看着天花板，拉熄灯。黑夜把他喜欢的和讨厌的一切都遮匿住。主说，他必住在幽暗之处，檀香木做栏杆和琴瑟。主还说，所罗门会死，与列祖同睡，葬在父亲大卫的城里，加里王子将继位。他好久没有去看认识过的任何一个女人了，这些日子忙得都忘了女人。

好像只睡了一会儿，天已全亮。所罗门醒了，跳下床来，叫道："加里，我们赶快去大世界。"

加里早就为所罗门打好洗脸水："父王，如果唐老板又不同意付钱呢？"

所罗门说："葬礼没开始，别先点歌！"

天师班的人比他们早到场子，已经布置好了道具。所罗门拿着手枪比试着，让加里和兰胡儿按他规定的动作站好。

"最好姓唐的现在就能来。"所罗门叮嘱道。

五分钟过去了，兰胡儿与所罗门加里练了一个来回，这时张天师拥着穿着黑西服的唐老板进了场子，他学着二先生的样子，嘴里叼着一根肥大的雪茄。

唐老板看了一遍表演，脸上没有表情，所罗门问了两遍，他只顾抽雪茄。转身走时，他才说："上海人还没有见过台上真开枪，这戏法能做。"

所罗门望着唐老板走远的背影，解开自己的衬衫衣领扣两颗，吐出一口气。那天夜里，他们练到整个大世界锁门才离开。

第二天大世界门口出现了新海报："世界大师所罗门王精彩表演：美国将军枪毙女间谍！"

幕升起时，一身美国军官打扮的所罗门上台，也不说什么理由开口就大发雷霆："Bring in the Spy！"

兰胡儿的脸依然画得深眼高鼻，借来一套洋女人的束腰托胸的白花边长裙，看不出她这个间谍是哪国人，不过谁也弄不清女间谍应当是个什么样子。那裙子上挂了好多玻璃片，兰胡儿一动就晶亮闪闪。

大岗和加里穿着不知哪里弄来的军装，大岗的大个头这时倒有点像美国大兵。他们架着兰胡儿左右臂，拽上台来。将军也不说罪名，只是阴沉着脸，大声宣判："Death to the Spy！"

他做手势，把间谍推上死刑台。那只是一个木盒子，站上去后，背面靠着一块长木板，上面写了"女间谍"三个字。按中国人的习惯打了一个血红的X。

将军从一个紫红底画着金色龙凤图案的柜子里取出一把勃朗宁手枪，一手托下弹仓，给观众看，里面没有子弹。然后他掏出三颗子弹，

——填进弹仓头上三格。把弹仓合上，正准备瞄准，又拿起手枪检查，让观众看到子弹依序在弹仓头三格。他这才合上枪机，瞄准女间谍。女间谍既漂亮又傲慢，根本不愿理睬正义谴责，也不在乎死亡惩罚。

将军双手无情地举起枪，瞄准，扳枪板。"轰"的一声，全场观众吓了一跳，这手枪震动力大到将军身子后倾，枪口冒着火苗，女间谍应声往前翻倒在地，但是她倒得比子弹早，在她脸原来的地方，观众看到木板上被子弹打出一个大洞，还在冒烟，都吓了一大跳。

原来子弹是真的！要不是女间谍躲得快，她美丽的脸就被打成一团血浆了。

将军气愤异常，让两个士兵把女间谍又架到刑台上。扳枪板，正要开枪，这次女间谍拼命要躲闪，他没法瞄准。这样躲闪了几次，她站了起来，伸出双手，像是在哀求似的。但是将军非常无情，一定要枪毙她。要开枪了，她用手挡住自己的脸。

枪响之后，她不仅没死，右手居然抓到子弹头。她戴着及肘的白手套，还是烫得不行，赶快傲慢地伸手把子弹头抛给将军。将军一接，依然烫得不行。

将军真的很生气了，高举起手枪，拆下弹仓让观众看：里面两颗子弹已经打掉，顶上还有一颗。将军命令士兵把女间谍的手和头部按住在板上，不准移动。毅然决然地扳下枪板，对着女间谍的脑袋，伸手瞄准，这次女间谍既躲不了，又不能用手挡，只有死路一条，女间谍怕得簌簌发抖。

震耳欲聋的一声响了，女间谍头翻倒，侧到一边，明显被枪弹击中了额头，女间谍两眼翻白恐怖地死盯着台下。

将军叫起来："Oh, no！"

两个士兵都吓坏了，松开手。满场惊异，原来不是戏，杀死人了！这魔术玩得出了事故。隔了一分钟，突然女间谍的手动了动，从腰上取出一个化妆的铜镜，照自己的脸，露齿一笑，两排洁白的牙齿之间竟然咬着一颗子弹头。她低头一吐，子弹落在铜镜上，"叮当"一响，然后她对着台下露出灿烂的笑容。

满场惊奇不已，站起身来为女间谍鼓掌。这女人太漂亮，不应当死！

节目大受欢迎，看客特别喜欢女间谍层出不穷的躲过子弹的方式——每场不一样，明知道有假，但是看客愿意看这个漂亮女人奇妙地变出躲子弹的办法。

有一次子弹头落到耳朵里，侧过脑袋真要人帮她拍。看客惊奇地看着子弹头从她的耳朵里一点点推出来。另一次，子弹头找不到了，她乱摸自己的全身，依然找不到，突然想到把鞋子一脱，袜子一拉，举起光脚给全场看，原来子弹头夹在大脚趾与二脚趾之间。

更有一次枪对准她打了，她急得直跳，原来发烫的子弹头落到西洋胸衣绑出的乳沟里了。旁边的大个子兵要用刺刀帮她掏出来，被她一拳打倒。

演出几天之后，每回枪响之后，女间谍索性叫看客告诉她子弹头哪里去了，应当在身上哪一部分找，看客乱叫乱嚷，有的在喊下流话：

"打进裤裆里了，快掏。"

兰胡儿说："你妈打进你的裤裆里了！你上来，我马上给你掏出来。"

当然那看客不敢上去。兰胡儿说："你自己掏也可以，里面恐怕什么东西都没有！"

那看客气闹了个红脸，冲出大门。全场大笑，谁也没想到这少女家功夫厉害，嘴也太厉害。

将军生气了，要看客推一个代表，说子弹头在哪里。最后场子里有个富家女子站起来，说认为在女间谍的胳膊窝里。兰胡儿马上走下台，请那个女客从她的袖口里摸进去，果然拿出一颗子弹头。全场惊奇万分，女看客更是高兴地叫起来，不相信自己的眼睛。兰胡儿自己也觉得莫名其妙，摇着头回到台上，一脸无可奈何受委屈的样子。

演来演去，这个枪击节目，变成了女间谍各式鬼名堂的欣赏。不少人是想来捉弄她，或来抓她一个措手不及。

每场的格式是：第一颗子弹看上去是真的，把木板轰出一个洞，女间谍在将军开枪前以不同方式闪开去。第二颗子弹打出，被女间谍用各种办法抓住子弹头。第三颗子弹任凭观众说在什么地方，若是不方便，不雅观的地方，就由观众选个女客帮助。这就成了看客与女间谍斗智的游戏。全场观众为了"选部位"就要争论好久，哄闹时兰胡儿与大家斗嘴皮，然后看这颗子弹头，从绝对不可能落下的地方找出来。

有观众认为女间谍身上藏着子弹头，将军就先请女客上来搜身。甚至，将军在装子弹时，就让这位观众在子弹头上画一个记号，枪击女间谍时，掏摸出来的果真还是这颗子弹头。

上海滩的大报小报都在说这表演，说是魔术史新一页，观众涌到大世界想看这热闹。大批回头客，想捉弄女间谍，却一再被女间谍捉弄。他们不服气，与女间谍较上劲儿。他们比着出馊主意，到什么地方掏子弹。戏法场子的看客比说评弹的场子多得多，每天到表演"枪毙女间谍"时，总会客满，所罗门每场结束就到经理办公室那里去要美元。

唐老板没有办法，每次都不情愿地从皮夹子里取一张一元美元钞票，所罗门拿着钞票，对着灯光仔细打量后收起来。唐老板又拿起报纸，其实他根本没心思看报，因为报上把这个节目吹上了天，居然称兰胡儿是"天生魔术师"！

可是，这次所罗门拿到一张美元，依然没有走的意思。

唐老板取下眼镜，抬起脸来，所罗门就向他一点头，说请给子弹费，每场要消耗三颗子弹，值三毛美元。

"子弹是假的。"唐老板不高兴了。

所罗门耸耸肩膀。

"你怎么敢来跟我要子弹钱？"唐老板沉下了脸，戴上眼镜。

"主已见证，你自己也看到，打死女间谍的子弹，就是装进去的子弹，子弹打过了，就没有用了。下一次怎么演？"

唐老板狠声地说："你们臭戏子，跟那些街上乞丐有什么两样？"见所罗门不被他这话气走，只是等在那儿。唐老板为了赚这热门节目的钱，不想中断这节目，只好叫手下人给所罗门三个毫角镍币，所罗门又把镍币放在灯下仔细查看，然后才收下。

真是穷要饭的！唐老板看到所罗门这副样子，从心里骂了一句。他驾起二郎腿来，放下报纸，好像轻描淡写地问："那个叫兰胡儿的小姑娘，不是玩杂耍的吗？怎么弄起戏法来了？"

所罗门一笑，把话扔回去："她不会戏法，借来用的。"

"我看清了，她走下刑台，总是那个加里王子扶她一把，顺手就把子弹头放在看客要掏摸的地方。那个家伙手快，不过让他占尽女人便宜。"

"唐老板，我们行规：下台不谈戏法，请你原谅。"

"男人在台上摸女人，有伤风化道德。"唐老板一定要追出一个名堂来，被这个洋瘪三逼着付美金，外加"子弹费"，使他很恼火。他看了多次这戏法，依然猜不中子弹如何藏起来的，觉得智商受到侮辱，他不服这口气。他得教训面前这个上海滩赫赫有名的"大师"："大世界上等娱乐，不允许伤风败俗！"

所罗门只是鞠躬一下，退了出去。唐老板弄了个没趣，只能大声说："所罗门，我预先警告过你了！"

他拿起桌上的茶杯，没喝一口就放下，这时电话响了。他拂拂西装袖子，伸直腰背，伸手去接叮铃响着的电话。

所罗门在走廊里听到唐老板在对着电话大骂，他停步，唐老板从里面冲出来，怒气冲冲，匆匆忙忙走了，两个手下人紧跟着。

第六章

加里跟所罗门解释过几次，他想请所罗门一起去把悬在他心中的大事解决。

"大事？"所罗门不以为然地说。

"父王，请帮我弄清！"

"弄清什么？"

"你和张天师——"

"不可能，我和那个顽固分子场内合作是迫不得已，场外不相干！"所罗门打断加里。

"那你就是不肯把我的事放在心上。"

"你把我放在心上了吗？"

不管加里说什么，所罗门都不再说话，当没听见，仿佛此事跟他一点关系都没有。所罗门甚至都不解释为什么如此，反而是一心一意，专心致志地从唐老板那儿每天刮一美元加三十分。唐老板要每天加演一场，他也不反对，一天跑两次那姓唐的家伙办公室。每天夜里他把钱锁进木箱子里面的箱子，然后用两层锁锁起来放在床底最里面的角落，像看着性命似的守住这点财产。

要穿过几道楼梯，才能到达这个简陋之极的亭子间，这个小客栈，一走进就有穷酸汗臭味，还有老板做的酱菜味，客人永远没几个，生意很淡。谁会来这种鬼地方偷呢？

这天晚上一回到小客栈，所罗门把箱子推进床下面，抬起头来看到加里不高兴了，所罗门说："都是为了你，我的王子，再坚持一个星期，就能赚到你的船票了。"

谢天谢地，所罗门终于开口，与他说起走这件事了。他与兰胡儿是否是兄妹一事竟然就此不提，而且是最终结果。结果先冒出来，也比沉在海底里强。这次加里不肯放过机会，赶紧问：

"那兰胡儿呢？"

"那就再坚持两个月。"所罗门说，仍然兴高采烈，"这样下去，两个月能赚到。"

"我是说，我不知道咋办。"

"有钱，才能想怎么办。没钱，怎么办都不可想。"

加里垂下眼睛："父王，你知道我不是这意思。"

所罗门瞪起眼睛："你知道我的意思。"

所罗门对加里说，他想离开上海。夜深了，街上传来卖唱女的歌声："好一朵茉莉花——"胡琴伴奏得很刺耳。

加里轻声问："父王，能不能不走？"

所罗门王摇摇头。

那胡琴声在单奏一支曲子，加里胸闷得慌，就去开窗透气。他看见卖唱女朝弄堂里走来，是一个瞎女孩，那拉胡琴的是一个满头白发的老太婆。

这时所罗门叹了一口气说，1928年他刚到中国，把从吉卜赛人那儿学来的戏法，拿来表演。在上海周遭城镇流浪了好几年，最后才到大世界去看个究竟，那里毕竟是中国娱乐界顶尖，京剧大师梅兰芳在演唱，他很喜欢。他又看到"旱魃"的矮人的杂耍，七彩带舞狮。那时整个南方大旱，国民政府请九世班禅喇嘛和安钦活佛在南京"作法求雨"。大世界利用旱灾请这矮人表演了一个夏天。上海从未有过如此闷热，外滩江边海风也热，男男女女都顾不得脸面，拖了家什出来坐的坐卧的卧乘凉。上海人成夜瞎聊，谈求雨和旱灾，谈洋米和洋女人，谈西洋魔术，也谈圣经故事，很多人对所罗门王的法力羡慕之极，此人是"魔力之王"，能控制风雨，闪电也听从他的指挥。只要所罗门王到上海，何愁雨不来？

他决定取所罗门王这个艺名。

所罗门在筹备自己的节目时，明白需要一个助手。他对任何人都不信任，成人会偷他的绝招，自立门户，甚至被人收买来捣他的蛋。想来思去，他决定自己养大一个助手。

那年黄河淮河泛滥，很多难民涌入上海。房东听说他要收养一个男孩，说他正好看到铁路桥底下有安徽来的难民，插标卖三岁小孩。所罗门很感兴趣，于是房东陪着他过去装作无意看了一眼，觉得这个男孩眉清目秀，很满意。难民说自己姓陈，是从安徽一个什么地方的陈家庄来上海投亲戚，亲戚找不着，生活无着落，只得给孩子一条活路。

房东说，小孩的父亲原来要卖五十银圆。他说他看到草标上插着纸，写着五个银圆，认为是瞎抬价，不要了。房东来回跑了几趟，才以七个银圆成交。

"因此，除了你是安徽籍，姓陈，其余什么都不知道，我这犹太人本来就无家，你一样是无家可归的人。不过你好好学，定能代我成为当代最鼎鼎大名的魔术师。"

"你认为我父亲是不是那个安徽难民？"

所罗门却反问加里："你是中国人，中国人比犹太人还会撒谎，你不知？"

"卖儿女的人很多。"加里说，"我必须知道自己是谁。"

"如果你要弄清，你自己弄清。"所罗门不高兴地说，他对加里的坚持很不安，没有回答。加里一个晚上不说话，也不睡觉。所罗门半夜醒来，发现加里依然睁着眼看着天花板。所罗门在床上翻了个身，喉咙堵着痰，咳嗽了几声。

"父王当心着凉。"加里关心地说。

所罗门天没亮就起来，在床上面墙静坐。天一亮，他索性把加里叫起来，传授他的秘术，照例加里手放在《圣经》上发誓。

"我们今天从第四套开始。"所罗门说，他想了想，"看来我得拿我们认识的那个蹩脚的书法家做个开门红。"

没吃早饭，两人一前一后走下了他们的小破房间去大世界，一路上加里又开始不吭声，不和所罗门说话，到了场子里他也不说话。演出一结束，所罗门从唐老板那儿回来，就跟加里说他们马上去那个地方。

加里很意外，愣在那里。

"到你想去的地方，去还是不去？"所罗门问。

加里赶快去找兰胡儿，才知道昨天白天，燕飞飞和小山装着收破烂，按张天师说的地方，找到曹家渡那姓李的家里，查出了那个老头这些日子一个人在家，儿子似乎外出几天。要去，这时间正好。

大岗也要跟着，人多，容易对付不测局面。大岗还找了一把铁尺藏在怀里，张天师瞧见，对他说，不能动武，只是去探一下情况。

六个人搭电车从跑马厅到曹家渡，一路顺利，下了电车，往小山探好的地方去。快到时所罗门说："这样吧，让兰胡儿和加里走在中间，张天师和我落后十步，最前面十步是大岗和小山。这样不至于引起路上巡警的怀疑。"

他们觉得有道理，就按所罗门说的分成三组。

这个地界是沪西边缘外，日占时就是出名的"歹土"，常有无法无天的事。贩卖人口在这个地方原是家常便饭，抢劫谋杀，天天在报上可以读到的。街道看起来阴森危险，有的地方，房屋倾斜不似人间，许多地方黑灯瞎火，连个路灯也没有。

小山在一个地方停住了，向后面招了一下手，就走进一条狭窄的弄堂。暗淡的路灯下，那里的房子看起来稍微好一点，砖砌平房，上面又搭建了一层楼。

他仔细看了一家门框上油漆涂涂的门牌号码，朝身后做了下手势，其他人轻轻跟上。张天师走了上来，核对一下门牌，就轻轻敲门。敲了两次，里面一个操着宁波腔的男人，问："啥人啊？"

兰胡儿说："我是55号阿英，寻李老板。"

"什么事？"

"李老板让我来还前天客人欠他的铜钿。"

一听是一个小姑娘来还钱，老李头有点放心了，门开了一条缝，看见的确是个小姑娘，手里拿着两个银圆。门又开了一点，但是马上被猛地推开了，虽然没有声音，老李头吃惊地看见迅捷无声地走进来五个人，有个人还特别高大。门马上被轻声关上了，只有小山留在门外，躲在角落里望风。

那个老李头惊慌地说："你——你们要干什么？"

所罗门说："查户口。"

所罗门穿的是上台演戏的美式军装，在地摊上淘来的旧货，但穿在所罗门身上，假的也像真的。进门后他又戴上他的军官大盖帽，这样子至少像个美军上校军官，这副架势把老李头吓得不作声了。

张天师说："开灯！"

老李头战战兢兢地去打开灯，他站在灯下：一个六十七八岁的老人，满头白发，迷惘地看着屋子里的几个陌生人，不知是什么名堂。他个子不高，脸长，瘦瘦的。兰胡儿看得清楚，这老头子装成手脚吓得不太灵便的样子，可是眼神很不一般，看什么人都不闪躲，眼睛都不眨一下。

所罗门故作无意地把腰上的手枪摸了摸。老李头目光一下子老实多了，一步退到桌子后的椅子上坐着。他垂下眼盯着自己的一双生了老年斑的手，手指甲又脏又长，大拇指指甲像是被啃过，不整齐。屋角有几盆花草，侍弄得很好，开着花朵。

张天师说："李老板，久违了久违了！"他认出这人的确就是十多

234

年前那个客栈老板。大概老李头听儿子说有人在打听十几年前卖小孩的事，就闭门不出，以避事端。老李头一干二脆地说：

"你弄错人了，我根本不认识你！"

"十三年前，民国二十四年，"张天师急了，声音听上去有点气，"1935年，黄河大水那年。我经过你的客栈，从你手里买了一个四岁的小女孩，河南来的灾民。"

老李头摇摇头，迷惑地看着张天师的脸。

"这样吧，我问你，你贩卖过人口吗？"

老李头还是摇头。

"十多年前的事，你承认不承认，都不上法院吃官司。"

老李头苦笑起来，然后咬住嘴唇，一副不再开腔的表情。所罗门向大岗示意，大岗伸出他的铁尺，老李头眼前闪过一闪光，头颈背掠过一股铁器的凉气，他转过脸去，惊恐地看着大岗手里亮锃锃的铁尺，筛糠一样抖起来，双手本能地举起来。

"十多年前，十多年前做过。"老李头吞吞吐吐说。

"河南来的有没有？"张天师逼问。

"每年都有逃荒的，河南来的——有过。"

"卖给一个玩杂耍的？"张天师追问。

"客人买孩子是做好事，我们不问买了什么用。"

"有没有一次拆开龙凤双胞胎？都是三四岁。"张天师再进一步问。

老李头低下头，他在想词，大岗的铁尺在他的脖颈上放着。他用手挡住："我向来不做伤天害理的事。"

但是这时候所罗门想起来了，那次他在桥底下第一次见到加里，房东带他见到的"姓陈的农民"，也就是这个人！当时五十岁上下，穿着皱巴巴的衣衫，手里牵着一个男孩子。桥下光线较暗，所罗门还记得，那天天气很冷，卖主不断地跺脚，有一脚还差点踩在所罗门鞋子上。

所罗门吼起来："你卖给外国人的，卖给我的。"张天师用手肘碰了碰所罗门，所罗门声音低了下去，不过更愤怒："你不可能不记得了！"

老李头从手缝里打量所罗门，这才真正吓瘫了，但还是堵住口说没有。

所罗门抓住他的手，激动地说："不错，就是你在漕河泾的桥下，啊，绝对就是你卖一个男孩给我！"

老李头"啪"地一下跪在地上，捣蒜般叩头："老爷饶命，老爷饶命，我只是经手，只是经手。"

"你拆卖过双胞胎。"张天师盯住关键问题。

"我只是'门面'，孩子由别人领来，他们已经付了钱把父母亲戚打发走，赚的钱我只拿二成，他们拿八成。孩子是不是双胞胎，我没法知道。"

这个老李头现在说话不像撒谎。兰胡儿和加里听到这话，差一点背过气去。这么一番大的折腾，结果还是不甚了了。

"'他们'是谁？"张天师对真正的江湖门道一清二楚。

"早就没有交道了。"老李头说。

"到底是谁？"

大岗把铁尺在他的脖颈上压了一下。"有好些人，一个姓唐的带的班子，专门卖小孩子，他们还有好多门面，我只是一个门面。"老李头几乎在哭号。

"姓唐？"这下子张天师跳起来了，脸色大变，"青帮诚字辈的，跟你差不多高，宁波人。"

老李头连声说："是，是，就是青帮的，这些人不好惹。"

"姓唐的现在做什么？"张天师突然停住了，这个问题几乎不需要问。

老李头看到目标已经转移了，松了一口气，他站了起来："我没有去找过他们，我胆小怕事。"

张天师想一下说："今天的事，不许跟任何人说，你不说，我们就再也不会来找你，不然我们要你的命。"

老李头直点头。

出了弄堂，兰胡儿和加里依然走在中间。小山跟上来追问他们，他们不想说。小山不死心，就去问大岗，哪怕大岗说不清楚。

兰胡儿一声不吭地走着。过去的年代——他们的幼儿时期——几乎已经推到眼前：孤零零地被人领来领去，站在桥洞下，可怜巴巴地饿着肚子，被锁在小屋里，被人推打，扔来扔去，踢来踢去，扇耳光，不知未来是什么，对每个人都充满惊恐，害怕人世再多加害在身上一件事，只能孱弱无助地哭泣着。没有人会记得这样的灾年流童。"父母扔下了我，但愿是身不由己。"

"谁还记得清？"加里对兰胡儿说。

"连我自己也记不清。"兰胡儿说。

时间太晚，这一程回去，已经没有电车，只能走路。张天师一直阴沉着脸，兰胡儿赶上去几步，问："师父，姓唐的是那个唐老板？"

"肯定是。"张天师说。

"问他行吗？"加里说。

"他？他这种人要做贩卖人口勾当，一天还不卖出几百个孩子？况且——"张天师站住了，回过头来对兰胡儿说，"他可不是老李头，会让我们吓住，他哪怕记得什么，也绝对不会说！你们就死了这心吧！我说的是，死了弄清这件事的心。"

张天师这时想起以前唐老板让账房追到大世界门口，把钱借给他们的事来，那时他就觉得这个人心里必有事，或许是他突然认出了兰胡儿和加里，那一刻良心突然闪了一下。他对身边走着的所罗门说着这件事。所罗门突然笑起来，张天师问他笑什么。

所罗门让张天师回头。张天师回头，看到兰胡儿和加里落在后面，脱开十多步，两人手拉着手靠墙站着，他们依然不知道是分还是合，兰胡儿在说着什么，声音很低，神情很无奈。

"看见了吗？"所罗门问。

"不明白。"张天师说。

"你真有必要，查个一清二楚？"所罗门不高兴地说。他已经很懊悔今天心一软，顺了加里来沪西。越是不希望有的事，越查就越像。他现在必须停止与张天师玩这个游戏。

夜深了，有些雨点飘洒下来，他们也没感觉，张天师说："情愿是自己记忆错了。"

所罗门说："不是情愿，而是人老了，脑子不乱也乱。"

雨点大了，两人还在边走边说，小山和大岗把他俩拉到屋檐下。

六个人，淋得半湿，站在屋檐下，看着路对面那些不为任何辛酸所动的房子。雨水瓢泼似的，闪电咔嚓爆响。兰胡儿长这么大，从来也没有见过这么震天破地的雷阵雨，加里手拥着她的肩膀，她朝他侧过脸去，笑得非常迷惘。

第七章

苏姨受了凉，嗓子痛，喝了热姜汤，还是出虚汗。燕飞飞熬好草药，端了一碗给她，她喝完了，搁了碗，就听到有人敲门。燕飞飞打开门，站在不太亮的光线中的居然是这破房主人，说是要收回房子自己住。张天师很吃惊，请他进屋来。

房东不进来。

张天师一看这形势，只能求他。

房东说："除非你先给半年房租。"

张天师只好答应。房东说，当晚就得交这笔钱。他扔下话来走了。

张天师急得团团转，坏事说来就来，连不该来的也来了。苏姨皱着眉头，说她也没有这笔钱，燕飞飞跑上楼去，不一会儿下楼来，把一只手表递给苏姨。

"苏姨收下吧，能当几个钱？反正看着也恶心。"

只能解决这燃眉之急。张天师叫苏姨收下来，算是借燕飞飞的。苏姨叹了口气，盯着药碗说她有个感觉，敢和张天师打个赌：老李头不会如他们警告的那样老实，此人定会去报告青帮的上线，这个事远远没完。

苏姨说："我的担心有道理，信不信由你。"

张天师头发长了，平日都是苏姨给剪头发，但是看到燕飞飞在给大岗剪，张天师也要剪。兰胡儿说："小辈不能剪，剪了日后不能送终。"

"眼不见心不烦。你给我闪到边上去！"张天师说。

兰胡儿心里很不对劲。从见过老李头后，兰胡儿不再与师父谈论自己的身世，既然谁也弄不清，只能避开，免得烦心。兰胡儿没有想到唐老板竟然自己来找他们了，而且是最最不可思议的方式。

这天下午场，看客依然在轰吵着要所罗门把子弹"射"到兰胡儿身上的什么地方。到最近几天，这种胡闹已经越搞越厉害，这刻他们要求子弹射进兰胡儿的鼻孔里。兰胡儿按住鼻子把子弹头擤出来，连眼泪都下来了。又有一次要"射进"兰胡儿的胃里，让兰胡儿吐出来，而且要张开大口，让大家亲眼看到子弹头真从喉咙里出来，是不是从舌头下舔出来。最后子弹好不容易"哐当"一声落在铜镜上，但兰胡儿喉咙呛得干呕了半天。

加里在她背上拍打，全场人却哈哈大笑，好像看到兰胡儿难受，是他们最开心的事。

一身美式军装的所罗门在台上看得最真切，心里充满矛盾：他喜欢兰胡儿的程度不如嫉妒她的程度。加里与兰胡儿天衣无缝的合作，令他非常不安。加里对他这个父王漠不关心，在家里得相思病，在大世界里也是和兰胡儿在一起，好几次两人在窃窃私语，并且比画着动作，见他来了，就中断了。

他胸中有股气堵住。昨天他罚加里去街上给他酒瓶里弄酒，有意错开兰胡儿。殊不知那鬼精灵的兰胡儿居然跟加里一起回来。

"主啊，相信犹太人还不如相信一条蛇。你就是一条蛇养大的。"

他打开酒瓶，猛喝一口："我的王子，我喝的不是酒，而是主的鲜血，我有罪！"他把手放在加里的肩上，"让她离开我俩——"他补了一句，"一会儿！"

所罗门把加里抓得牢牢的："你就这一阵子就做不到？"加里垂下头。所罗门打量加里，松开手，"你真中了魔呀，我的王子"。

所罗门把枪下意识地举起来，如果一切走运，那么再弄几张倒霉的美元，越快越好，明后天还不知能不能演下去，还有没有美元可拿。他决定幕一开始往下落，就往台下跑。

不料幕落不下来，在下幕前最后一刻，唐老板走上台来，脸色铁青，不看兰胡儿和所罗门，而是转过身，对台下看客尖声厉气地喊：

"这戏法是假的!"

观众正在往外走,想去方便,或是到别的场子去,看到有人上台寻衅,都好奇地止步转过身来。不少人窃窃私语:"是唐老板,大世界的经理!"

台上人更愕然,不知道这个唐老板是疯了还是吃错了药。

所罗门正要回答"戏法都是假的",忽然觉得不对头,这还用回答吗?张天师正在后台整理道具,听到唐老板的声音,抬起脸来,正好遇到所罗门惊疑的目光,就明白苏姨说对了:那个老李头至今与唐老板有联系,他报告了唐老板。姓唐的马上明白那个穿美军官装的洋人是谁,就赶到场子里来了,给他们看他的厉害手段。张天师对大岗低声说,拦着兰胡儿一些。

唐老板大声地对全场说话:"我们大世界信誉第一,童叟无欺,从来不弄虚作假,才让上海人信服。你们杂耍班子弄假,是败坏大世界名声。"

唐老板竟然一点都不绕圈子,看到台上人都看着他,没有一个人还嘴,声音就提得更高:"那些子弹全是假的,还好意思跟我要子弹费!"他一把将手枪从所罗门手里夺过来,推开弹仓,一边从裤袋里摸出一颗子弹,很熟练地填进弹仓,顶上一格,"啪嗒"一声把弹仓压上,把枪递给所罗门:"这才是真子弹,开枪吧!"

所罗门接过枪,不知该怎么办。他一辈子变魔术,没有遇到过这样的人!这个姓唐的比撒旦还可怕!

唐老板脚蹬地板吼起来:"开枪呀,打呀,怎么不打,你这个洋骗子！"

下面的观众闹起来，有的胆小的开溜了，更多看热闹的人涌进来，整个场子挤翻了沿，兰胡儿作为靶子，站在那儿纹丝不动，只是把手递给加里。

"你不敢枪毙女间谍了，我亲爱的美国将军？那么好，枪毙我这个老板吧，你开枪，打死不偿命！"

台下有看客在尖声叫："开枪，开枪！"

所罗门拿着枪的手在发抖。唐老板蹬着脚涨红了脸，大吼："开枪呀，你这种洋瘪三也配在上海抖威风？"

"这个姓唐的太过分了！"下面有看客在说。不过绝大多数看客兴奋异常，大世界这么些年，哪听说过老板当场跟自己班子内讧的事，这回亲眼见到，并且以死相逼，真是绝活精彩。

所罗门脸色苍白，汗水沁出额头，他只是说："我从来没开过真枪。"他把枪递给唐老板，但是唐老板不接枪，看见这个洋老头样子很可怜了，还是不依不饶，暴怒地吼：

"你从来没有开过真枪？那你是个骗子！洋骗子！洋骗子在上海混的，见多了，你以为你鼻子高就比我聪明，我告诉你，上海洋人没有一个像你这样没出息的！要饭瘪三一个！没脸面，跪下求我也没用！我这唐某人天性最恨骗子！"

没想到的是，加里大步走了过来，走到所罗门跟前，把手枪拿过来。观众当中起了骚动。

"你是什么东西？"唐老板威胁地说。

"我是上海第一魔术大师王子。"加里说。

"什么王子？"唐老板笑了起来，"你不过是洋瘪三养的一条中国垃圾狗。"

加里不回答唐老板，而是平静地推开转动弹仓倒出子弹，摊在手掌上问："这颗子弹是真的？"

唐老板说："我姓唐的不玩假。"

"那就好。"加里把子弹仔细顶上弹仓，"啪"地一下顶上枪膛，"开一枪就能打死人，对吗？"

唐老板说："当然当然。"但是他的声音开始发抖，不知道这个小子想干什么，说不定会做出非常想不到的事，他的命比这些穷得鸡巴打鼓的东西要紧，他已经在挪动脚步，准备必要时躲闪。

加里根本没有看他，只是手平举，对准兰胡儿，另一只手咔嗒一声，很响地推上保险："我开枪一向百发百中，Absolutely no miss。唐老板你说，要我打哪儿？打头还是打胸口？"

台下观众轰地嚷起来，有叫好的，有惨叫着跑的，但是走廊里已跑不出去，全是闻声而来的观众，包括大世界自己的保镖和茶房。

这下子唐老板僵在那儿了，他开始懊悔了，不应该来闯这个台，有人比他还镇得住台面。

加里一边瞄准，一边问："唐老板，你刚才还喊得屋顶都要塌下来，现在怎么不说话了？Are you dumb？哑巴了？"

唐老板更是不知道怎么办，要说罢休，到此为止，就输给这个乳臭未干的小子，今后在大世界，在上海滩，再怎么撑场面？到青帮老大那

244

儿怎么交代？他只有装作若有所思，还是不说话。

"说呀，唐老板，打头还是打胸？"加里偏过头，"不是你说打死不偿命吗？"

下面观众都站了起来，今天大世界这种好戏太有趣了，看到唐老板都给吓得哑口无言，他们更来劲了。兰胡儿站在那儿，一动不动，不躲不闪，脸上只有骄傲的微笑。全场更像着了野火的干树林子，狂声啸叫起来。

加里没有放下手里的枪，只是转过脸来看看兰胡儿，然后重新看着唐老板，微笑着说："你是自己走上台来的观众代表，我们一向是观众代表说打哪里，就打哪里，从来不打折扣，从来不害怕，对吗？兰胡儿公主？"

兰胡儿响亮地说："就是，说打哪儿就打哪儿，做鬼也不含糊。"她手指一下唐老板，"从来不像那样的怂包吊子货，抽了骨头，蔫不拉唧！"

这侮辱话，骂得很脏的字眼，从一个清纯少女嘴里说出，真是充满歹毒，把全场挑动了。唐老板恨不得马上走下台，但台前都挤满了他的吼叫引来的观众，人山人海，大世界从来没见过这么多人挤到一个场子里。

兰胡儿高声叫道："加里王子，你有胆，你开枪打我前额头！脑袋开花，血溅堂前七尺才好看。打心口也行，把心翻出来给上海人看，我丹丹一副血红心肝端给唐老板，看他一向的草鸡胆量敢不敢接！"

全场啸叫起来，还有一部分人惊得发出不知所云的"啊，啊"，但也有等着出事的街痞，真的在喊，"打呀！""打呀！"

加里大声喝说："当然，今天不开这枪，我们天师班的人还有脸到大世界来吗？还有脸找唐老板要我们的辛苦费吗？我们就是卖命的，今天把命卖给唐老板看看！"

唐老板惊得下巴脱下了。

加里已经在喊："准备开枪，大家一起喊One——Ready，Two——Aim——"

场子里乱叫乱闹，反对的人只能低下头不敢看，有的女人用手帕掩住眼睛哭了起来。也有不少人在起哄跟着喊，最后这"Three"字儿乎是全场歇斯底里地尖叫。"Fire！"

随着加里这叫喊，"轰"地一枪，兰胡儿头忽地一垂，一手捧胸，胸口喷出血，飚出一丈远，溅了个满地红，前面的人脸上都溅到了。

整个天师班都吓得叫起来，加里的尖叫最响。

场子里的人吓得尖叫着往外冲，好些人被挤得往座位中跳，才不至于被踩倒。闯出祸来的唐老板也趁混乱跳下台，赶紧逃了出去。他可不愿意让警局的人找住盘问。戏法失手常有，不干他的事。

等到整个场子里只剩下天师班的人，他们围在兰胡儿身边，大岗支支吾吾地说，他没能保护好兰胡儿。小山喊起来："兰胡儿你不要死，我们不要你死！"

兰胡儿却睁开眼，看到班子里的人都脸色发白，惊恐万分，她甜甜地一笑。

几天前兰胡儿和加里准备了几个颜色猪尿泡做新花样，想让兰胡儿表演时少吃一点苦，只是每次要洗这裙子，有点为难。不料今天正好用上。

所罗门和张天师都瘫坐在侧台地板上，吓得半死，听到那边小山和大岗为兰胡儿无事欢叫，才缓过一口气，也只是大眼瞪小眼。兰胡儿跳起来，跑到后台角落，飞快地把身上血淋淋的裙子换成自己平日的衣装。加里在忙着张罗搬走他们的东西。

兰胡儿对他说："唐老板今儿个一个人也没害死，加里你呀得千万小心！"

加里听着若有所思，却没有说话。

小山对大岗说，"这次恐怕真得离开了？"他掉过脸来，"师父，对吧？"

张天师恨恨地说："当然呢，值钱的都挑走，这个大世界，今后来不了，死了来收脚迹吧！还能等唐老板的杀手追上来？"

所罗门看着几个年轻人忙着，他站了起来，迅速地奔出场子，跑到唐老板那里去要美元，但唐老板不在，办公室也关着门，他急得团团转，后悔今天自己太激动，忘了当场拉住这个流氓。

第八章

加里扛着他们七零八碎的道具离开大世界。寒冷的晚风吹打过来，人如纤弱的树杆摇晃。所罗门突然情绪激动起来："还要这些东西干吗？真刀真枪地打到戏法台上！全世界任何城市都没发生过的事，世界魔术史上没有！太可怕了，中国人。只有在中国，在上海发生了，这中国还能待吗？"

加里一听他这么说，就把背上的袋子往地上一撂："不变戏法了？那么真不用扛回去。"

"不过，现在你最好扛着。"所罗门马上吞回自己的话。

加里没有把袋子拿起来，所罗门很无可奈何，两人站在马路上没有说话有好几分钟，突然加里说，他得去帮兰胡儿他们扛一下，天师班还只能吃杂耍饭。

所罗门手一指："站住，加里。你别以为我真老了，真比你糊涂，你肚子里想什么，我全知道。"

加里淡淡地说："知道就好。"

"那你给我站住。"

"我马上就回来。"加里掉头就跑没影了。

所罗门很后悔，他应该把这小子挡下来，加里已经长大了。刚才他不让加里搁下袋子，就有一种预感。他一人扛着东西回到亭子间后，坐卧不宁。这些变魔术的道具是用不着了，但是他没有扔掉。不是决心不够坚定，而是用过的东西有感情。这会儿他才发现自己真是一点用也没有，像个女人一样这也舍不得那也舍不得。

被日本人囚禁时，他经常饿肚子，严重缺营养，休克过两次，幸好难友有心脏病药丸，救了他。主说人一旦被变成猫头鹰，就无法变回去。

锅里只有一点剩饭，从开水瓶里倒水，却发现水早就凉了。到弄堂口的老虎灶打了开水回来，所罗门给加里剩了一点饭。夹了最后一丁点甜咸菜，他胡乱吞下肚去。看着道具袋，他又出了一趟门，把袋子一直扛到黄浦江边，看着水波把道具吞没才转身。

所罗门斜躺在床上，一直等到近半夜了，楼梯上才响起熟悉的脚步声，脑子里紧绷的弦才松开。窄小的房间里搁着已收拾好了的行李。说是行李也没有什么，他只是把床下木箱搬了出来，还有打成卷的被子。所罗门站了起来，把床边的黑大氅披上，对推门进来的加里说：

"明天大早法国蒙塔涅船出发，去马赛，我们可以买两张票到也门，到那里再想办法走下一程去耶路撒冷。快走，先去码头，看有什么办法能早早弄到票上船！"

加里说："父王，你急什么？"

所罗门一把抓起加里的领口："你这小子，手枪呢？"

"我没有拿手枪，手枪扔到那一包道具里了。"

"我还没有老到让你这个臭小子愚弄的地步，你在台上开的枪，是你掉了包的假子弹。"所罗门火了，"这点小手法瞒得过我？"

"父王，听我说。"

"手枪，子弹，连你这个人。三者到哪里去，我都要知道。"

"我去要今天的演出费。"说着，加里果然从衣袋里拿出五张美元。

所罗门抢过来一看，的确是五张一元的美元，他大喜若狂："今天这唐杂种够慷慨的，为什么？"

加里说："我不知道。我要，他就给了，我把手枪子弹全还给他了。"

所罗门拍拍加里的肩："那就好。我没有不相信你的习惯。"他想想，觉得这事情已经不值得追究。他用开水给加里泡了一点饭，没有菜，加里看来是饿坏了，几下就扒得精光。所罗门看他放下碗筷，说："加上你今天拿到的五美元，钱够买两张船票到苏伊士，那就在耶路撒冷门口了。加里，我的孩子，我们走吧，这上海已经不是我们的了，谁做上海的主，我不关心。我活不了多久了。我只想我死后，有个安睡之地，合上眼睛离世时，有王子你给我用意第绪语诵经祈祷。"

"那么，她呢？"

"你的公主兰胡儿？"

"我求你，父王！"

"这钱三张船票钱不够，这是第一；第二，张天师不会让兰胡儿走，他不放，借口说你们是兄妹不能结婚！"

"那么，父王，你认为我们是不是兄妹呢？"加里焦急地问。

"你在城隍庙臭豆腐摊上那事——你还记得吗？"

"不记得——有点记得——那是多少年前的事！"

"许多年前的事，我看到一个壮汉正朝一个小女孩——就是兰胡儿身上踩，当时，你就喊痛那样子，我原以为你装的。我很讨厌，就记住'天师班'这名字！我们是玩戏法的，世事百奇千怪，哪有定数，所以不想问这类事。我不想应付这个多事的张天师，还有你这条跟着女人转的小狗。"他挥了挥手，不愿再谈，"说清了，王子，我们可以走了吧？"

他弯下身去提门后的行李，也就是那个木箱："走吧！"把打成卷的被子放到加里肩上，看了看他们栖身两年多的这个亭子间，他说，"你们孔夫子说过，道不行——下面是什么？"

"乘桴浮于海。"加里说，一片茫然地跟着所罗门。两人走下楼梯，遇到客栈老板，老板娘跑出房间来："走了，结清账了吧？"

老板把她往房间里拉："早就都结清了。"

他们出了房门，走出弄堂，走在路上，加里突然感到十三年前，他自己——一个小孩子，第一次跟着这个长得怪样的洋人走，不知这个妖怪一样的人会不会把自己吞吃。

当时所罗门把他的小手握在手里，一直往前走，没有再低下头来看他，好像一切都是自然而然的。真是如此，他这一生就与所罗门连在一起。他很伤心，先是想自己的身世，接着又想兰胡儿，很想她，想到此刻她也会这样想自己，他眼里开始冒出泪水。

"男子汉，不要哭得像个娘儿们。"所罗门说，"老实告诉你，我的王子，我不是百分之百，甚至不是百分之五十同意那个张天师的道德主义。天下第一对男女亚当夏娃，就是有血缘关系。但是你和兰胡儿如果真是双胞胎，你到耶路撒冷，找个好老婆，给兰胡儿寄钱来，让她也到耶路撒冷找个好丈夫，一辈子在一起，一切不就OK吗？哎呀，还在哭。"

所罗门同情地看看加里："有一点我绝对清楚，你和我必须在一起，是命定的，国王与王子。"

加里停下不走了，说："我这就想见兰胡儿，我不能跟她不说再见就离开上海。"

所罗门一看这加里，一脸坚定，他明白这种时候，三匹马都拉不转。僵持了一会儿，他只好说："你快去快回，给你两个小时，我在十六铺码头等你。"

加里放下肩上的铺盖卷，掉头就跑，所罗门一把拉住他，狠狠地说："你小子可不能不回来，你不能背叛我。否则你跑到天边我也会追到你！"

加里回过头来，突然抱住所罗门说："父王，不会的，我不会离开你。"

"你发誓。"

"我发誓。"

"我知道你不会让我失望，"所罗门叮嘱他，"但是绝对不能超过两个小时！我在码头买票地方等你。"

这个深夜，天空大大小小星辰流泻着一道道白光，像是给加里照着暗黑的路，让他快快地一路向南飞奔。他的头发竖起在风中，沿路的景物跟梦里一样，树藤仿佛皆伸出墙垂下地来，想绊住他，他一次次迈越，大喘着气。这往南的路以前多少回走过，也有过快走如焦心疾飞，可现在怎么快跑，也不够快。

到了一个岔路口，他本能地停下来，两条路远近都差不多，一条路人走得多，一条路走的人少，他去找兰胡儿一般都走人少的。从来没有对她说他走哪条路。路口有棵香樟树，树枝上停着一只鸟，他有种担心，不会见着她。身体跳起来，去扑打树枝，鸟儿往左边飞去，他就朝左边的小路走。

加里奔跑着，老远就看见一个人朝他这个方向跑来，跑得如他一样快猛。他想，那人一定是兰胡儿。鸟儿引我朝这条路走，就是为了遇见她。

他加快速度，跑近一看，果然是她。路灯不太亮，两边的房屋都静悄悄的。两人都停下了，喘着气看着对方，突然走上前紧紧地拥抱在一起。

"你就知道我会择这条路走？"兰胡儿握着加里的手说。

"你就知道我会来找你？"加里抓着兰胡儿的手说。

兰胡儿眼睛红了，她脸一侧，忍住泪水，声音呜咽："你狠心狠肺到猫头鹰都巡夜才想到我！"她抽出手来，打着加里的身体。

加里由着她打，心一横直接说了出来："兰胡儿，不要怪我，我要走了，来跟你告别。"

兰胡儿不打了，依靠在他的肩上点头。她知道，这次分离不可能避免。高低都没有其他可能了，他真的得走了，她不想他走，可是她又不能不让他走，所罗门一定等着他。

她绕过手去，抹去加里脸上的汗："你以为来了我就会端端的饶了你。"她开始抓他胸前的衣服。加里握住她的一只手，又握住另一只手："兰胡儿——"

"快说呀！"

"你知道我想说什么？"

"我要你说出来，兰胡儿呀兰胡儿！"

加里咬住嘴唇，他把兰胡儿抱在胸前，想放声大哭，但是他不能这样，兰胡儿会更伤心。她伤心的事，他绝不做。他只能咬着她的衣服。兰胡儿心疼地说："别难过，我兰胡儿没欺负你，从今个儿起你一切顺心顺意！"她紧咬牙，她不能哭，两个人一道哭就没个收拾了。

路上走过一个人，朝他们看看，走远了，还回过头来看。加里双手抹脸，然后仰面朝天，长吐一口气，看着兰胡儿说："我答应半夜两点之前，要赶回十六铺码头。时间不多了，我得和你师父他们说个再见。"

两人手拉着手，穿过一片棚户屋，往打浦桥走。快到弄堂口，看着停了一辆黑色汽车，邻居从房门里探了一个脑袋，但马上缩回去了。兰胡儿说："不对，家里出事了，加里你快走！"

"不行，我和你一起去。"

四周分外安静，好像并没什么动静，他们经过黑车，并没有看到人，就直接走到最里面房子门前，听了听里面，一切正常。兰胡儿这才推门。门吱嘎一声响开了，兰胡儿和加里前脚跟后脚地跨了进去，突然两把刀子从左右侧伸出来对准他们。还没有看清楚，他们听见屋里一个陌生人的声音在说：

"你看，我说过，你这个班子现在是小鬼当家，果然有事就来。"

昏暗的灯光下，兰胡儿看到天师班的所有人都被看押在屋内不能动，全部让他们蹲下来，小山紧抱着狗，不让狗闯祸。两个男人持尖刀守着。一个年龄稍大的人，头发已灰白，瘦瘦的，高个子，坐在屋里那唯一的藤椅上，右手撑着一根红木的司的克，两眼炯炯有神。

"不用动刀子，我跟年轻人说话。"他手一挥，两边拿刀子的人退开了。

"唐三——你们的唐老板，今天夜里死在办公室。"他手里拿着一副玻璃片裂开一条缝的金边眼镜，面对加里，眼睛凶光毕露，"手里是你今天下午用过的勃朗宁手枪。说吧，加里，是不是你杀的？"

加里毫无畏惧之色，说："我在晚上十点半回到大世界，去跟他要今天的份钱——我们等钱用。他一个人坐在办公室，脸色很不好，抽着雪茄，玻璃缸里好些烟头只有一半，没抽完就灭了。"

的确，他到唐老板办公室，看见门开着，走廊里已经没有人。唐老板见加里进来，也没赶走他。电话铃声响起来，唐老板没有接，甚至像没有听见。

加里就这么说了出来。

"你手里有枪，你没有动手？"那个人追问。

"我们玩魔术的，所有道具全是假的，我们不玩真刀真枪。我们在大世界前后共三年半，受尽盘剥欺侮，二先生在时，也是唐老板在管事。我们也一直靠他吃饭，没有他也进不了大世界，我要的是他该给我们的一美元，没有理由要他的命。他给了我五美元，我就走了。我也不知道为什么给我五美元。"

那个人又问："你见到他时，他说什么？"

"他好像有心事。但是今天下午在戏场不知道为什么。"

那人抬抬手，说："下午的事，我知道，是他失态。十点半你见他，却没有杀他，有谁见证？"

兰胡儿说："我见证，我和他一起去的。"

那人笑笑说："果然名不虚传，你是——兰胡儿。"他站起来，"好汉一人做事一人当。这个唐三不管是自杀，还是被杀，都好像有好多理由。这件事嘛，不管是到警局公了，还是我们私了，都要有劳你，"他用司的克指着加里说，"跟我走一趟！其他人不相干。"

张天师站起来说："大先生，这个班子出的事，全由我负责，我跟你去。"

兰胡儿这才明白过来，原来此人就是师父经常提到的大先生，大世界的后台老板，青帮在上海几十年的头牌老大，师父一辈子佩服却从来没有见过面的人。

但是大先生点点司的克，根本没有理睬张天师的话，径直朝外走，手下人带了加里也纷纷跟了出去。他出身贫贱，大概已很久没有到下等贫民住的棚户区来了。今天这个事他亲自来，可能事出突然，头绪太多，怕手下人办不周全，必须他亲自到场来相机处理。

眼看着加里被他们带走，送进汽车里，那种方形黑色的奥斯汀，里面可以坐五六个人。张天师很丧气，问苏姨："怎么办？"话未说完，兰胡儿追了出去。

汽车发动声中，前灯打亮了，在他们还没有跨入汽车时，兰胡儿一把抓住加里，对大先生说：

"你们要带走他，有种的，也把我带走！"

加里已被两人架在中间，不能动弹，他还未来及说话，大先生再次眼角扫了一下兰胡儿，轻轻说了一句："女人待在家里，少添乱就好。"

加里朝兰胡儿一笑，兰胡儿还是不松开手，那手下人就一把将兰胡儿推倒在地，另一个人踢兰胡儿。加里被塞进汽车，他大声说："对父王说，到了就来信，我们——我们两个——会去找他。"

汽车飞快地开走了，车灯横扫过空旷的马路。兰胡儿从地上爬起来，看着汽车驶远。"加里！"兰胡儿伤心欲绝地狂叫，"加里！"她无力地靠着墙坐在地上。

天师班的人都跑出来，弄堂里的人，也探出窗来或走出门来看稀奇，从来没看见过这儿住了这么多人，一定是早听见动静，害怕这黑车，躲在家里，不敢出声，听见汽车开走，都涌出来。人声异常喧哗。

第九章

所罗门在十六铺码头的售票处门口排队，这队伍还真长，有外国人，但中国人居多，看来临时打定主意想上船的人还不少。售票处要到上午八时才开门出售余票，船是八点四十开。队伍却已经绕着码头的楼房转了一圈。

一夜没睡，所罗门累垮了，坐在地上，不时站起来张望，但是什么也望不到，他就又坐在地上。加里不会失约，也肯定守时而来。凭着他十多年来对加里的了解，这点不必担心。

但是加里显然已晚了，他有感觉，当加里走时给他一个拥抱，他就感觉事情不会如想的那么顺利。黄浦江对岸天空中已经出现拂晓的鱼肚白，这讨厌的颜色，令他再也坐不住了。肚子饿得叽叽咕咕叫唤，一对父子路边摆了卖汤圆的小摊。父亲在专心搓面，包黑芝麻馅，小男孩嘣嘣地敲竹管清脆地唱：

　　　卖汤圆卖汤圆

　　　小阿哥的汤圆圆又圆

　　　五分洋钿买一碗

　　　汤圆汤圆卖汤圆

　　　吃饱暇逸真真是合算

所罗门觉得这男孩子的歌声美妙，漂浮在沸水之上的一个个白汤圆更美妙，可是他只有眼巴巴地看着，就是半分钱一碗他也不能走过去。

售船票的窗口挂出的票价，到苏伊士的船票，最低四等舱，每张票是三十七个美元，两张票就要七十四个美元。他身边的钱加上昨夜加里给他带来的，正好七十五个美元，只多一个美元，真巧极了。

路上的用途还没有算。他是卖艺人，可以一路变戏法。船长不准在甲板上做此类表演，但是他总可以设法让一些头等舱贵客高兴，赏给他几个钱——二十年前，他从马赛来上海就是用的这个方法，船上总有一些有钱的人，受不了海上无边无际的单调和孤寂。所以，他早就打算好，只要上了船就有办法。

加里连个影子也没出现，所罗门开始着急了。从窗前到马路上已排满了近几百人，票贩子也夹在中间。每天票限量。票贩子告诉他们的服务费："要想得到今早的船票，一张票得补一美元。"

"能少一元吗？"

"这是我们的辛苦钱。一个子也不会少。"

所罗门没办法找这一个美元。

那么等下一班船？一天也不能拖，他明白再拖下去，就会永远留在上海了，得赶快带着加里，漂洋过海！无论怎样，都得等到加里来，他不能离开这长长的队伍，也不好离开行李——跟他如伴侣的木箱和一个铺盖卷。

主啊你令我死也死在耶路撒冷，我所罗门生和死都会守护着你。破碎的心能吸干骨髓，一定要稳住。

半明半暗中，所罗门看到兰胡儿和张天师在长队里慌张地找人。所罗门心一沉，双眼直冒金花，几乎晕倒在地。他想起那个经常做经常忘的梦，每次刚嗅出一丝气息，梦境像气泡消失。他是一国之王，让几位有智性的老臣来帮他圆梦。他手上拿着一枚大钻戒，说，谁能想出来我的梦，解释出意义，我就奖励谁一座城池和这钻戒。谁也没有能圆他的梦。我自己都想不起做的什么梦，谁又能圆梦？

　　兰胡儿比张天师动作敏捷，把他拉得好远，她沿着排队的人查看，所罗门个子高，该是很显眼。果然，兰胡儿看到所罗门在向她招手。奔到所罗门跟前，她拉住他的手，说："加里今儿个没法走了，唐老板死了，大老板把加里扣住了。他让我转话给你：你到了那里就来信，他肯定会来找你。"她突然呛住，咳起来。

　　"慢点说，慢点说。"所罗门轻轻拍拍她的背。

　　张天师也赶过来了，让兰胡儿代所罗门排队守行李，张天师把所罗门拉到一边，把情况讲了一下，他分析道，唐老板出事，大先生似乎并不太在乎，姓唐的得罪的人无数，也可能是青帮内部人干的。但愿大先生不为唐老板的事为难加里，但是死了人，他要有个交代，只是暂时把加里带走两天。

　　所罗门跺脚："你故意把事情说得轻松。我不能把王子留在麻烦中，"他说，"我不能走。"

　　张天师说："你卷在里面，反而给加里添麻烦，你是外国人，那个大先生就不好在帮内处理这事。弄到警局去，事情就麻烦多了。到时谁也走不了。现在你能走，就避开。找不到你，大先生反而有理由小事化了。"

　　"加里会来找我吗？"所罗门问，他向张天师要一个准数。

　　"肯定，你在这里，他反而犹豫；你离开了，他就想到必尽孝道，这是中国人的美德。"

"那要看你愿不愿意放兰胡儿。"

张天师说："没有你和加里，我的杂耍班也撑不下去。孩子们有前程可奔，我不阻挡。"张天师还是补了一句，"不过，他们能不能结婚？——你最明白。"

所罗门知道这已经是没有办法的事。售票处的门突然打开了，队伍一下子轰了进去，乱成一团。所罗门和张天师马上挤过来，兰胡儿身手敏捷，挤到售票窗口前列。

不用想，这艘船余票已经不多，排在后面的人绝望了，就挤垮了队伍。所罗门挤不上去，靠不着兰胡儿，他脚下是木箱和铺盖卷，不能扔下。他把钱包从胸口西服的内袋里取出来，数出三十八美元交到张天师手里，说："你让加里存着买票。"余下的三十七美元，依然放在钱包里，捏紧在手里，又要往上挤。

张天师说："挤不上了，只有让兰胡儿买。"

他接过所罗门的钱包，对着人群中的兰胡儿喊："兰胡儿，接住！"他用力一扔，兰胡儿纵身一跳，稳稳地接在手里。她落下去，就消失在人群中。

所罗门急坏了，站在木箱上看，看不到兰胡儿人影。过了好一阵，才看见兰胡儿猫着身子，从人群手臂下钻出来，手里捏着一张票。

他们从人声鼎沸的售票处退出来，所罗门把木箱挎上肩，提着铺盖卷说："不要送了，再过二十分钟船要开了。你们早点回去。"

"加里孤单单一人，我得帮。"兰胡儿着急地说。

所罗门拍拍她的肩："这就对了，我的心思你能弄懂。"

船的汽笛响了，所罗门转身想走，张天师一把抓住他。蒙塔涅船就泊在江岸，跳板上旅客们提着行李小心地走着，也有佣工挑着包扎好的行李，上船的队伍排了很长。他们就在码头地面上站着。

忙了一夜，三个人都精疲力竭了，满身汗味。张天师很义气地说："老朋友，你这一走，我这辈子就见不到你了。但是这时候，不是叙友情的时候，你告诉我，加里可能用什么方法脱身？"

所罗门想了想，问："大先生喜欢什么？"

张天师说："听说大先生年轻时在上海滩弄过魔术。"

所罗门对着张天师的耳朵，仔细地说着什么悄悄话，张天师不断地点头。在这个乱糟糟的码头上，其实谁也听不见他们说话，但是所罗门还是捂着手掌对张天师耳语，兰胡儿靠近他们。

张天师问："他会用哪一个呢？"

"是呀，这就没法猜了。"所罗门难受地说，"我的王子，你真是个苦命的孩子！"

所罗门提起木箱，挎上铺盖卷，面对船，船舷上的人向码头送行者挥手道再见。所罗门足足看了半秒钟，双肩耷下，长叹一声气。他冷笑了，转过身来，突然变了一个人。

他声音出奇大地骂起来："你们上海人，个个欺侮我，以为我不是上海人，骂我十三点老瘪三，故意说得飞快，欺负我不懂。全世界的语言，我都懂，就会听不懂你们骂我的话？你们真不是东西！一点臭豆腐端三天，一根蒜苗分六顿吃，吃了猪肝骂猪，吃了鸭翅膀骂鸭！还装他妈的吃不完！吃不完，也不扔我一根骨头。"

兰胡儿跳起来了，想去拉所罗门，张天师拦住她："发泄吧，我他妈的能这样也好。我情愿我能疯狂我能痛骂！"兰胡儿睁大眼睛看着所罗门，这太不正常了，像他这样咬牙切齿，必有多少委屈多少绝望！所罗门你干吗不哭？！

所罗门骂得痛快，他不停地挥动手臂，口沫飞溅，中间加了好些兰胡儿听不懂的东西，他一边骂，一边捶着胸口：

"你操妈的'上海'就是强盗绑匪，我走到路上，一盆脏水就淋到我头上，弄得我赶快躲闪，撞上倒马桶的娘姨，你们都像这屎尿一样臭，还要我打扫干净路！灰灰菜等肯，上都都味发格。想方设法割我的肉，狂要我房租，逼到我上吊才甘心。好事你们想占尽，坏事都是别人；趣事上约个B奇D货，哗色宾尼冬，呕哓哂死人。你们个个是牲口下的怪种，乱成泥的烂桃花！你们当道，我这就走，永远不回头！"

马路边上卖汤圆的小摊，生意好起来。那个男孩子又唱起来，他的声音格外清脆，好像教堂唱诗班的男童。看到生意不错，稚气的声音比起先前高兴多了：

唉嗨哟——

卖汤圆卖汤圆

小阿哥的汤圆圆又圆

汤圆可以当茶饭

五分洋钿呀买一碗

吃了汤圆好团圆

但是所罗门依然骂下去："你们上海人，还扣住我的王子，不让他走，你们是成心与我为敌，不让我有后。你们设计陷害他。你们本是无根无乡的人，你们恨不得人人都没根，地狱升起火，天上掉下石，毁烂这儿，我发誓，我要有来世，绝对会再来上海，看看你们永远当坏蛋的孝子！Nobbler, flattie chat! 你们妈泽发格，比奇生的伯斯得！"

围上来很多看热闹的人，所罗门当没看见，仍自个儿骂着，听不懂的词越来越多，那愤懑的神情却依然不改。

"上船了，快上船，要开船了。"张天师硬推他走，他才走向跳板，边走依然边骂，骂声更大了。

第十章

大世界人来人往，不会因为少了天师班，减了人气。兰胡儿看到戏场子里开始演京戏。四楼的明月歌舞厅改成观赏厅，看客围了一层又一层：两米多高的野人在笼子里走动，头不尖，嘴巴却大得出奇。浑身上下都是黑长毛，脚上锁着链条。

兰胡儿和张天师一起出了大世界门，她觉得自己是被师父押着回打浦桥的，一进屋子，兰胡儿就被交给了燕飞飞和大岗，张天师说："一步也不要让她跨出这个门！"

大先生早晨起床后，已经想好，唐三的死不是自杀也是自杀，只能这样，才方方面面摆得平。这个上海滩混了三十年的唐三，既然如此乱来，做棉纱做股票债券，做阿芙蓉之类做出大亏空，大世界的钱不够补洞，有好长一段时间不敢来见他，肯定出了大错。那天下午唐三在戏法台上出了洋相，可能真是霉气攻心，要找个容易出气的地方发泄，结果更灰头灰脸。

日本人走了，他从陪都重庆回到上海，这个唐三很乖顺。二先生出事后，他就把大世界完全交给这家伙。渐渐地，此人变得不如以前了。大先生记得有一次去电话，唐三居然敢不接，那是唐三最春风得意之时。得意就忘形，任何人都过不了太得意这一关。

经不起任何刺激，发脾气丢脸，临事无静气，不是个人物。这点他早就看出。

这大世界包给唐三，三年来每月倒也按时交给他一百根金条，他也就不想管，能闭个眼就闭个眼。帮里早有人对唐三不满，说他和二先生一样贪得无厌。想对唐三动手的，大有人在。唐三的三姨太就打点细软，听说连孩子都顾不上，跟人跑掉了。

这种见不得钱的赤佬，早晚都得死，就是这个命。

不过，事情落在穷光蛋变戏法的人手里，大先生心里很不开心。四岁就跟着娘到上海卖水果。还在晚清时节，他就在街上混。那时魔术已经在上海风行，有一段时间他也练得手快，想靠魔术混口饭吃。娘去世了，更无人管束他，他干脆扔了水果摊子。上海滩魔术有行规，要拜师父，死心塌地做儿孙，才能一点一点学到一些窍门。当时他想，与其拜乞丐一样的魔术师为父，演一场骗一场，还不如拜青帮老头占码头，当打手，杀个人，势力就上一层。果然，走这个路，他才成为沪上人人敬畏的闻名人。

他忘不了当年受的气，他这一辈子看见任何魔术师，都气不打一处来。尤其是加里那臭小子，年轻气盛，似乎比天下人都聪明，就是他当年想做没做成的漂亮人物。想想他少年时挫落的野心，失去的青春，他非要教训教训这个"上海滩魔术王子"不可。

梳洗完毕，用过早餐，大先生让汽车开到大世界，从边门到经理办公室，叫来巡捕房的人，把唐三的事情布置了一番，把尸体登了记，就移出经理办公室。然后让手下人把昨夜关起来的加里带来。

手下人端来烧好的水烟，这是他每天处理各种事务的开始。抽了两口，加里被带进来，不过好像昨晚睡过觉，眼睛并不见红肿。年轻做什么都好，万事临头，即使刀架在脖子上也能睡就是本事。这小子并不胆怯，大先生浓浓的灰眉毛皱了一下。

"我没有多少时间跟你啰唆。"大先生又抽了一口烟，放下烟枪，边上已有人接过去了。桌子上铺着纸墨，手下人按着他的习惯，这点还令他满意。"唐三的事跟你有没有纠葛，报不报警，你杀没杀人，要不要偿命，一切由我说了算。你既然是上海滩洋人戏法的亲传唯一弟子，你得按我的意思做。这是条件。"

"大先生请讲。"加里镇静地说。

"不着急。"大先生说，"行不行都得照办，不用你答应。"

加里不吭声了，他这已是好几次进这个办公室，里外两间，一般都在外间，那儿只有沙发和放衣帽的架子。里面是大经理的桌子和椅子，墙上挂着一幅字，靠窗还有一排柜子，两个盆景，一盆罗汉松一盆君子兰和时令黄菊。昨晚来时，没有见着黄菊，也许没注意到，也许是今天专为这位大先生准备的。

大先生吸了一口烟，开了腔："你给我表演一个魔术，让我无法猜，真正佩服。只能你一个人做，没有帮手，不许在大世界嘈杂之地做手脚。"

他看着加里认真地听，缓了缓口气说："我先告诉你，我可是内行，你们以前表演的所有戏法，我全看得透猜得出，什么幼稚园的花招，不许跟我来那一套。你做成了，让我真心服气了，此事就此了结——放了你；要是被我拆穿，就只好让你到巡捕房解释唐三的事。实话说吧，你去了巡捕房，你那个什么国王、天师，包括你的小情人，一个个都脱不了干系！"

加里不知道所罗门走掉没有，他对此很担心。兰胡儿一定会找到他的，只要有她，他就能把这件事办成。他这一走神，听到大先生叫人把他带走："带他到隔壁房间去想十分钟，我处理一下公务。你们一步不离地看住他，不让他耍滑头！"他掏出怀表，脸并不对着加里，"现在十点，十点十分我叫你，带你一起走。"

过了十分钟，加里被带进来，头低得更下去了。

"想好了没有？"大先生说。

加里犹犹豫豫地抬起头来，说："这样吧，我们到北火车站，十一点十三分，有趟从杭州过来的早班直达快车进站，我们去等这班火车，看这火车进站就走。"

大先生听加里说话斩钉截铁，没有一点含糊，也没有一字多余。他当老大这么久，从不拖泥带水，碰见一样性格的人，他内心的怒火反而冒上来，不过脸上一点没有显出来，只说："备车，走！"

加里说："你叫跟班从桌上拿一张纸，一副墨砚，我不拿，由你拿。"

大先生挥手让手下人从桌子上取了这几件东西，带了两个保镖就出门。此时大世界正在准备开门，平时这时候大门早就开了，今天不知为什么开门的人睡过去，大概是昨晚喝多了酒，睡过时辰。管事的正在大骂开门的。

天上飘着零星小雨，不必打伞，但是天气比昨晚冷。

门外已经哄闹闹聚了一些早来的看客，他们的"将军枪毙女间谍"魔术海报仍然醒目地挂在那里。大世界门前来了许多军警。一些军警往里冲，检查每层楼。唐老板的尸体在屋顶花园被茶房发现，报告了。消息走得飞快，看客们在议论："唐老大是不是被仇家做了？"

"你怎么知道的？"

"人人都知道的事。在上海滩想死容易，买块豆腐都可能被屋顶掉瓦片砸死。"

大先生对手下人说，快些把警察打发走，塞几个钱吧！今天照常营业，消息传出去不值。手下人忙颠颠地走开了。大先生不屑地看着那些照顾他生意的上海无聊市民，上了他的汽车。

加里却在人丛中瞥见了兰胡儿，她目光正焦急地扫过来，车上的其他人没有看到她。加里朝她举了一下右手掌，很快地用大拇指朝向手心，竖起四个手指，举了两下，又做了一个手势。

就那么几秒钟时间，他被推上车子，"哐当"一声车门关上。车子"呼"一下就开走了，也不知道兰胡儿看清没有，加里心里忐忑不安起来。

大先生从车子的后视镜看到加里的神情，这小子坐立不安，熊样终于露出。大先生心里很是舒坦，又有点兴奋，他就要亲眼戳穿这小子一本正经的愚蠢戏法。

车子到了北火车站，两个保镖押加里下车，他蹲下来，保镖一把拉起他："休想耍花招！"另一个保镖说，"逃过了初一逃不过十五。"

加里说："我只是系鞋带。"

两个保镖看看他的鞋子，果然左边鞋带松了。但是不放心，让他脱了两只鞋检查，鞋子里什么东西也没有。

"可以系了吗？"加里问。

"快点！"

加里系上鞋带，这才站起来，四下看了看，说："请大先生上月台。"站上有个挂着一个大钟的地方，他们走到那儿，加里说，"这里就行。"

保镖加司机三人，围着大先生。有保镖去弄了一张椅子来，让大先生坐下。他的手里握着司的克，往地下一敲，命令道："让他开始！"

加里说："请文房四宝。"

手下人把随身带来的纸张笔墨拿过来。

加里说："听说大先生亲笔宝墨，上海滩都在收集，墨宝珍贵万分。请留几个字做今日之纪念。"

这是大先生最得意的事：他是没上过学的人，自己混识几个字，发达之后，与上海滩大名士章士钊杨度等辈过从，也开始风雅起来，而且请了师傅学书法，居然被上海人捧为一绝。他知道说这话的人拍马屁为多，但是众人说多了，成习惯了，听着挺高兴。

他说："借个桌子去。"

保镖马上去火车站办公室借桌子，桌子到了，有一个保镖往砚台里倒水磨墨。这样一来，注意到他们的人多了起来，站长也走了出来，人多，他怕出事。

有人认出大先生来："上海滩老大。"

还有人认出加里来："那不是加里王子吗？大世界有名的魔术师。瞧瞧，看是什么名堂。"

但这些人都不敢靠近，一是大先生的保镖守着，二来，他们不知道接下来会有什么事，怕祸事惹身，躲开一点保险。他们远远地站着观看。

保镖磨好墨后，走到大先生跟前："大先生请！"

大先生放下手杖，站了起来，走了两步到桌前。他用手拂了拂桌上一张半横条宣纸，拿起毛笔，蘸上墨汁，得意地在宣纸上写下四个字："文行忠信。"

加里拿起条幅，赞道："大先生好书法。"

火车站的站长也恭恭敬敬地说："苍劲端正，颜体真传。"

大先生握着司的克，打着哈哈说："献丑献丑。"

加里左手把条幅举得高高的，仔仔细细地端详，好像在欣赏，也像在犹豫不知如何表演。忽然他右手从口袋里掏出一个打火机来，"啪"地一下，火焰点着纸在阳光中刺刺地燃起来，有湿墨的地方烧得慢些，但马上就成了一个火团，缩成一点纸灰。

保镖一个箭步想上去抢，但加里的动作快，原地转了一个身，连一片灰都不抢到。大先生被这突然几乎是侮辱的动作惊住了，好在他习惯了装镇静。

加里朝前走了两步，用手把灰烬合作一堆，揉碎成细末，放在嘴边，对着吹，他轻声念道："Abracadabra，Abracadabra。"中午的风"呼"地一下把灰卷走得不见了。

保镖看大先生没动静，就站在边上，顺手抹去额头的汗水。

加里转过身来，说："小人不敢妄取大先生墨宝，我已经把您的字吹到杭州灵隐，灵隐寺如来大佛已下令：马上把宝字裱装好恭送回上海。"

正在加里说话间，站长已经在吹哨子，杭沪快车马上就要进站，车站的人正在分散执勤，但是买了月台票接客的人，大多看到这场面，正在耳语说话。

五分钟不到，火车拉着汽笛渐渐开了进来，扑哧扑哧吐着气。机头开过，车厢一列一列驶过，车里人正在打开窗子看月台，火车渐渐慢了下来，一步一喷气，最后慢慢停下来。

停在大先生眼前的这节车厢上有四个字，就在窗子上。大先生揉揉眼睛，看到赫然贴在窗子里面的，就是十多分钟前他写的那张纸，他的书法"文行忠信"已经被裱好。他惊得合不拢嘴，大先生周围的人都看傻了。

车站站长兴奋地鼓起掌来，月台上的人也鼓起掌来，大家都回过来看大先生，但是大先生的脸涨得通红，本想抓一个玩魔术的笨蛋，显示自己什么把戏都能看穿，结果反而在许多人面前丢了面子，成了一个被愚弄的傻瓜。

如果不是亲眼所见，他绝对不相信自己的眼睛！这个叫加里的小子，一直在他眼皮子底下，完全不可能与任何人联络。这事百分之百绝对不可能！

但是他猜不出这家伙的魔术出自哪路子门道，玩了什么花招。

他猛地站了起来，把司的克往地下一顿，周围的人吓了一跳。

加里头看着车厢，都没有回过身来，他的手捏得紧紧的，控制住自己的呼吸。

大先生狠狠地瞪了加里一眼，说："我们回去！让这小子滚蛋！"他转身就走，对哈腰点头的站长视而不见，愤愤不已地转向右边的旅客通道。但是走了两步，还是停下来，朝加里的背影撂下一句话："上海滩聪明人，是有那么几个，但没一个有好下场！”

第十一章

加里等着，在心里数着数。下车的人接客的人，混乱成一团。

就在站台上分外拥挤时，一双手臂勾住他的头颈，湿湿的嘴唇贴住他的耳边。

“你知道我准会来。”

“兰胡儿。”加里叫道，轻轻推开她，手指自己的左胸，“我的心能感觉到。”

兰胡儿看着加里，她好不容易才没让泪水流淌下来：终于做成了，终于弄对了一切！

她拉着他飞快地穿过拥挤的旅客往出口走。突然她想起自己眼瞎时，每分钟都在心里对加里说的话，没了你这人生就不是人生。有了你世界才是我爱的世界。她抓紧他的手。

加里冒了一个大险，他猜到张天师和兰胡儿肯定会向所罗门讨教脱身之法。在所罗门的木箱密书中，有四套最神秘的魔术。第一套“当台开枪”，他们已经拿出来换成美元了。

第四套是“火车带字”。

他在大世界门口被押上汽车时，给她的信号就是曲指一个巴掌，第四。这个魔术的大部分其实简单，所罗门教他这第四套时，两人曾经到北火车站试过，发现那挂钟是个好位置。所罗门早就观察到火车停站的位置很准：上海是终点站，月台前不远的铁轨有挡板，有经验的司机都能把火车头停在挡板前三尺远，以免碰坏车头。这样一来，第七节车厢从前头算第三个窗子，就会停在车站正中那口大钟之下，只要预先有人在窗上贴字就可以了。

但是大先生看死了他，不让他与任何可能的助手联络，这时就只能冒险：他知道这个黑帮老大喜欢附庸风雅。肚里并无文墨，叫他写字，预先说好，他还能请秘书方案文案出个主意写别的字。但是大先生最得意的事，是蒋总统在抗战前送他"文行忠信"四字。日本人来了，家人只能把蒋总统送的字做的金字匾额取下打碎。他自己在上海也未能待久，便去了内地重庆。抗战后回上海，大先生首先就请人把这四字照着总统的书法写，仿得一模一样，裱好后挂在自己的公馆。唐三作为他的大徒弟之一请他写字，他就写了这四个字，表示依然不忘当年蒋总统之恩。同时也向唐三警示一个人要知恩报恩。他写字没有什么进步，依样写，每次差不多。

加里心里捉摸，大先生临时要写字，就会写这四个字，而唐老板办公室墙上镜框里挂着的，就是这四个字的横幅，不大。唐老板为了在弟子中争宠，不仅天天供着大先生这幅字，自己也在办公室学样，有时练练字，养心修性，备着纸笔。他进到里间，看见大先生已经把唐老板的许多东西清理干净，反倒是把他自己的墨宝带来了，纸也移到办公桌上，墙上倒是依然挂着唐先生裱好的他的字。

所以，他在大世界门口向兰胡儿做的第二个动作，也是"四"字，两次竖了四个手指头，这个意思太模糊，他无法估计兰胡儿能明白。

但是她竟然懂了，明白在这第四套魔术，要贴的就是四楼办公室里这幅写了四个字的纸条。

两人出了车站，站在门口，进出的旅客从他们身边走过。阳光灿烂异常，这时兰胡儿说了一句话，他也说了一句话，她点点头。他们就往僻静处的弄堂里走。他握住她的手，兰胡儿啊，你咋就像钻进我的心里，我的脉搏和心跳，只有你能听懂。

加里知道，最难的地方，是如何弄上火车。这个车是杭沪直达火车，路上是不停的，但是他估算张天师是扒火车出身，只要提前赶到路轨旁，就能跳上任何一节车，在火车慢下来时，就能翻身进入车厢。

他没有想到，跳上火车的竟然是兰胡儿。

这一天一夜，就是这一天一夜，天翻地覆，冤仇离合，这一生最大的冒险赌博，兰胡儿应对得天衣无缝，救他于困境险难之中，救了他一命，他激动得无言以对。

他们转过身来，正对着街墙上美丽牌香烟广告词"有美皆备，无丽不臻"，黄包车从他们身边驶过。加里一把抱住兰胡儿，他必须好好抱着仔细地看她。但是她挣脱了，焦急地说日光短促来不及，得尽快赶。她拉着他往前疾走。

这个早晨，兰胡儿一觉醒来，发现张天师并不在家里，正要问生火做饭的苏姨，这时，张天师一身露水走进屋来，目光扫在小山和大岗身上，指着小山："你跟我来，"又指着兰胡儿，"还有你！我们去——"

"大世界？"兰胡儿说。

苏姨说，兰胡儿天上地下都知。兰胡儿连忙解释，说她只是感觉到加里在大世界。

张天师瞪了兰胡儿一眼，往外走，却几乎绊在门框上，师父这一夜不知他打听了多少人，跑了多少冤枉路，才知道加里在啥地方。

果然，她在大世界门口看见正被押上车的加里。

从墙上取下镜框的条幅，轻手轻脚出了经理办公室。给她看风的张天师、小山一看她点了下头，就抬脚走。他们朝闸北一带的沪杭铁路线跑去，太远了，跑也来不及。她眼睛快，见有电车去那里，一顺溜跳上了敞着门行驶的电车。坐了一段，又跳下电车来，跑了好久。

铁轨两边树林子染了一层白雾，透出翠绿。远处什么也看不见。

张天师找到一段可以跑动的路边，等着701杭沪直快车。原先是说张天师扒火车，兰胡儿跟在他身后，以便关键时托一把。

火车来时，张天师的手攀上车厢门把手，毕竟年龄大了身手生疏，脚没能及时跳上车门前那一小点蹬坎，火车把他往后猛掷，头跌到路基石子上。

但是他把手里的纸卷往前一抛，兰胡儿就明白，是让她接着上。

兰胡儿从没有扒过火车，但是看到师父刚才的动作，她已明白了其中诀窍，她跳起来接过抛来的纸卷，飞快地沿路基跑，顺势抓住了一个车厢门把手，抽身就贴了上去。火车已进入上海建筑区准备进站，已不是全速，所以，她平生第一次扒火车成了。

费了好大的劲，脚才找到车厢门蹬口，身子贴住呼啸的车厢，一手还拿着纸卷，完全不能动，一动她就会滑下车去。她全身筛糠一样哆嗦，任自己尖叫，火车汽笛的鸣叫吞没她的叫声。

叫够了，她的胆子也回来了一些。等到火车要靠站，慢了下来，她才从车顶上翻身进入车厢。车厢里的乘客相当惊奇，但看到是个满脸微笑的小姑娘，也就没有为难她。她找到第七节车厢从前头算第三个窗子，却无法贴上，情急之中用手在车窗后绷住这书法条幅。她远远地看见加里站在月台上，周围有好多人，明白她胜利了。

师父跌下火车时，兰胡儿来不及看他受伤没有，现在得赶快回打浦桥弄明白师父怎么样了。在见到师父之前，她不想告诉加里这些事，所罗门离去时浑身上下着了火的愤怒，更不想告诉加里。

兰胡儿越走越快。

"你有心事，快告诉我。"加里边走边说。

兰胡儿停下来，她看见了小山牵着珂赛特东张西望，珂赛特一路嗅着，出了火车站，一路找过来，也看见这两个人。珂赛特摇着尾巴奔过来，激动地扑上来亲兰胡儿和加里。看见小山焦急的样子，兰胡儿劈头就问："师父怎么样了？"

小山用袖子抹了一把汗水，说："师父受了伤。"

加里拉起兰胡儿二话不说就跑。

小山拦住他们，说是苏姨让他赶到火车站来截住她和加里。

当时在铁轨边，张天师的头摔破血流满面，小山撕下衣服，来包裹着他的伤口，因为失血太多，等小山把他弄回家，一见苏姨他就昏迷过去。

燕飞飞说："快把所罗门留下的钱救急。"

张天师醒过来，拉着苏姨的手，直摇头，表示不同意。苏姨一直是关键时刻拿主张的人，这次也明白得尊重他，这钱另有急用。

"我们快去！"兰胡儿眼睛一下子就红了。

小山抓住要往前走的加里，焦急万分地大叫他们："停停，我有话要对你们说呢！"

兰胡儿又气又急，要把拦着她的小山推开。加里说："你们的师父是为了救我而受了这么重的伤，我必须马上去！"

小山和珂赛特都在大叫，小山说："打浦桥不能回了，"他泪水流出眼角，嘴里却说，"你们得听我说完！"

他转达苏姨的话，说是一定要告诉他们俩：大先生已经报了警局，说是唐老板之死，系昨夜被人谋杀。犹太魔术师的华籍助手加里已经承认带了枪和子弹去见唐老板，是重大杀人嫌疑犯。警局已来过人，他们看加里不在这里，估计又到了小南门加里住的福祉小客栈去等加里。

兰胡儿骂道："上海滩老大？怎么是一个的的刮刮大赖皮！"

小山从裤袋里掏出一沓一元一张的美元，他对加里说："一共三十八个美元，所罗门要我师父转交给你。苏姨让你们俩赶快走。大先生要抓加里，加里就太危险了。苏姨和飞飞姐得守着张天师，一步也不能离开。"他把挎在身上的一个包袱取下来，那是燕飞飞收拾的兰胡儿紧要的东西，小山让兰胡儿挎上。

加里接住钱，迷惑地问："要我们躲到哪里去？"

兰胡儿更迷惑："那天师班怎么办，你们怎么办？"

"苏姨让你们尽早离开上海，警局的人肯定马上会折回来，会全上海搜捕加里。苏姨还说，找个船，上香港、台湾、南洋，到什么地方都可以。苏姨还说，这点钱能买到两张船票下南洋。"

兰胡儿说："不成，师父生死未知，我不能甩手不管。"

"师父要苏姨解散天师班，让三个徒弟自奔前程，他们三人不走。这才让苏姨拿主意。"

兰胡儿急切地抓住小山的手臂，问："咋办呢？"

"苏姨准备马上离开上海，回到安徽乡下种田去。在上海没靠山，活不了。种田总是会的。在乡下，珂赛特这条狗还更快活一些，燕飞飞也不必跛着腿上下爬楼梯。在乡下师父还会有个坟，他一辈子没有安定过！"

小山说不下去，泪眼蒙眬，蹲了下来，抱着珂赛特，狗体贴地在舔他的手指。

兰胡儿也蹲下来，一手抱摸着珂赛特，一手抱着小山，强忍着泪水："不要伤心。大上海不留我们，我们更不必稀罕大上海。"

"兰胡儿，快点和加里走吧！"小山说。

珂赛特朝兰胡儿焦急地叫，嘴歪着，很不满意，意思是快走。狗在兰胡儿怀里翻了一个身，把一只前脚递给她，又把另一只前脚递给加里。

三人走向电车车站，小山好像突然长高了一头，加里突然站住，一脸疑问。小山想起最紧要的话，对他说："苏姨还说，兰胡儿会一辈子对你好的，你对她也会一样。"

兰胡儿把套狗绳递给小山："难道苏姨已经明白我们不是兄妹，能合成一家，对吗？"

"苏姨说，既然老天也不能证明你们是兄妹，老天就是有意捏合你们，让你们跟着自己的心思走！"

电车来了，响着铃声。小山把他俩往电车里推，加了一句："我们天师班所有的人都成全你们。走吧，走得越远越好。"

电车门关上，远了，小山和珂赛特远成一团黑点。街上大大小小商铺一个接一个，晃过去。珂赛特狂叫了一声，兰胡儿急忙往回看，看见他们在追电车，一边挥动着手，大喊："写信，一定要写信，到安徽乡下地址！"

第十二章

1948年11月，十六铺码头售票处每天拥挤着大群人，白天一样排着长队，票贩子竖着衣领，裹着脏脏的棉衣夹在中间。兰胡儿奇怪就两天工夫自己又站在了这地方。售票窗口上标写着，当天有一艘船开往台湾，但是船票售罄。

他们在码头上发现连票贩子手里也已经没有船票，就决定买第二天一班去香港的船票。就在他们要掏钱买票时，有一个三十多岁的女人走过来，旗袍外面套了件蓝呢子大衣，眼皮肿泡泡的，样子很焦虑。女人细声问他们要不要两张去台湾的船票。他们喜出望外连声说要。

"我们是用美元买的，"女人说，"四等舱票五美元一张。"

"不错，是这个价。"加里说。他们互相检查船票和钞票的真假。交易做成了，那个女人把钞票放好了，就开始说了：

"我那男人也真是的，怕什么共产党，我们这种小萝卜头，何必挤到台湾去。说不定到那里国民党还是对付不了通货膨胀，怎么过日子？"她好奇地问兰胡儿，"哎，小妹，你们要逃台湾是为啥事体？"

加里和兰胡儿面面相觑，兰胡儿说："我们不一定要去什么台湾。"

"当然，怕共产党，还可以去香港。只要有钱，还可以去美国吧。"

"怕共产党？"加里纳闷地问，"我们为什么要怕共产党？"

那个女人再次看看他俩，这两个年轻人好像对时局的变化一无所知，也一无所惧。"徐蚌会战国军兵败如山倒，说什么长江天险，肯定挡不住共军过江的。"她同情起他们，"你们要逃难去台湾，你们的职业是——"

兰胡儿看到这个女人是好心，就说："我们是玩杂耍魔术的——就是把你想要的变出来，翻翻筋斗混几个吃饭钱。"

"噢，去台湾翻筋斗？"女人笑了一下，边走边摇头。

加里和兰胡儿看着她走远，坐在候船室角落，生怕被警局的人认出抓走。他们小心翼翼排着队，等着上船。

下午四点整的船，上船倒很快，可上船后，才发现四等舱就是底舱大通铺。他们排队早，上船早，但是刚把行李——就是燕飞飞帮着收拾的那个包袱安放好，就听见船上汽笛响了。铁壳舱里声音巨响，要把耳朵都震聋了，兰胡儿没法忍受，就把耳朵捂住。

加里在舱门外，看到外面一片混乱，就向兰胡儿招手。她跑出来一看才发现，码头上非常拥挤，许多人全往这船上挤来，好像错过了这班船就没有下一班似的。

他们听到船员在对打听情况的旅客说："昨天夜里蒋总统宣布下野，好多人添了几分恐慌，临时赶到码头来，出大价钱买船票，轮船公司为了赚美元，也就加了船票，现在船长很不高兴，下令不再让任何人上船，一边向公司提出抗议，说这样违反船运规程，不能驶到海上去。"

兰胡儿听得心坎直发慌，好像是平白无故地抢了别人逃命的舱位。这些人要逃到台湾，他们到任何地方都可以，这些人逃得有方向有目的，他们没有方向没有目的，他们逃离的只是上海，逃离自己的出身，自己的身份，还有自己相依为命的亲人。

海风迎面吹来，吹得她的一头长发乱乱的，她顿时缩了脖子，觉得非常冷。这初冬的上海，怎么到这阵子才感觉进入了冬天。

加里说那包袱里都是衣服，兰胡儿打开包袱一看，果真，连燕飞飞最喜欢的一件厚厚的红绒线衣和红围巾都给带出来了。那绒衣是苏姨给燕飞飞织的，为她办喜事送的礼，围巾是燕飞飞自己织的。兰胡儿心里一热，连忙套在身上。

"很合身。"加里说。

"好细心！"兰胡儿说不下去了，燕飞飞一定知道他们没带东西，所以，包袱里除了衣服外，也给了一个喝水杯子和毛巾，毛巾里夹着两个玉米饼，还放了一件厚夹袄，看不出是师父或是大岗的，不过那补丁，一看就是苏姨的手工活，一针一线都均均匀匀。她把夹袄递给加里，让他也穿上。两人本来就饿坏了，两分钟不到就把饼子扫荡进肚子里。兰胡儿说了所罗门临别时的情景，加里难过地说："我们定下来，就给父王写信。"

她点点头。

两人走出船舱，兰胡儿一身红，尤其是那根红围巾十分显眼，映得她的脸青春盎然。他们上了一层，到甲板上，看着外滩渐渐退出视线。兰胡儿手伸进加里夹袄里的口袋里，摸到里面有颗小圆卵石，拿出来一看，石头纹理精巧而透明，这是她小时拾了带在身上的吉利，冬去夏来，收洗曝晒，那颗小石头都放在袋里，有一次师父嫌她手捏石头分心，就收了去，说代她保管。

原来加里穿的这夹袄是师父的，手里光滑的石头仿佛沾有他的体温。加里说："真后悔当初没有和父王合一张影。"

兰胡儿说："是啊，要有一张两个班子的照片顶顶好！"

头等舱有人在放唱机，周璇在吱吱呀呀地唱："郎呀，咱们俩是一条心。"

船拉鸣着长笛离岸，离岸越远，她留在上海的一切反而变得清晰。师父现在生死未卜，无法知道详情。她担心极了，他对她从小严格，让她练功，没少打鞭子，罚饿饭。

十多年来她不止一次想冲口而出，说是师父养她，教她本事，实际上是她兰胡儿在给他做牛马，做各种一失手就丢命的把戏，抛洒一腔热血给他赚钱。她被利用被剥削，她恨这个老板。

最让她气不平的是师父做不到一碗水端平，对燕飞飞，他能容忍，对她就不能，两人之间，隔膜越来越深，有时好些天都搭不上一句话儿。那个苏姨，对她也是阴一天阳一天，从不曾把心掏给她。

但是，今儿个一结百了，师父为救加里，舍了自个性命扒火车。二十多年前，他还是精壮小伙做的事，六十三岁的老人当然太危险，况且他多年来听到"火车"两字就会呕吐难受。危急关头，为了从大先生手里夺回加里的性命，他还是把自己的生命赌上，这一切掘根掏底，师父是为了她这缺心肝的兰胡儿。

师父是疼爱她的，从来都是如此。

可能这刻儿师父已快死了，只是要小山找到她和加里，让他俩走得远远的，师父才能咽下这最后一口气。

一时眼泪如这海浪汹涌而来，这回兰胡儿想止都止不住，那横在内心的一道大坝，决堤似的坍塌，她看见张天师与她一起在火车轨道边奔跑，火车轰隆隆从他们身边擦身而过。他抱着三四岁的她，焦急地把她送到苏姨那儿，不错，就是苏姨，用热毛巾擦着她发高烧的汗珠，给她一勺勺喂药，焦心地守候着她醒过来。

她想起燕飞飞、大岗和小山，他们在虎丘塔下赤脚踩炭火，被人拳打脚踢，躲进破庙里。她想起珂赛特对她叫，要她走那生气样，一条狗眼中含泪，顺着眼角往外流。那挥鞭子打她的手，却小心翼翼检查秋千架子。他让大岗拦着她，不让拿着手枪的唐老板伤着她。他横竖对她不顺眼，到最后一刻对她都没有好脾气，其实是担心失去她，傻傻的我，从她见到他那一刻，他都是个父亲，苏姨一直都是个母亲，像块坚石，在家里立着，让他们这些年轻人有个时间长硬翅膀飞出巢。

没有亲生父母，一直是她的伤口。她突然觉得自己好不知福，老是羡慕别人家，尤其是那些有父母的孩子，那些受到父母呵护的孩子，殊不知自己运气最好，遇上了好父亲好母亲，到最后，他们为了她的安危，情愿自己再挡着一切。师父才是她不可愈合的伤口，失去他，才懂得他。她的泪水淌了一脸。弄得加里也泪水涟涟。

这世界各种翻天覆地的大事，改朝换代的大事，对他们好像都是天边响雷，说无关好像也不一定，说有关，也不知如何关联。日本人将要投降，天师班和所罗门戏法班进了大世界，他们互相认识了；日本人投降了，他们却被赶出了大世界，彼此杳无音信；共产党要来了，他们终于走到一起，但是所罗门走了，天师班也完了，大世界也不是他们的了。

没了兰胡儿的南京大马路，就不是真正的南京大马路，没了兰胡儿，这外滩就不是外滩。她有个强烈感觉，短命长命这一生都不会回上海，若她有后代，和加里的孩了，最好是个女儿，这女孩会回到上海，带着父母的故事回去。

不必脸像冰铮铮硬，更不必声音怒火刺刺冒，都说野地催眠花，鸡叫莲瓣开，那么上世有缘福此生，此生修结赐来世，管他流浪到何处？她与加里咫尺天涯，相依共命。

周围的人也在失声痛哭，各人在为自己告别上海伤心，各人伤心的上海都不一样。她的上海是棚户里潮湿，夏热冬冷，肮脏湫窄，是街头杂耍的危险，是穷困不安，夹着尾巴活着，活得可怜，却不失自尊，但那也是她的上海，正在失去，可能从此永远无法再见。

船驶出黄浦江，长江就跟海一样了，水接天，没有边界。浪打得船大摇大晃，寒风中甲板上早就没有人影，只有兰胡儿和加里还沉默地站在那儿。加里从后面抱着兰胡儿的腰，她握着他的双手，他们从来没有这么一起平静地互相依偎，也从来没有这样没人来打扰。

这东州轮是一艘钢壳客货船，号称四千吨级，原是日商东亚海运株式会社造的。日本投降后，这船归了海军。政府为补偿招商局在抗战期间沉船封港大亏损，将东州轮等五艘船一起拨给招商局轮船公司了。

船行半个小时不到，夕阳落得比往日都快，江风太厉害，兰胡儿和加里下了一层，往他们自己的船舱里走。乘客太多，走廊里都有人，睡在铁板上，楼梯上也坐了人。有人在发牢骚："今天超载了，这船只能装两千人，肯定多了好多，运猪一样。"

进了他们的舱里，不管怎么说，他们还算幸运，有个铺位。两排通铺，其余全堆着行李货箱。天色变得非常暗，海上乌云腾起。舱里没有灯光，可能不到亮灯的时候。他们坐在自己的铺位上，面对面地看着。

加里的身后全是人，兰胡儿的周围也是人，这舱里起码有上百人。灯突然亮了，暗茶色的，随着船在舱顶摇晃。兰胡儿觉得身下好像就是海水，只隔了一层铁板，哗哗地流过，波浪仿佛击打在他们身上。

她向他移近，他也向她移近，现在他们靠得很近，包袱里还有一条旧毯子。"这毯子或许今后能在台湾街边度过寒冷。"兰胡儿说。加里笑了。

"我知你笑啥份儿。"兰胡儿不高兴了。

"千万不要骂我。"加里求饶了。

她把毯子盖在加里身上，他顺势把她拉倒在铺上。他们的身体在毯子下靠在一起，她贴紧他胸前说了一句让自己心惊肉跳的话：

"这端端是我俩第一次。"

"我俩为此等呀想呀三年多。"他咬着耳朵回应。她的耳朵就被他轻轻咬住，她舌头亲着他喉结，他没剃胡须，他嘴唇移向她脖颈，朝下滑，他紧紧地握住她的手，再用一把力，她几乎晕过去了。

催眠花精巧地盛开在海水上，闪闪忽忽似红玫瑰。兰胡儿觉得自己衣服边袖边领口点亮星星，头发是香柏树叶，层层相叠，额头戴着一轮弯月，闪耀着奇异之光。

她的手帮着他，真真奇好，跟做梦一样，他们没脱衣服，周围人声喧闹，有母亲在唱小曲，给怀里的孩子喂奶水。

有人脚步很响地走向他们，在他们面前停下来，像要掀开盖在他们身上的毯子。兰胡儿把那床毯子拉紧。

加里说："别怕，有我在。"

兰胡儿说："有你，我不该怕。"

那人划了根火柴，点上烟，走了过去。加里亲吻兰胡儿，她浑身软似水，暗淡的灯光也突然闪亮，闪出亿万电花刺眼。他的手捧着她的脸，她抓着他的背，兰胡儿喃喃地说："爱我吧，爱我，我们就是要永远在一起，管他什么兄妹不兄妹的！"

就在这时，他们身下的铁板"轰隆"一声巨响，整个船舱像一面大鼓响个不停，每个人都被船舱地板扔了起来，身上盖的全飞了起来。加里手快，一把抓住毯子盖在兰胡儿身上。但是灯马上就黑了，舱里什么都看不见，黑压压一片。

人们狂叫起来，有的人在铁板上摔伤了。

"怎么啦？"兰胡儿抓着加里的手。

"好像是爆炸。"加里反应过来。

船突然拉了汽笛，那种惨叫在夜空分外凄厉。他们身下的舱板开始朝一侧慢慢倾斜，舱里的人尖叫起来，争先恐后地冲向舱门，夺路逃命。

他俩拉着手，费劲地挤到甲板上，这个晚上没有月光，海面上什么都看不见。只有船中间的轮机室冒着烟和火，他们看见整个船已经开始向一边歪倒，看来是船舷一侧破了大洞。海水涌入，船失去了平衡。

船员们在大叫让乘客镇静，船上只有几艘救生船，给头等和二等舱客人都安排不过来。有两个船员自己占先，互相抢夺打翻了救生船，一船人落到海里像煮汤圆。乘客怕水，仓皇在甲板上跑，朝另一边拥挤。

船还是继续朝一边倾斜。有人在哭号："肯定是被放了炸弹！"

"镇静！不要乱！"忠守职责的船长在喊。船长发出了求救信号，他看到船头在慢慢下沉。那些惊慌失措的客人一个接着一个跳水逃命。有些人却是站不稳落在海水里，他们在冰冷的水里大声呼救。

兰胡儿抓着铁栏杆，对加里说，她不想看这情形，太惨了，但愿这一切是假的。在漆黑的大海中间，他们像两个无助的孩子，两个最无法可想的人，没有人会来救他们，没有救生船会照顾他们。风吹在身上，寒冷刺骨，她打了个激灵。

加里说："那就回舱里去！"他补了一句，"我爱你是真的。"

"我们在一起也是真真实实的。"兰胡儿说。

"这是最紧要的。"他紧拉她的手，怕一松开，她就和那些人一样滑下海水里。

他们歪歪倒倒，寸步艰难地挪回船舱，至少那里有一条破旧的毯子是他们的，能盖住他们死之前不安的脸。

船舱里空无一人，不过有个地方有铁柱，他们一手牢牢抓着铁柱，不至于像舱里的行李一样往一侧滑去，另一手相握在一起。他们马上找到固定自己的姿势：上身搂紧，双腿扣紧，铁柱夹在腿中间。像在秋千架上，跟着船身翻颠的船旋转，但是两人丝毫不松开，身体一直扣在一起。她感到被顶得紧，顶得气喘吁吁，又回到这个悲伤而幸福的晚上开始那一刻。她向天发誓，如果她和加里是兄妹，请老天拿去她的性命。

船倾斜过去，接着整个翻倒，海浪呼啸而来。头顶上有的人，惊恐地在大叫，兰胡儿却把身边这个世界彻底忘记。没一阵子，她和加里就落进了冰冷的海水里。兰胡儿一吸气，水就呛进她的喉咙。

肺立即就要爆炸开来，她心里很想叫一声加里，但是已无法发出声音。

第十三章

好惊喜——兰胡儿站在船舷边，往海水里撒紫蓝花瓣，她撒不完，快完时，加里一忽儿又变出一钵递来。海水里好多鱼，五彩七色的大鳗小鱼追逐花瓣，鱼群腾出水面泼溜着跳。

"我翻了一个筋斗，你在撒花。"

兰胡儿听到加里的声音时，吓了一跳，天哪，我兰胡儿没有死，只是和他做了同一个梦。阳光烤暖她的背，舒服异常，加里就在身下紧紧搂住她。她不肯睁开眼，多一会儿就生生妙，多一秒就异异好。

寂静无声，阳光闪亮地照着整个世界，风柔软软吹动她头发，眼睫毛，贴在皮肤上。她的嘴唇动了动，渴望地吸鲜湿湿空气。寂静之中，海水波澜起伏，弦落弦起，妖似花容，雄似雷轰，轻轻涌进耳畔，绕来绕去，一霎堪过百年，怀里的加里呵，任何人任何鸟任何虫儿都不要来打断我们。

为了确认这一刻是否真实，她睁开眼睛：加里真切切搂着她，好像也睡得很舒服。她撑起身子看四周，惊奇地发现他们在一个长长的沙滩上，金灿灿的沙子伸入蓝得透亮的海水，白云从天空投影而下。她往沙滩上看，是一个崖岸，不高，长满了绿绿的芭蕉树和椰子树。

四周什么人也没有，只有海带和贝壳，还有一些衣服杂物，似乎是海水冲上来的。她又看自己，红绒毛衣和围巾都被海水冲不见了，鞋袜都没影踪，身上只有打补丁的浅色内衣，湿透了，她羞得低垂双眼，心急切地跳起来，加里手腕上是她的红发带。

她轻轻一动，才发现她和他不仅手臂互相搂着，头发和头发也紧粘在一起，她的脸红透了，一辈子从没过这体验。以前梦境里的事，成真了，是天下第一快乐。绝对不知，原来世界外还有世界。

海浪懒懒地在阳光下拍打着，光斑扎眼。她好奇地又看了看身下，脸赶紧转到一边去。当她慢慢地转过脸来时，她想笑，加里身体只挂了一件内裤，湿湿的，毫无防备。

加里头发乱乱的，搭在前额上，她帮他轻轻理顺。她抚摸着这脸，鼻子咋这么大，耳朵咋也不小，嘴唇呢，涂了口红似的鲜亮，唇边胡须狠心地扎她脸颊。他的肩很宽很结实，完全是一个男人，她越看越欢喜莫名。坏小子眼睫毛眨了眨，朝上看，光亮使他马上闭上眼睛，他抱住她的腰，猛地一个翻身，到了她上面，这才迷惑惑打量四周。

"我们还活着，加里。"她说。

"我们真的没有死？不是在梦里啊！"加里说。

她点点头。他一翻身一动，她叫出了声，他也欢快地叫起来。这种又痛又快乐的感觉，穿过她全身，她本能地抓住他的手指，牙齿咬着他的左肩。她身下的沙滩拼命地下陷，她晕乎乎慌神神。

"从今一辈子也不要分开。"

"哪怕天地变色，加里呀，哪怕海水倒流，哪怕鱼飞上天鸟潜入水！"

加里说："你说我们是不是飞到那——"

"飞到了那天堂。"她说，这感觉让她窒息。她大吸气，这空气里有股草木鲜香味，与大世界的脂粉香、上海棚户区的汗臭粪臭，截截然不相同。

过了不知多久，加里说："海水把我们冲到什么地方？"他想抬起身看岸上。

"别看！"兰胡儿一把将他拉倒下来，她紧握着他的手，"这样最好，春来燕飞，夏末花繁草长，秋到瓦绿叶红，腊月雪飞，全世界就我们俩，不管什么乱糟糟的事。这儿就只有我俩！"加里快乐地笑了，梦里也没有做到过，"只要抱着你，让我死千次也宁愿。"

"但我更宁愿你为我活万次。"

他听到她这话，仰起脸来，她也抬眼在看，红红的嘴唇张开。这太阳下的海滩是特地为他们这样的苦命人——专为他俩安排的天境，她感到身体在升高，湛蓝的天上浮过几朵白云，海滩上的沙和水把他们掀起来，一瞬间送到云层之上。

加里长叹一口气，说："我永远不会离开你。"

当他说完这话时，她高兴地笑起来："我织布，你耕田，我掌上灯，等你回家。"

加里一把将她抱在胸前。他们没完没了，结束了又开始，不到结束又开始，有了开始却没个结束。她和加里似乎永远可以这样下去，永远这样下去!

已过去的三年零八个月真是浪费了,早知道她和加里可如此快乐地在一起,她根本不应当听那些各种各样吓唬他们的话头。

"心上事,皆自怜。"她说了下去,"误了自己,也操碎了大家的心。什么'兄妹,不能做夫妻'。"

加里想用一个吻把她的嘴堵住,可她已经说出口了。加里的脸色变白了,一脸灿烂的笑容突然消退了,她立即感觉到事情不对头劲了。

第十四章

有几个人走近了,从崖岸上跳下来。加里倒着身子,看不清他们是什么人,但是他们手里的枪上着刺刀,在阳光中锃锃闪光,是真真切切的。这不像天堂的一部分了。

他一把将兰胡儿按在地上,用自己的身体挡住她,一边说:"你们要干什么?"

是四个人。她在加里背后看清楚了:这几个人没有穿军装,穿得像海上渔民,戴着斗笠,其中一个人像军官,拿着一把手枪。他们走得更近了。兰胡儿惊叫起来,这几个人或许看着他们很久了。

"举起双手!"

加里举起双手,对兰胡儿低声说:"不要怕!"

然后他高声喊道:"别开枪,我们投降,我们不抵抗。"

兰胡儿一翻身,那几个人的枪口突然朝向她,他们一定怀疑兰胡儿去找武器，加里急忙叫起来："别开枪，我们投降。"他不顾一切地拦在兰胡儿的前面，如果他们要开枪，那么他必须替她挡住。

那四个人满脸紧张，戒备着，这点使她觉得事情更为不祥。

那个军官走上来搜索检查衣服，什么也没有，有什么早就沉到海底了。

兰胡儿本来想找两双鞋，沙滩上好像什么都有，现在吓得不敢去找。

军官简单地说了两个字："押走！"

他们走上崖岸，才发现这像是一个海岛，四周环绕着沙滩的礁石，崖岸上却是稠密的林子，远处山丘起伏伸延。他们被押着走上一条弯曲有坡度的小道。光着脚走在草丛中，有点割人，但不痛。他们走了好一阵，到了几个铁皮房子和帐篷，那边还有一些人在忙碌着不知什么事。

终于停住了，几个军人用刺刀把他们围在中间，加里拉着兰胡儿的手，他们手指扣在对方手心里。那个军官进了一个帐篷，过了不久就出来，说了两句话，似乎在说要问清他们是什么关系。两个士兵就走上来，凶狠地把他们拉开。

兰胡儿绝望地对加里叫了一声："我们不是兄妹。"

加里说："当然不是——"

军官哼了一声，士兵冲上来扣住他们的嘴，不让他们说话。他们被拉到两个不同的地方。兰胡儿边走边伸长脖子看加里，加里也在看她，不过加里的脸上有伤痕，像是挨过拳头。他的眼神变得空白，没有任何信号，而以前，总能在他眼瞳里看到一个鼓励，甚至一个让她安心的目光，她可翻身从空中荡开来的秋千上脱手倒栽下去，在最后险要一刻，她的脚总会被一双有力的手抓住，让大世界场子人倒吸一口冷气，狂吼喊好。

他失了主意！兰胡儿在心里痛苦地喊："加里，我们不会出事，等着你给我惊喜，每次你都能。你要相信天下至难你也能流顺过筋过脉。"

她通通喊出了声，她狂叫："加里，你一定会抓得住我！"

"喊什么喊！"士兵对她骂道。

她还是喊个不停，她相信加里听得见，只要他听见了，他的魂就会回到身上。

十分钟后，兰胡儿被扔到一个房间，士兵推她太猛，她跌在地上。这是个铁皮房子，没有窗子，四周的铁板被太阳烤得如火炉。她觉得很热，浑身上下冒出汗珠。只有关紧的门下面透出一点光线，地面是土，还长着草，看来是随时拆卸的军用房子。

她凑到门缝边，呼吸着门外空气，努力静下来。现在她唯一能做的，是仔细听。

这个营地老是有各种各样奇怪的声音，像海鸥，像鱼鹰在惊叫，又好像是机器里挤出来的声音。脚步声很快，是在跑，奔来奔去，说话的声音却是压低着，好像怕人听见。耳朵努力辨认，是一些"51单位""14码"之类的简短话头，弄不懂那些人在说什么事。

反反复复，还有铁器碰在一块的声响，扎心眼儿。她用手摸着发痛的脖颈，又继续听。终于等到了，是加里的声音，就像在她的耳边响着，好像加里知道她在听，故意说得比较慢，比较响，对面审问他的那个人问话听不清。

"我们是上海大世界玩戏法杂耍的。"

"加里。她的艺名是兰胡儿。"

"我不知哪一年出生，真不知道，该有十八岁。"

"坐的是东州轮，昨天四点二十分开船。"

"去台湾目的是演出谋生，演戏赚钱。"

"我们被海水冲上岸，外衣都冲掉了。"

那个审问的军官突然吼叫了一声，但加里声音还是照常："我们不是军人，不属于任何政党。"

"十五分钟前说的话？她只是说我们不是兄妹，我同意——不是什么暗语。"

那个军官干笑了，一连串干笑换成大笑。走到加里身边，声音很凶狠地响起来："不是暗语？兄妹？还需你们互相同意这个说法？给你最后一个机会——东州轮沉没了。两千四百人，只有两百人被救，其余人全部淹死。无线电消息，是在长江口外的东海海面上，离这里有三百海里。什么海流能把你们冲过来三百海里？你们怎么能过来？老实坦白，少编故事胡说八道。"

"我说的全是实话。"加里说，"我们不参与政治，我们是穷苦手艺人。"

那个军官说："行了，没时间跟你胡扯——你不像手艺人，你的妍头也不像手艺人。"

"我可以变魔术给你看。她可以玩杂耍给你看，你就明白我们真是手艺人。"

那个军官厌烦地说："你把这里当成上海大世界？什么乱七八糟的东西。"

加里说了句什么，使那个军官暴跳如雷："把他双手绑起来！"

又是加里的声音，好像在谢那个军官。

"带下去吧！"

过了一阵，好像有人在问："女的要不要审？"

当头的说："来不及了，先发报请示：发现男女各一名，从海上渡过来，嫌疑：间谍。就地解决还是押送？"

好一阵嘀嘀嘟嘟发报声之后，一串脚步急急地奔来奔去，甚至有人在怒火冲天地训斥。

不，我们不是间谍！兰胡儿预感到将会发生什么，惊叫起来，拼命拍打房子的铁皮。她用脚踢，脚趾踢出血来，但她不觉得痛，又用拳头，用膝盖打铁皮板壁。但是没有人理她，哪怕她把铁皮屋撞得山响。

"加里，加里，你能逃，对吗？为了我你什么都能，把你的本事拿出来逃呀！快逃呀！"她使出力气喊，"我们不是兄妹！我们不是十八年前河南出生的一对龙凤双胞胎！我兰胡儿对天发过誓，我和你不是兄妹！不然我们不会从沉船里逃生！加里，加里，你一定要逃掉！不管我们做了什么事，老天最后都会原谅我们，我们不能分开。我们必得生生死死七代八辈都要在一起。"

有枪响，很轻，很闷，似乎子弹从她自己的头顶发丝穿过。难道他们在杀加里？兰胡儿蹲酸痛了腿，她换了一个姿势，把耳朵贴在门缝处：枪声鞭炮似的炸响，有人在焦急地乱骂，那枪声散散乱乱，可能是加里逃脱了！可能是他们在追击，但加里太灵敏，不会被他们打中，加里是一个异人，她兰胡儿是一个怪人。

枪声果然停了，加里肯定在岛上什么地方躲起来。

她精疲力竭地瘫在地上，枪膛上子弹的声音，门突然一下子打开，一片刺眼的白光。她感到子弹穿过胸口的可怕。她倒了下去，但立即跳起来。

不对，我还有知觉，我有知觉，她想。我的胸口还是热的，我的心还在跳，我没有死！

只要我没有死，他就没有死。我们有约定，生死同命。

她用头狠狠地撞铁皮，叫道："他不会死，因为我还活着。"

刚才那一幕是幻觉还是现实，她一时难辨真假。这时她清晰地听见有个士兵用枪柄捶打铁屋子，这铁棚像一面锣那样轰鸣，她把喊声吞下肚，心里明白似镜：

"兰胡儿活生生，加里也就活生生！加里上天入地，兰胡儿也上天入地！"

她静下来，看到铁棚下面基础是沙子，她知道机会就在这里。最多等到晚上，就能出得去，就能找到加里，他们就又能从地狱再逃到天

298

堂。天堂不远，就在加里身上。

这个世界突然安静了，静得连海浪连海风的声音也没有了。老天爷也听到了。天也立即凋谢了耀眼的光芒，进入黑夜。

天一黑，兰胡儿就不停地用手挖沙子，她不能停下来，手指都红肿出血，还在挖。她嘴里轻声念着凤眼莲微甘菊紫金草，还有麦麦冬地斩头天芥菜和铁钓竿，你现出了我才看得见，你消失，我雀目夜盲，香散气分。

不知过去了多少时候，终于挖出一个小洞。她往地下一钻，想爬出去。不成，她的衣服挂住铁棚边上。又钻，还是一样，衣服牵挂在铁皮边。

她仰头伸出，眼能瞅见些许天光，再试试，她还是爬不出去，也不可能再挖大一些洞，因为洞两边全是打进地底的铁柱。

她看到远处有士兵守在营地站岗，手里端着枪。

兰胡儿退回禁闭棚，长喘一口气，坐在地上，急得团团转。已经一个白天一个夜晚了，马上就该是凌晨时分。加里啊不要急，我必须见到你，必须活着见到你。

她看着自己血迹斑斑的手指，心一横，索性把衣服脱了，再从洞口往外钻。她重新钻那个小洞，憋足气，一用劲头，果然肩膀出到铁棚外，接着汗湿的身子也滑出来，刚一冒头，头发上挂上枝藤，扯着她痛得差点叫出了声，但是她出来了。脚一钩，也把自己的衣服带出来了。

兰胡儿迅速地套上衣服，猫下身子，在树林中穿越。她的动作再轻，也惊飞了一群白鸟，一棵百年老树旁有松开的绳子，那绳子没有腐烂，像是才被人扔掉的。不敢走小道，就用手分开树枝，她本能地朝海边跑去。

方向没错，正是太阳冒着泡升出海水之际，天边海面开始抛出几道道艳光。树丛少了，兰胡儿速度加快，竟然没看清崖岸，一脚踩空跌了下去。

她魂飞魄散，过了一会儿张眼看：原来自己躺在沙滩上。一身都是沙粒。她爬起来，继续往前飞跑，沿着沙滩寻找。

海滩正在涨潮，水平平地泛上来。兰胡儿赤脚在水里跑，沿着沙滩奔寻加里。水渐渐深了，深到膝盖，漫到她的腰。已经没法在水里行走，她开始游泳，可是没方向，身子在水中漂浮跌荡，只感到海滩越来越远，她说不出是害怕还是犹豫，波浪不时往她的脸上狠打猛抽。

但是整个海面上看不到加里的影子，这时兰胡儿才真正着急，恐惧起来。难道你没能逃掉，已被他们枪杀了？她用力游着，眼睛寻找他的身影，哪怕是找到他的尸体也好，可是海面上一个漂流物也没有。她呛了一口咸涩涩的水，赶快吐出来。

她和加里在一起就绝不失手！他们俩都不会失手！踢碗不跌，秋千不散，开枪不伤，跳车不落，多少灾难祸殃，数芝麻点点数过来，遇多少大难苦事，熬熬煞煞穿过来。这一回如何能逃出生口，偌大世界，在哪里可安放下他俩？这一片海水尽头，阴霾迷茫荒诞。"此辈子还刚起头，加里呀加里，我们还未活够，才刚开始爱啊！"

兰胡儿焦急地沿着海平面看过去，一望平展展，她哭得泪流满面，身子在海水中往下落。罢罢罢，你不在这世界了，我这就放开这世界。

身子快落到底时，几乎停止呼吸时，她想最后看一眼这世界，双脚一蹬，身体竭力往上一跃，双手划开水波，头露出来。这时，她看到一艘小帆船从海水上漂驶过来，天上乌云翻滚，加里在上面一手掌舵一手扯帆，帆鼓鼓地，飞快地驶向她这边。

兰胡儿甩了甩一脸的水滴，停止了惊奇，这本就是她心里门洞滴水清净的事：加里就是会来的。

她突然想起来，这不就是所罗门秘术第三套吗？加里早就说过。那天，他俩从上海火车北站出来，加里俯在她耳边，说他这一阵子天天都在苦练余下的秘术，但还没有机会表演。

她宽心地笑了。

"那么秘术第二套呢？"当时她问。

"等我们俩真正在一起了，自然会露一手给你。"加里眼睛看着前方的马路说，他没有动，只是将她的手一把握紧，那火辣辣浸透心肺的滋味让她欢叫了起来。

一

他对我说，到上海去，上海会让你着迷。

他还说，她会喜欢你。她住在富民路的弄堂房子里，她果然待我如自家闺女，边撺菜给我边说大世界那些哈哈镜，那些坤角旦角，陈年谷子一粒粒道来。说是第一次进那儿就迷了路，人一生迷一次路值得。

她打开衣柜，抖了抖那裁剪合身的花布旗袍，上面的樟脑香让人感觉到韶华飞逝。我得顺着那旧电车铃声，在那会迷路的地方下来，推开那扇厚重的大铁门。

他们全在，等着我，一看就已等了许久：杂技女孩兰胡儿边上是燕飞飞，张天师站在石阶上，大厅另一端是魔术王子加里和所罗门王。

所罗门王说，他做了个噩梦，好久没有请人圆梦，要开口跟人说，却忘了梦。这会儿他正在想那个梦，就是发生在1945年，1945年已到了，就在眼门子上。

兰胡儿得和加里分离，他们背着困惑之极的身世之谜，在乱世一次次从死亡中逃脱，一次比一次明白，此生不能分离。

是呀，戏就要开场，故事就如此开端。

二

面对大世界的那些楼梯，我是个胆小鬼，一个人走着时心惊肉跳。很多的声音，包括鬼声，飘入耳朵。当我跑到大世界外来远看，黄昏落日，站在天桥上吃着臭豆腐，他千妖百媚的上海呀，吸一口气，香气就钻进我身体里。

最后一次去，是在"非典"后，锁上了门，而且从那以后就没有再开门，干脆不营业。

他被拉了壮丁，辗转大小城市，最后停留在重庆，一生没有回来，他是我最爱的人。众所周知他是我养父。

她是他唯一的妹妹。她生得秀气，与小说中的苏姨一样不爱说话，可一说话就句句到点子上。她和他不太像，因为她是他家在饥荒时救下的孤女。

乱世之中，两人天各一方，彼此思念。她与我说得最多的是不在人世的哥哥。

梦里梦外，他俩用一颗普通人的心领我朝南走，棚户区，这儿是真正的上海百姓。我成长的贫民区山城也是如此，再穷得叮当响，入睡后还是有色彩缤纷的梦。兰胡儿和加里有这样的梦，他们和任何政治无关，虽然政治找着他们不放过他们。他们生活在自己的小世界里，只求生存下去。

三

写作这小说的一年半，开始是防盗门锁坏，叫人来修，结果弄不好，最好换掉。然后是打印机坏了，修时发现是磁头坏了，换掉。用了好多年的音响坏了，只能放磁带，只得换掉。冰箱突然一点也不发鲜，放进去的青叶子蔬菜发黄，也只能换掉。之间经历的修理与买东西的种种欺骗不能回想，坏掉的未必不是天意。写这小说，前后经过了北京、重庆、成都、伦敦、香港，以及德国和意大利的诸多城市，突如其来的命运变故几乎毁灭了我，是精灵女孩兰胡儿救了我。

爱你就是要不顾一切。爱你到现在才知失去你可以，不能失去自己。

说句狠话真是生不如死，死不如写这两个魔术师。穿过时光之镜看见了内心冰山另一角。一个已过世法国女作家的声音在耳旁响起：又一艘客轮起航了。每次起航总是一个模样。每次总是载着头一次出海远航的旅客，他们总是在同样的痛苦和绝望之中和大地分离。

天已暗下来，乌云堆积。我脱了鞋，像兰胡儿一样，由着天性，抛开身后一切，升起帆，但愿雨下得别这么无情，闪电因为我远行稍稍有点儿礼貌，但愿向我挥手再见的养父和姨，泪水都咽在心里头。

九点零十分，冰雹也来了，是我离开的时候了。

曾跟兰胡儿和加里王子朝夕相处，现在他们年轻的气息还环绕在左右，他们的声音依然在梦里出现，就是昨夜，我走了很远的路，走得气喘吁吁，看见了心爱的猎犬珂赛特，跟着一个粗壮的猎人，奔忙在深山里，被追击的狼在嗥叫。冰雪如镜，映出我苍白的脸，魔术之棒上下移动，随她也随我，我们会在另外一个世界相遇。

这本书是纪念我有过的小世界。上天给的东西不能奢求太多，有一丁点就该满足，若是连这一丁点也没有，还是应该感激。现在我感激你——不管你是一个人或是珂赛特追捕的猎物。

一、本书灵感的由来

那一年夏天，我正在苦苦构思《上海花开落》这本小说，信步走到大世界门口，吃到了香喷喷现煎的臭豆腐。正满心高兴着，抬头一看，大世界关了铁栅，落了大锁。旁边的人看到我一脸惊奇，就说："破产了，永远关门了。"

痛惜之余，我在这本书里重造了一个大世界，这样的"游乐场"，是杂语的狂欢之地，复调的竞争之所，现代性的实验地，中国文化的符号弹射器。我的主人公，进了大世界更加鲜活蹦跳起来，他们哭，他们爱。

我相信那些望文生义懒得仔细读书的批评家大教授，那些喜欢无中生有恨不得把烟扇成烈火的编辑，一看我这书名，就笑岔了气。简单的中学生知识：这小说肯定是小模仿《卢布林的魔术师》，肯定是大模仿

《大师与玛格丽特》？

现成的机会：街头恶少起哄，不偷打一拳白不打。

前年全国报纸轰传我的中篇《绿袖子》"涉嫌抄袭"杜拉斯的《广岛之恋》。追问到底，竟没一人如此说过。可只要一个网站开个头，说某人说过一次，其他媒体全会跟上。所谓"一犬吠影，百犬吠声"。要问起先的影子在哪里，哪个犬都朝你翻白眼。

思前想后，我索性就给嗜好这一套幼儿园式批评的人翻开底牌：这部小说灵感的源头在何处。

我最早想到的书，是英国作家安东尼·伯吉斯(Anthony Burgess)的《发条橙》（Clockwork Orange）。这本书有中译本，完全丢失了原书语言的怪味。原书是未来社会中一个小流氓自述的犯罪史，用的是一种英语、俄语和意第绪语的混合语，原文读起来怪异百出，英文读者大致能看懂，却非常惊骇：在堕落的未来，英语也被蹂躏成如此样子！这本怪语小说，却是单语小说：主人公兼叙述者的语言一路贯穿。

《上海花开落》没有走这条路。因为我想写一本杂语小说。

我的小说，如果有模式，那就是乔伊斯（James Joyce）的《芬尼根的守灵夜》（Finnegan's Wake），一本无法翻译的书，当然至今没有中文本。语言能变形到如此程度，就舞蹈起来。叶芝问："如何分清舞蹈与舞者？"一旦语言表演柔术，肉身扭曲起来，魅力就成为语言本身。

论者说《芬尼根的守灵夜》依仗了西方语言多元的根，那么现代汉语呢？现代汉语也是多源多根的。至今中国作家做的是单根追源——京味小说、秦腔小说、湘语小说、鸳蝴式小说。我在想，把现代汉语的多元多源，不朝均匀靠拢，而是向各种源头方向拉，像宇宙大爆炸一样飞散，情形会如何？会开拓出几个星系？

所以，这本书，是一本复调的"《发条橙》"。

二、兰语小说

于是有了这本语言实验小说——让小说中的几个主要人物各说各的语言，各想各的语言，各用各的语言叙述故事。

而这几个人物，语言风格完全不同。

犹太人"所罗门王"，说的想的叙述的，是《旧约圣经》的语言。这种风格，容易标记，但用于中国的日常生活，就有些怪异——不过现代汉语的形成，正是来自吸收怪异的外国说法。各种外语的翻译，对现代汉语形成的决定性影响，文化史家一直没有给予足够重视；

所罗门的对手"张天师"，说的想的叙述的，是中国传统江湖语言。《水浒》《金瓶》里的俚俗语，已经不用了，晚清民初，江湖语言却有新的发展。我小时候熟悉的流浪汉语言，川江水手中会讲故事的能人，他们说的话之生动，给我留下深刻印象。

所罗门收养的中国孤儿"加里王子"，是个语言海绵，把旧上海流行的任何语言——洋泾浜英语、市井语、"戏剧腔"，以及养父的半外语，全部吸收混杂起来。我努力"创造"加里的语言，后来发现，这其实就是现代汉语，现代汉语就是一种多元复合的语言，加里的说话方式，只是把元素重新分解开来。

张天师刁钻古怪的女徒弟兰胡儿，从小天天练柔术，把身子折过来叠过去，她说的想的成为变形的肉体之代言，一种只有这个人物才说得出来的"兰语"。这个"兰语"让我伤透脑筋：我必须在脑子里不断让汉语演柔术。兰胡儿是整本小说最主要人物，《上海花开落》基本上是在兰胡儿的观察和思想中流动，因此，这本小说，不可避免是一本"兰语小说"。

加里王子和兰胡儿是这本小说真正的主人公，这对少年少女在四年之间，痛苦地长成男女青年。由此，必然有童稚语与成人语的对立，也有叙述语言本身的长大过程。

我怎么分得清柔者与柔术？

兰语就是我的语言。

兰胡儿就是我。

三、杂语之美

这是一本众声喧哗的小说，是各种语调、词汇、风格争夺发言权的场地，自然不是《海上花》那样的"沪语"小说，虽然上海话免不了冲进大世界来打擂台。

中国的现代化，正像现代汉语，就是各种声音各种文化冲突竞争、对抗、杂糅的结果，哪怕胜者，最后也发现自己吸收了对手的语汇。

我说过了，我的实验，正是想把现代汉语拉碎了来看。这个语言实验，也是中国现代性的分解。现代中国文化的转型，正穿行在这种"杂语"中。

说这话，不是炫耀，并非自夸我做到了现代中国作家没做到的事，而是说，我试图做一件中国现代作家没有一个人想到要做的事：杂语化小说。

再说一次，我不是说其他作家作品中没有复调杂语，我是说可能（可能！）我是现代中国第一个有自觉意图，试写杂语小说的人。

把小说放在"大世界"，也是为了这个杂语目的。大世界，就是不让一种演出方式独霸，各种戏都用自己独特的方式吸引看客。你说我唱，各擅胜场，保持杂乱，拒绝合一。

究竟是杂而合一更美，还是分一而杂更美？我个人认为中国文化中合一的因素太多，现代汉语似乎已经有标准（这不完全是好事），不合标准谓之恶搞，谓之出怪。其实，这个合一的表面，掩盖了多源渐渐合一的流程，掩盖了曾经有过的多元并存。我把这流程放到一本书中，目的是想让自己，让大家看到汉语曾有的杂出之利，将来或许会有的多变之美。

我们曾经有过一个大世界，我们也会再有一个汉语大世界。

四、读者与译者

在文化市场化的今日，我这么做，是否逆潮流而行，是否有意让读者讨嫌？毕竟让大世界关门的，是无情的市场。

就我个人经验而言，文化人似乎把读者看得过于片面了，要不就是

310

无知群氓，要不就是手握钞票的诸神。

其实错了，读者本身，就是杂语之根，他们肯定能明白，他们自己就是中国杂技与西洋魔术的儿女。读者可以通过不同文体，分头进入兰胡儿与加里的世界，最后携起手来。

此文不谈小说的内容主题等等。其实，正因为这是本文体实验小说，故事就不得不更精彩一些。精彩的故事，如艾略特所说，是"骗看门狗的肉"。我想在故事后贩运的"私货"，已经公开于上，敬请垂注。

当然，这就要请批评家大教授编辑们多花几分钟读书，再作断语。反正，读者们是一如既往，会读了书才笑几声，骂几声，或者夸几声。对此，我从来深信不疑。

有些批评家一口咬定，我的小说都是为翻译而写。对这些想当然的懒人，我已经放弃了说服他们的努力。

这本书会不会有人翻译？我无法预料一本书的命运。不过，我能说：翻译者，我同情你！如果你只能译得像中译本《发条橙》，不译也罢。